天雨罢风平遥城

裴梅琴 著

山西出版传媒集团

山西人民出版社

图书在版编目(CIP)数据

天雨罡风平遥城 / 裴梅琴著.—太原：山西人民出版社,2012.8

ISBN 978-7-203-07882-1

Ⅰ.①天… Ⅱ.①裴… Ⅲ.①长篇小说—中国—当代 Ⅳ.①I247.5

中国版本图书馆 CIP 数据核字(2012)第 194665 号

天雨罡风平遥城

著　　者：裴梅琴
责任编辑：员荣亮
装帧设计：乐　画

出 版 者：山西出版传媒集团·山西人民出版社
地　　址：太原市建设南路 21 号
邮　　编：030012
发行营销：0351-4922220　4955996　4956039
　　　　　0351-4922127（传真）　4956038（邮购）
E – mail：sxskcb@163.com　发行部
　　　　　sxskcb@126.com　总编室
网　　址：www.sxskcb.com

经 销 者：山西出版传媒集团·山西人民出版社
承 印 者：太原市力成印刷有限公司

开　　本：890mm × 1240mm　1/32
印　　张：9
字　　数：240 千字
印　　数：1–3000 册
版　　次：2012 年 9 月　第 1 版
印　　次：2012 年 9 月　第 1 次印刷
书　　号：ISBN 978-7-203-07882-1
定　　价：30.00 元

如有印装质量问题请与本社联系调换

目 录

28 / 第三章

　　夜深沉，县太爷的窗户纸上摇□着灯光……为了钱财可以不择手段……这里正秘密策划着一起坑害他人捞取钱财的阴谋……周家利巧立罪状将汝莲她们告到了衙署……耿文的话铿锵而坚定……这是个绝对让人信赖的好人……越是这样的人，汝莲越不想让耿文搅动这趟浑水……从眉宇间，能感觉到他身上潜伏着不同寻常的力量。

41 / 第四章

　　汝莲深知风平浪静的背后定然会隐藏着更大的危险……胜败有时就在一瞬之间，想取胜就得来个出其不意……汝莲对耿文突然有了一种特别的感觉，用一个外地人的眼光来看平遥，仿佛平遥的文化底蕴更有着惊人之处……耿文对雷履泰的评价，让汝莲都有些吃惊……

64 / 第五章

　　汝莲正和耿文对弈……张古义满脸怒气立刻写在了脸上……一个细节性的东西仿佛在张古义的脑子里回荡着……汝莲看耿文那种兴奋的眼神，在张古义的眼前急流般地涌动起来……汝莲仿佛陷进了纷繁复杂的□涡中……张古义心中蓦然充满了阳光，充满了某种说不出来的快乐……汝莲的意识似乎在百般地为张古义辩解着。

76 / 第六章

　　周家利正躺在檀木雕花烟榻上抽着大烟……嘿嘿！一个小小的计谋就得到了这样快乐的享受……耿文击堂鼓声仿佛震荡云海……衙门街周围的百姓们，三五成群地涌向了县衙……耿文大摇大摆地走上大堂，站立在了大堂的中央……何人如此大胆？见了老爷竟然不跪！县太爷倏然觉得耿文的慷慨陈词，大有横贯天地之感……

　　清政权已危在旦夕。经过与耿文的一番唇枪舌剑,县太爷心里早已充满了恐惧,不跑才怪呢……耿文哥满肚子的文采,把县太爷都整怕了……东子可别这么乱说,我只不过是借用了当今的混乱,借用了"革命军"的力量,替汝莲她们争口气而已。要让每个人都知道,别把女人不当人……

　　张古义惊悉父亲在倒贩烟土……你小子管起老子来了,再多嘴多舌老子打死你……张古义茫无目的地走在大街上……不知不觉却来到了天一客栈……莲儿,你真的是我生命中一颗星吗……男人在他狭隘的欲望受到伤害时,竟变得多么渺小……张古义的话激起了汝莲的愤慨,真想和他大吵一场,然而她扬起眉又放了下去……她不想和他伤和气。

　　天一客栈的大门上画了一只没尾巴的老虎……耿文的脸色骤然大变……往事如潮水般涌上了耿文的大脑……耻辱,一生中最大的耻辱,尤其是那在死地中的求生,只怕自己穷尽一生也无法抹去……蒙面人"霍"地看见铁鞋子如鳄鱼般张开了嘴,他真正领略到铁鞋子的厉害……汝莲看呆了,这是耿文吗? 身怀绝技,藏而不露……

　　卢军若是进城,后果将不堪设想……耿文的心在往下沉……城西的宋绅士,不仅德高望重,而且胆识过人……耿文清晰透明地道出了一整套方案……卢永祥揉揉眼睛……满城墙上全是身穿盔甲的士兵……卢永祥恍若来到了战国时代……只见一瘦老头和一年轻人从城内从从容容向他而来……卢永祥看着这瘦老头实在是气度不凡,再看看那年轻人气宇轩昂,竟如同人中之龙。

张聚义胸有成竹地躲在家中……他要乘此机会把这些烟土运出去……爹，你又干缺德的事啊……瞧你那熊样，人人都在想办法赚钱……你却在这里谈论什么《道德经》……红鬃马为什么会挣脱缰绳……汝莲有一种预感，红鬃马绝对不会丢失……耿文一出城郭，便已望见那绵绵延延起起伏伏的山峦，"麓台山"就在那个方向，或许红鬃马正是朝那个方向而去……

耿文听到"鹦哥巷""瞎子说书"，忙上前对那两人施礼……耿文仔细一看，圈子中央只有一个人在说唱，只见那说书人正摇头晃脑地拉着一把三弦，左腿上绑着两块小木板，右膝盖上绑着一面小钗……只听得那说书人的声音时而雄厚有力，时而变得温温婉婉……周家利正赌在兴头上……他赢钱赢上瘾了……小少爷得了缠喉痧……周家利沙哑的哭嚎声如同母狼丢了狼崽子似的……

午后的阳光如此曼妙、动人……一家人坐在四合院里，围坐在石桌前细细地品着上好的茶，聊着天……其实喝茶喝的是一种氛围，喝的是一种情趣……汝莲，你还欠我好多故事呢，比如三千门弟子七十二贤人的传说……从一个小小的院落都可以看出古代建筑文化的精妙所在……耿文做了一个古人施礼的样子对汝莲一拜……

城隍庙的戏台上正唱着山西梆子"满床笏"……财神庙里，汝莲正在为耿文求签……吉人自有天相……今天我就是要大火烧！耿文语气加重，非常认真地说，手里的铁球从容不迫地转动着，铁球在他的手上夸张性地膨胀着，恍恍惚惚转成了阴阳太极形……张古义带回了周家利儿子夭折的消息……活该，那是他缺德，前世报应……其实我也是扛着脑袋干呀，干完这次就收摊……

汝莲自从接触到耿文，仿佛接受了不少新鲜东西，然而却是朦朦胧胧的不知所云……前面就到"三界寺"了……只见香烟袅袅，烛光熠熠……复仇的欲望在周家利身体内燃烧着……他要把耿文，把周老太一家烧为灰烬……汝莲在大火中跳跃着……人与人之间为什么要有仇，即便有仇，也是宜解不宜结……也许你是对的，但农夫和蛇的故事，你或许比我们更清楚……

赚钱好啊，只要赚得有来头，赚得正义，谁不想着赚钱？平遥大成殿之所以构建之奇特，用料之异常，是因为其中有两件宝……张古义知道父亲贩大烟的事东窗事发了……警察气势汹汹地把张聚财带走了……用什么样的办法来激一激张古义呢……耿文叩了叩脑门自语着……张聚财抬头看着窗外苍茫的夜……一切只是浮世中的幻梦。

一场瘟疫即将来临……尽快悬壶于市……耿文爬上土崖对天空大声喊道：我是平遥人！……平遥的方言太多了，但细细研究起来好多和京腔都有着联系……水，清澈见底，倒影将三个人映得真真切切……从"神池"流出来的水直接就到"梁村"了，那美丽的荷塘已成为梁村的一大美景，一进了梁村的村子，耿文就被梁村的院落迷住了，这是一座真正的古堡……

周家利蹑手蹑脚从外面用小刀一点一点划开了周老太房间的门

闩……周老太如同上吊一样……耿文慢慢用牙一点一点往开咬着裤带……周老太"哇"地一声哭了出来……谢谢你让我懂得什么叫大彻大悟……张古义沙哑的声音,犹如绝望的哀鸣……艰涩地……我明白了好多事理,世间的事不是强求的……

楔　子

这是一个清朝末年的秋日。也是一个新旧交替的时代。

夕阳,懒洋洋地照在大道上,照在飞奔在大道上的红鬃马和骑马人身上。

远远望去,骑马人像是睡趴的姿势紧紧贴在马背上。骑马人的头脑正处于昏昏沉沉、恍恍惚惚中,他竟不知自己骑在马背上究竟有多少天了。而双手却始终牢牢地抓着缰绳,因为他的心永远都是清晰万分。

人,任由马茫无目的地向前奔腾。

旷野,四外无人。

清风阵阵拂在骑马人的脸上,细雨如丝轻轻抚摸着骑马人的发际。猛地,一声闷雷响彻天空,骑马人陡然打了一个激灵。豆大的雨点稀稀拉拉落了下来,骑马人的头脑似乎清醒了许多。

惨不忍睹的场景,全都浮现了出来……

一双双期待自己活下去的眼睛鲜活地在大道上跳跃着……

为了亲人,逃离那可怕的疫情……

为了亲人,逃掉了疫情,却差点掉进了险境……

为了亲人再次死里逃生……是红鬃马再次赐予了他生命,马儿啊,马儿,救命恩人……骑马人的思维渐渐恢复了过来。

"耿文啊,耿文,你究竟要走向哪里?"骑马人独语着质问自己。"哈哈哈,"耿文突然仰天大笑起来。"我究竟要奔向哪里? 我究竟要干什么? 我本不该活着,可我偏偏得活下来……"耿文怒吼的声音如同滴血一样在大气中颤动着,飘荡开来。

天,渐渐黯淡下来,夜幕即将降临。雨,停了下来,马儿渐渐放慢了步子。

一通宣泄,耿文胸中豁然开朗。

天,晴朗起来,一抹晚霞挂在天边,是那么的绚丽多彩……

不知不觉中,夕阳已渐渐西沉,天空的霞光也渐渐淡了下去……

大自然是如此的变幻莫测。人,又是怎么样呢?昨天还远在几百里以外,今天却又来到另一个陌生地方。人不都是为活着而活着吗?何苦要自己折磨自己,活一天就要快乐一天!

隐约间,前方闪现出一座城池。

耿文精神为之一振,他突然为自己对生活的态度转变一阵阵兴奋,他一边为自己击掌,一边吟着陶渊明的诗催马向前:"……采菊东篱下,悠然见南山……"

此时此刻,一种超凡脱俗的真趣,醍醐灌顶般弥漫在耿文的大脑之中。

这是一匹非常有灵性的红鬃马。从得到它的那天起,耿文就想到了这一点。他有一种预感,这匹马不但永远属于自己,同时会给自己带来好运。

"亲翰门"三个字倏然闪入了耿文的眼帘。

抬头望去,耿文看得真真切切,一种难以寻觅的灵气骤然在这里兀显……这是一座非常雄壮坚固而精致的城池,清一色排列整齐的堞楼,让人叹为观止……此城虽然有着时刻准备迎接战争的迹象,但,丝毫影响不到它给人的温馨与和谐……耿文思绪万千。一路上的纷纷扰扰,实在让他对神州大地揪心……看到这座城的耿文,如同溺水的人即将抓住一根稻草般欣喜异常……相对而言,这应该是一座平安城,是一座安乐城!

耿文凭着自己的直觉,便武断地给这座城下了结论,至少这是他这些天来所企盼,所要自己安慰自己的。一种不明原因的亲近感突然在耿文心中荡漾开来。仿佛这里就是自己的"家",难道这里就是自己的归宿地?

这是耿文离开家乡后从未有过的感觉!

……噩梦连连的日子,父亲母亲染上鼠疫时,还没过门的爱妻心莲为了伺候父母……世上还有什么比真情更可贵!这份真情,是耿文一辈子都偿还不起的……上天为什么不长眼睛,独独留下自己一人……痛不欲生的耿文本不该活下来,但他必须活下去……冥冥中仿佛有很多事情需要……耿文的心又是一阵剧烈的抽搐,他知道这样的伤永远都不会愈合……以后的日子里无论遇到任何事情,他都会快乐地解决,唯独这份"情"是永远都欺骗不了自己的。

耿文变卖了全部家当,从自己的老家逃了出来,他要释放自己这么多年父亲企盼的所学,他要游历世界,在疼痛中去放逐余生……

这些日子,耿文以一支秃笔为生,不知卖了多少字画,走过多少城池,经历了多少事情,然而一切对耿文来说却仿佛麻木了似的,从前那种大度豁达、活泼开朗的感觉仿佛再也寻找不回来了……尤其是那天刚到山东的地面上醉酒后,懵懵懂懂不但遭到了抢劫,而且还被扔在了井里……险些送了自己的命,现在想起来真是太窝囊,凭借自己的功夫哪里会……唉,提这些又有何用。

所幸上苍有眼,赐给自己一匹红鬃马和一些银两……自己的坐骑竟是那么的柔软,那么的舒适。

耿文习惯性地叩了叩自己的脑门,这些日子发生的许许多多事情全都突显出来了……看来一切只有听天由命,随缘才是最好的理由。

一切仿佛都是命运所致,让他鬼使神差地来到这里。

后来耿文才知道这是一座有着几千年历史的古城——名为"平遥"。

耿文从未想过自己的到来,竟会在平遥留下了一连串的痕迹。一切如烟,如梦。一切就这样开始,像传奇故事一样,缥缈而瑰丽,让人难以忘怀……

第一章

"梆梆梆"的更鼓声响了。

耿文知道,这更鼓就是关城门的信号,若再不进城,今夜进城的机会就没有了。别无选择,看来还是进城为妙。耿文习惯性地用食指敲了一下脑门,翻身下马。

"但愿自己的直觉是对的。"耿文自语着牵着红鬃马进了城。进城后,向左一拐,便拐进了一条巷子里。这是一条居民区的小巷子,巷子里几乎一团黑漆漆。耿文下意识地左拐右转地专拣巷子走。

巷子里偶尔有人提着忽闪着的马灯从耿文身边经过,可耿文根本无意去打听下榻之处,他认为这些事应该随遇而安,走到哪里算哪里。也不知为什么,他今夜就是宁愿走黑漆漆路,也不想走有铺面的大街。耿文心里像揣了个小鹿般七上八下,宛若有什么事情要发生似的,心神总是定不下来。他狠狠地掐了一下自己的大腿,命令着自己,你耿文一向的作风可不是这样的!

正当耿文犹豫不决该朝哪个方向时,红鬃马遽然"嗷嗷"地低低叫了两声,猛地挣脱耿文牵着的缰绳,向前奔跑起来。红鬃马突然的举动,让耿文有些措手不及,只得加快步子紧追几步……

红鬃马来了个急拐弯,猛地冲进了一条小巷子,然后回头望了望紧跟上来的耿文,默默地低下头,缓缓向前迈去,那样子显得极温顺极可爱……

蓦然,耿文眼前一亮……抬眼望去,前面那景象真是"万绿丛中一点红"。极目处,耿文看到了一个垂花门楼前正展示着一串非常别致漂亮的莲花灯,看得出来,这是一条非常古老而很有特色的小巷子。远处,一个紫衣女子正踮起脚尖点着另一串莲花灯。

歌声却飘飘荡荡悠悠扬扬地传了过来"……把酒问青天,不知天上宫阙,今昔是何年?我欲乘风归去,又恐琼楼玉宇,高处不胜寒。起舞弄清影,何似在人间……"

莲花灯全点亮了。

耿文看得很真切,巷子虽然不长,然而几乎每家门前都有一个极其别致的门楼……天呐,简直就是一幅令人神往的画卷……尤其是有着一串串莲花灯的门楼,在莲花灯闪烁的点缀下,让人惊叹不已。随着那轻柔曼妙的歌声远远望去,恍惚如踏入仙境……

耿文一边看着一边想着,一边移动着步子,款款向前而去。

紫衣女子正是站在那有着镂空雕刻门楼的高台阶上点的莲花灯。

倏忽,门楣上几个遒劲有力的字十分耀眼冲进了耿文的眼帘——"天一客栈"。他不由站定,细细端详着这几个大字,遒劲有力,且贯穿着潇洒飘逸的神韵。耿文想,这字绝对出自很有造诣的书法家之手。那么要想诠释客栈名字的含义,那文化底蕴就更是独领风骚了,其中隐喻真可谓别出心裁。好一个"天一",耿文内心独白道。"'天本一而立,一为数源,地配生六,成天地之数。'天一,乃天人合一也,与自然交融。同时又是和谐的象征。天一的生成数不正是水么?水又为生财之道。天一,同时还可解释为:有着天下第一的愿望……"

"妙妙妙,真乃才华横溢,高高高,看来此人心比天还要高……"耿文不由得脱口而出。

这时,点亮灯的紫衣女子正欲转身回去,忽然听到耿文的一声声赞叹,不由扭过头来。看到远远伫立的耿文,她不由得抿嘴笑了。紫衣女子上上下下仔细地打量了耿文一番,突然"吃吃吃"地笑了起来。

耿文的视线被她的笑声带了回来。

当耿文把视线移到紫衣女子身上时,一种难以名状的感受猛烈地撞击着耿文的巅顶……这不是心莲吗?

一个活脱脱的心莲正站在自己眼前,我的心莲没有死……调皮的心莲和我开了一个玩笑,对,上帝不会收留她的,她是我的,是的,心莲在对我笑,心莲,我的爱人,你为什么要开这样不该开的玩笑,让我把你好找……我的心莲,让我好好抱抱你……耿文呆呆地……欲冲上去……红鬃马"嗷嗷嗷"的叫声,猛然把耿文的思维拽了回来。

耿文定定地再次仔细瞅瞅那女子,幻觉完全消失了。

紫衣女子长得与心莲实在太相似了。耿文无奈地摇摇头,下意识地弹弹自己的脑门,世上真的有这么相似的人?

紫衣女子像吃上笑药似的,还在一个劲儿地笑。

这是一个绝对纯情的女孩子,瞧她那女童般天真的笑。一瞬间,耿文将紫衣女子定格在这样的概念上。

紫衣女子还在发笑,而且笑得几乎要捂肚子了。紫衣女子莫名其妙的笑,让耿文有些不知所措,自己究竟哪里有什么不对,让她如此笑个不停?

耿文不由得一低头,马上明白她为什么会这么好笑了,瞧瞧自己这身落拓潦倒的古怪打扮,倘若白天走在大街上,岂不让人……

"请问,这是什么城?"耿文有意识地转移话题,可问话刚刚脱口,连自己都觉得惊讶。为什么在这个女孩子面前竟这样拘谨这样笨拙,这话是出在我耿文之口么?

"哟!这位先生。"紫衣女子终于停住了笑。一个甜甜的、脆脆的极有个性的声音顿时传入了耿文的耳膜。"真是奇怪,这位先生连自己在什么地方都不知道,就进城来了?"紫衣女子稚气的脸上写着的满是惊诧,她有点尖刻地对耿文道。

"来者便是客,难道阁下不欢迎我这潦倒之人住宿?"耿文调整着自己的心态,终于找回了原来的耿文。在这个女子面前耿文竟产生了一种自来熟的感觉,好像见了久违朋友的那种亲切感,耿文不由得以调侃的口吻反问。

"贵客到来,哪有不迎之理,这位先生听好了,这里叫'平遥',是平安的平,遥远的遥。"说着,紫衣女子顿了顿,眉头微蹙,两眼却直射耿文，像要把他看穿似的。紫衣女子一连串的举动却让耿文觉得她又是那么的成熟干练，似乎一切都在她的运筹帷幄之中。举手投足之中又是那么盈盈自如，而且那一双具有神韵的凤目竟有些勾人魂魄……

紫衣女子心中不由暗忖，这人相貌文雅，神情开朗，应该是个不错的青年，只是这身打扮，确实叫人不敢恭维……或许，他有难言之隐？

耿文赶快调节自己的思绪，为自己的卑鄙感到羞辱，自己见了这女子怎么会有这种非分的感觉？耿文暗暗责备自己。一切缘于她相貌与心莲相似，即便如此，更不应该有这种想法。

这时只见紫衣女子又抿了抿嘴，嘴角却勾起一个轻柔的让人难以觉察的微笑，而她所做的这一切全都被耿文捕捉到了眼里。

"至于先生潦倒不潦倒，小女子哪敢妄加评论，更何况我们客栈对每位客人都是平等相待，尤其是平民百姓，本客栈会给予加倍优惠，所谓与人方便，于己方便，不正是这个道理？"紫衣女子的伶牙利齿，一连串响铃般的解释，似乎容不得耿文细想，莺歌燕语般的声音又传入耿文的耳膜。"刚才小女子无知且无礼，小女子这厢给先生赔礼了，得罪处，请先生多多见谅。"紫衣女子的行止举动居然不卑不亢，既不失尊严，又端庄大方，末了很有气质地给耿文道了一个万福。

这是一个什么样的女子啊？先是下马威，后是温柔乡……耿文竟有些欣赏，有些赞许，更多的应该是尊重。

"哈哈哈，我只不过与你开个玩笑而已。"耿文本想对她说，我们是不是有些心曲相同？转而一想，太落俗套了，那样会让她怎么看自己。

"那么先生原谅我的不恭了？"紫衣女子穷追不舍。

"当然。敢问小姐，这客栈名字何人所为？别具一格，真乃高人一筹，令人敬佩。"耿文诚心诚意夸奖道。

"承蒙夸奖，此乃小女子所为，君不知'天一'可谓魁之首，小女子想既然要干一番事业，就要有夺第一的心愿，试想，连想都不敢想第一的人，还能干好什么呢？况且其中的隐喻，我想先生已明了其中个味，小女子就别'鲁班门前弄大斧'自作聪明解释了，至于高不高人一筹，那是你的想法和看法,小女子哪里会说得清楚。先生你说是也不是?"

耿文一本正经咬文嚼字的发问,犹如给了紫衣女子启发,她调皮地学着耿文的腔调,反问耿文。

这是一个清纯得再不能纯情的女孩子,性格又是那么开朗爽快。与这样的女孩子用这样的方式对话,可以说还是耿文有生以来的第一次。耿文再次上上下下打量着她,确实有点惊讶,小小年纪竟有着这么深厚的文字底蕴,管中窥豹可以看到,平遥真是个人杰地灵的好地方。

猝然,一双大脚毫无掩饰地进入耿文的视线,这分明是一双没有被缠过的脚……一个女孩子能拥有这样一双天足,简直就是莫大的幸福!

立刻,耿文的思绪又飘到了很早以前,小时候,因为偷偷帮心莲拿去缠脚布,差点挨了大人们的板子……在这里,耿文却真正看到一个活脱脱的叛逆者……真乃英雄所见略同!耿文感慨万端。

"汝莲,你在跟谁说话,灯点好了吧,有什么事回来说好吧。"随着说话声一个老太太已风风火火迈着小脚"咚咚咚"从院子里走了出来。

"汝莲!"耿文的心猛地刺痛了一下,心莲的影子倏忽又出现在他眼前……事情真的是太巧了,她们的名字也竟是这样相似……难道真的是一种缘分?

耿文回头瞅了瞅红鬃马,心里说,你一路上狂奔,我稀里糊涂茫无目的地跟着你来到这里,究竟为的是什么……

红鬃马低低地叫了一声……好像在说,我带着你寻找你的亲人呐……

"这是谁呀,是客人吗?哟,还牵着一匹高头大马呢?贵客呀,贵客!先生,你是来住客栈的吧?我们这客栈可什么都是新的噢,新被新褥新棉花……"老太太连珠炮似的高嗓门,蓦然惊醒了耿文,他下意识地用食指磕着自己的脑门。

汝莲悄悄拽了拽母亲的衣襟,示意母亲不能这么和客人讲话。

"哦,先生,请见谅,这是我们客栈的东家兼掌柜的周王氏。"汝莲忙替母亲打着圆场。

老太太顿感自己刚才大呼小叫实在失礼，忙做作地斯斯文文向耿文道了个万福："不好意思，惊扰先生，一看先生就是个实在人，说句老实话，这里一切都是我女儿经营打理，我老太婆只不过给女儿撑撑门面，要不是为了生活，女儿家抛头露面着实不成体统……"老太太口无遮拦地越说越不靠谱了，急得汝莲使劲拽扯母亲的衣襟。"没事，从相貌上看，这位先生绝对不会怪罪我们的。"老太太自以为是地絮絮叨叨着。

汝莲只好站在旁边，什么话也不好多说，只有静静等待母亲把话说完。

看得出来，这老太太可是个爽快得再不能爽快的人了，母女俩的性格可是大不相同。

"请问，先生是来住宿的？"半天，老太太终于把话题转了回来。

"正是，东家掌柜的，我确实是来投宿的，只是这……"耿文回头看了一眼红鬃马。

"哦，先生不必忧虑，客栈看起来不太大，但，我们有专门养牲口的庄院，小女子知道，每个骑马人对自己的马有着一份特别感情，我会照顾好它的。请随我来。"汝莲说着就要上前牵马。

"东子，东子。"看到汝莲亲自牵马，急得老太太又大呼小叫地喊人。

"妈，你忘了，今天一早不就让东子到'三界寺'还愿去了？这么晚了，估计他明天才能回来呢。这事放心吧，我会安排好的。"汝莲一语双关。

客房既新颖又温馨，家的感觉再次涌上耿文的心头。这个叫汝莲的紫衣女子太特别了……耿文确实太累了，迷迷糊糊来不及更衣，倒头已进入温柔梦乡……

九月初九日。

"笃、笃、笃"敲门声惊醒了正在睡梦中的耿文。

这些天耿文累坏了，不仅仅是心的创伤，还有沿路的不测与不停地奔波，让耿文疲惫不堪，他真的记不清有多少天没有睡得这么香了。

"先、先生，今天是重阳节，时间不早了，再、再不去登高可就没机会了，我们平遥人每当这一天都要去登高的，请先、先生千万不要错过这个好机会噢。"来人声音十分稚嫩，却有些结巴，听得出来这是一个男孩子的声音。

"哦，今天是九月九……我在哪里？"耿文摸摸脑袋想着……突然想起来了，想起了昨天住进客栈的情景……

一个激灵，耿文一下子从炕上跃了起来："好的，等我一下，一会儿就好。"耿文忙回应着。

"先、先生这是给您替换的衣服。"说话间一个看上去只有十四五岁的男孩子低着头拿着衣服走了进来。"这、这是我们东家掌柜的给先、先生准备的衣服，东家掌柜的想得就是周到，请先、先生换上看看合不合身。"男孩子很有礼貌地轻轻把衣服放在柜子上。猛地，看到耿文穿着的衣服，不由偷偷掩嘴笑了。

此刻，耿文的心却飞到了好远好远的地方。九月九确实是一个好日子，多少年来，可以说从小到大，每当这一天自己都会和心莲一起去登高远望，爬上山冈，让艳阳尽情沐浴整个身躯，然后自由自在放声大唱，也正是这一天，是自己全身心解放的一天……爷爷和父亲望子成龙，对自己要求非常严厉，四岁开始吟诗作画，五岁学琴对弈，七岁拉弓射箭，八岁学医背诵药性……从小像个陀螺似的一天转到晚……谁知学到的东西还没来得及施展，亲人们却一个个撒手而去……

看着耿文愣愣的样子，男孩子款款向外边退边说道："先、先生您慢慢换衣服，我去给先、先生张罗饭菜。"

男孩子的声音把耿文的思维拉了回来。耿文笑着摇摇头，不自主地用食指敲了敲脑门。不是说好什么都不想了吗，面对现实才是最好的选择。

这是一袭浅蓝色带有小碎团花的湖绉纺绸马褂。耿文穿在身上犹如定做的一样。当耿文穿好衣服，就要跨出门的瞬间，无意朝房间睃视了一下,耿文的心猛地被震撼了。

"笔落惊风雨,诗成泣鬼神"。落款:傅山书。正是这幅书法吸引了耿文的眼球,虽然这文字是世代相传杜甫赞赏李白的诗。

耿文忆及,傅山先生的书法,爷爷手里是保存着一幅的,后来传给了父亲。爷爷经常对父亲讲傅山先生的诸多故事,自己从小也见过傅山先生的真迹,并且是听着傅山先生的故事长大的,只可惜自己把傅山先生的真迹给丢失了,真乃"踏破铁鞋无觅处,得来全不费工夫"。不对,不对,应该说是"见到全不费功夫",真没想到这小小客栈竟……耿文匆然想到昨晚看到的客栈门匾上的字,想不到此处竟是"藏龙卧虎"之地……无疑这是一书香门第之家……难道这里是傅山先生的家乡?

耿文想着,在房间里仔细浏览了一遍。右手挂的竟是唐寅唐伯虎的"秋风纨扇图";一仕女亭亭玉立,手执纨扇凝神前望,若有所思。画上题:"秋来纨扇合收藏,何事佳人重感伤,请把世情详细看,大都谁不逐炎凉。"画上那仕女真是惟妙惟肖,纯净清雅。这是一幅构图别致,不落俗套的画,画上的人物神情自如,栩栩如生。笔触却是那样的圆润巧妙,清秀简朴,而且这幅画是那么的富有诗意,是品味极高的画,真乃世间精品……

耿文感叹着,不由得埋怨自己真的好笨,昨天晚上怎么会视而不见。目睹这样的画,耿文意识到这样的珍品,只有官宦人家才会有的。那么傅山先生的书法……这家客栈的长辈们说不准与傅山先生有着密切交往,假若没有这层关系,真迹是不可能落到这里的。莫非,她们家上几代有人坐过官?如今家道衰落……再看那油漆的炕围,描绘的竟是二十四贤孝图案,一个接一个图案贯串着活灵活现的故事,那卧冰求鲤、鹿乳奉亲、为亲负米、亲尝汤药、哭竹生笋、弃官寻母、戏彩娱亲……一幅幅生动形象画面,无形之间给住宿人灌输着做人的伦理道德。

这是个奇特的家庭!单凭这些,耿文断定,这个家庭绝对不是一般百姓家!那么,汝莲所接受的教育也绝非一般教育,那么她们家的故事……耿文禁不住弹了弹自己的脑门,今天究竟怎么了,总是婆婆妈

妈,这么好奇。

"先、先生,饭菜已准备妥当,可以就餐了。"男孩子很礼貌地再次请耿文。

瞧瞧,连伙计说话的水平都这么了得。当然了,除了有点结巴。耿文不自主地心里笑着想。

刚刚跨出房门,一股淡淡的清香已向耿文绕来。

这是一个小小的四合院。院子虽然不大,但院落布置却十分精巧独特,安排井井有条,每个角落都有着不同的亮点。尤其是那正房堂屋明堂前菊花的摆设,真是令人叫绝,黄白相间巧妙的构思,就足以让人遐想万千。更让人称奇的是,东边的每一盆花卉都以斜坡的样式摆放,黄里套白形成了一个大大的"天"字,而西面的花卉则白里套黄开成了一个潇洒的"一"字。这妙趣横生诗情画意般的摆设,让耿文看得如醉如痴……

"先、先生……"

"不好意思,让你久等了。"

餐厅不大,设南面。这是一个很有特色的餐厅,墙上挂着真草隶篆不同的四种书体,却写着同一首赞美莲花的诗句:"绿叶覆湖面,红花凌波艳,秋来出淤泥,清白不自渲。"落款全都出自一个人之手。耿文觉得有点滑稽,再看看柜台的挡面板上,是镂花式,雕刻着蝙蝠、桃、榴、佛手,四个边上则是富贵不断头。

"先、先生来点什么,虽然早饭时间已过,但我们东家掌柜的吩咐,一定要让您尝一尝我们这里的早餐,我们的早餐有:葱花烙饼肉火烧,油酥饼子醪糟糟。水煎包儿案案糕,手撕牛肉油卷卷。碗脱熏肉饼子挟,官戴窝窝豆花脑,花熘过油水晶蛋,红烧排骨佛手肉……"还是那个结巴的男孩,可他念那些菜单时却朗朗上口,一点也不结巴,真是奇怪,这里的服侍太有意思了。就这些菜单,足以看出平遥这地方所隐含的文化内涵了。

男孩子念着念着突然打住了。

耿文看得出来,男孩子有意识地显摆,显然不想把他肚子里的东西一下子全抖出来。

"先、先生因为时间不早了,我得赶快给先、先生配制一些简单精致有特色饭菜,等以后有工夫,再给您详细介绍好吧?"

"好的,那就客随主便了。"

"好嘞,先来一碟平遥牛肉,再来一盘葱油碗脱,真正好吃嘞。"男孩子如同唱歌般边念叨边"咚咚咚"地来回跑了几趟,饭菜已麻利地摆在八仙桌上。"再给您热上一壶'长升源'的黄酒,保您吃得满意,喝得高兴。"说话的同时,男孩子做了一个非常优美滑稽"请"的动作。"先、先生请用餐。"

耿文看得都有些眼花缭乱了。禁不住嘴馋,耿文夹起一块切得薄如纸的牛肉,轻轻往嘴里一放,那肉已在舌中融化,香喷喷的美味,却萦绕在喉间。

"好!"耿文不由得竖起大拇指,"太好了,真正回味无穷呐。""吱溜"、"吱溜",青香浓郁的黄酒让耿文越喝越高兴:"不错,不错!"

"想当年,慈禧太后来了平遥都爱吃平遥的牛肉,喝平遥的黄酒,据说离开平遥时都带了不少回京城呢。"男孩子忙不迭地给耿文说着。

"是吗?"耿文随口道。

"是的,先、先生,不骗您的,我们平遥人最好客了。"男孩子似乎有些曲解耿文说话的含义了,忙解释道。

"当然是了,我这不正实践着吗?"耿文笑容满面开着玩笑认真地道。

"先、先生说笑了。"

最后端上来的却是一款非常精美的面食,如同一朵朵盛开的莲花,莲花的花心被红红的食色点缀着,意境更加浓郁了。

"真是漂亮极了,简直就是一件工艺品嘛。"耿文连连道着好,竟不忍掰开来吃。

"这就是我们这里的花糕,您舍不得吃,我也舍不得噢。"男孩子和耿文很有同感。

耿文吃着喝着竟有些飘飘然起来。"真乃神仙过的日子，能有这样好时光，此生足矣。"

看着耿文吃得津津有味，男孩子赶忙道："先、先生你可知我们这里的牛肉为什么这么香吗？"

"请讲，洗耳恭听。"

"先、先生，恐怕我讲不太好噢，我只知道我们这里的牛肉加工有好几百年的历史了，而且这里的牛肉不但加工方法和别的地方不同，而且煮牛肉的作料也不同于其他地方。就盐来说，非常讲究，只能用北门头的碱盐，只有用那里的盐煮出来的牛肉，吃到嘴里才会特别的香。"

"你小小年纪，知道的东西可不少，而且我看你还是个很好的厨师呢。"

"谢谢先、先生夸奖，不瞒先、先生，其实我的所学都是我姐姐教的，而且整个客栈设计也全是姐姐布置的，姐姐知道的东西那才叫多呢，她可是个故事篓子，她说平遥每走几步就是一个故事，回头连同这个牛肉的故事也让我姐姐给你讲好吧？"

"哦，你姐姐……"

"难道先、先生忘了，就是昨晚接待你的那女子噢。"

哦，紫衣女子，汝莲，真是个奇女子！耿文思忖着："对了，我还知道你叫东子呢，对吧？"

"你怎么会知道，我又没告诉你，从未跟你打过交道。"东子奇怪地认真问。

"我会算啊，心血来潮，屈指一算嘛……"耿文绕着弯逗这个老实本分憨厚的男孩子。此刻的耿文，仿佛把世事看透彻了，他要以好心情来善待自己。

"你们聊什么呢，聊得这么投机。"话到人到，汝莲已来到南厅。

今天的汝莲，越发干净利落，一身浅绿的短衣打扮，既衬托出她的端庄大方、泼辣漂亮，又突显她隽秀雅致清纯亮丽，浑身都荡漾着青春活力。

"好了，好了，聊天至此为止。"声音还是那么好听，脆脆的，甜甜的,有大家风范,只是说话的口吻有些太霸道了。

耿文暗暗给汝莲做着评价。毋庸置疑,话语分明带有指挥者风范。耿文端坐在那里,一声不吭定定地品味着她,宛若要看到她骨子里似的,有这样的女孩子作为知己……想到哪里去了,不可以吗?耿文心中宛若有两个小人在争执……

"东子,别浪费大好时光了,你看太阳……"汝莲突然感到耿文正用异样的目光瞅着她,有些不好意思地把话顿住了。"先生,太阳这么好,出去走走好吗?"汝莲感觉到自己太武断了,忙把话锋转了过来。

耿文看到汝莲一扬眉坦率地笑起来,纤细、修长的眉毛便向太阳穴的两侧斜撩了上去,这时她的脸马上变得更加生动热烈而纯真。耿文呆呆地看着汝莲,心里想,这才是她的本来面目。

"请先生领略一下我们平遥的景观,好么?不知先生能待几日?时间我会给您安排好的。"显然汝莲已调整好了自己的心绪,怡怡然地对耿文道。

"这个……"耿文赶忙把思维拉回来,话语却显得吞吞吐吐,目前,他确实不好回答这个问题。

"好吧,今天正好九月九,无论如何要登城墙的,今天我就破例陪先生出去走走。"

"汝莲,你省省吧,让东子陪客人去最好不过。"汝莲的话还没说完,周老太的话已从正屋飞了出来,紧接着一掀竹帘,人已站到了当院。

"妈,有些事您就别掺和好不好……"汝莲几乎是恳求地。

"先生,你说我老太婆说的对不对,一看先生就是个懂理懂道的顶尖好人,我也就口无遮拦地说了,不怕你笑话,一个女孩子家,还不是为了养家糊口,操持这么大客栈……"周老太又开始唠叨了。

"大妈,您说得很对,其实我一个人出去最好了。"耿文赶忙为汝莲和自己解着围。

"先生,千万别介意,我妈她……"听着耿文的解释,汝莲有些尴尬。

"汝莲,你就别说了。"老太太的口吻很强硬。

"先、先生……"东子忙接着话茬。

东子刚一开口,周老太已把话茬抢了过去:"先生,请谅解我的快人快语,我们家东子就是有点嘴笨,可怜的孩子,十岁上家乡遭灾来到这里,我就把他收为干儿子,虽说是干儿子,其实我待他如同亲生的一样,这孩子心眼可灵着呢,干活又麻利,现在他的结巴也改了好多,就是这先生的先字,不知为什么怎么也纠正不过来。"周老太牛头不对马嘴的话让耿文摸不着头脑。

"妈……"汝莲只得用了一个撒娇的办法,亲昵地抱住周老太,摇着她的身子。

"先生对不起了,我这张嘴,老是管不住自己,好了,好了,东子陪先生出发吧。"

"干妈,那我们走了。"东子很礼貌地。

当耿文他们脚还没迈出大门门槛儿时,后面又传来周老太的喊声:"东子一定要记住,放开胆子对客人讲啊。"

第二章

已是正午时辰。

天,湛蓝湛蓝,艳阳高照,有几朵淡淡的云,在天空缓缓飘逸。

几只喜鹊盘旋在一棵树上飞来飞去,"喳喳喳"的叫声十分欢快,那叫声仿佛和耿文打招呼,"你好,你好,欢迎,欢迎"。

喜鹊清脆悦耳的叫声唤起了耿文热情高涨的好心情。耿文忙不迭地对着喜鹊行了个礼:"你们好,你们好!"然后眨眨眼,挥挥手做了个再见的动作……

耿文一连串的古怪动作,让东子心里直发笑。姐姐眼光一向是敏锐的,她可以洞察一切,看得出来她对这位先生的特别照顾。这是个好人,而且很有意思,只是迂腐得对几只喜鹊都如此行礼,未免有点……东子想到这里,不由地吐了一下舌头。姐姐说过,妄加评论一个人,可是不好的。

"先、先生,我们客栈离东门最近,我们从东门上城墙好吧?"

"东门,是'亲翰门'吧?"听东子这么一说,耿文马上明白昨天他进平遥城时走的就是东门了。

"先、先生,你是怎么知道?"

"平遥,平遥,这个名儿不错。"耿文并没回答东子的话,自言自语地。

听到耿文念叨平遥两个字。东子的激情一下子被点燃了:"先、先生你可知平遥为什么叫平遥吗?"东子有些骄傲地自我陶醉着。"不过,我可是鹦鹉学舌,学不好,请先、先生别见怪。姐姐说,不坐佛台,永远都是小和尚。"

这姐弟俩真的很有意思。耿文若有所思地点了点头。

"那我斗胆讲了啊。"看着耿文深邃的目光,东子竟有点胆怯起来。

听到东子的话,耿文马上把思想拉了回来,他意识到,这个男孩子曾经有过不同寻常的经历,他抬起头以温情肯定的目光,鼓励地看着他。

"这平遥啊,"东子清了清嗓子,学着说书人的口吻开始了。"其实这平遥啊,原来不叫平遥,应该叫'陶'。四千多年前这里是尧帝的封地,但是,这里却是一片湖地,尧把它称之为'晋阳湖'。晋阳湖的水经常泛滥成灾,老百姓难以生存,尧经过了不懈的努力,洪水终于治理成功了,但他却积劳成疾不幸归天了。尧的女婿舜继承了帝位,尧的女儿们为了抚慰父亲的在天之灵,决定在父亲的'封地'修一座城,然而'陶'是那么大,她们沿着河流走啊走,眼前竟是赤地千里,满目河泥,这下可把她们难住了,究竟在什么地方筑城呢?……突然眼前划过一道金光,一只金灿灿的大龟从河中爬了上来,那闪闪发亮的眼睛,龟体的八卦给人们无限的启示。尧的两个女儿高兴地说,'这是天意,神龟的出现,乃大吉祥的预兆,这是先皇在明示我们。'只见那神龟缓缓向前爬行着,爬到平遥地面时匍匐着不动了,舜指着神龟道,'就在这里筑城。'修筑城池的重任禹担任了起来,禹根据神龟所卧的方向,凭着自己的智慧修筑了一座'平遥城'。"东子一口气往下说着,看来他的自我感觉非常良好。

"东子讲得真好,这故事听来离奇,但它却寓意着深刻久远的文化内涵。"耿文以赞许的目光说。

"是啊,是啊,我是尽了最大的努力给先、先生讲的,先、先生所言和姐姐的观点真乃英雄所见略同噢。"东子有些按捺不住兴奋,为自己今天的优秀表现很是得意。

又是汝莲,和这女子相提并论看来未尝不可……这个东子其实一点也不笨,只是缺少点文化,或许,从小就没受过教育?听得出来,他结巴也总是在某个特定字句才结巴的,下番工夫应该能矫正过来,若是全方位的好好调教调教,这个叫东子的小伙子,应该不会错的。

"东子,平遥城的故事让我给你续下文好吗?"骤然,一种自我表现的欲望在耿文体内膨胀,好久没这么开心过了,他觉得这是一种很好玩的游戏。

"你能续下来?你来过平遥?你听过平遥的故事?"东子神情诧异地连连发问。

"没来过,也没听过。但,我可以给你把故事试着续下去。"话到嘴边耿文又突然谦恭起来。

"你真的能续下去?"东子有些不相信,他摇摇头,他真的不相信一个从未到过平遥的人,仅凭刚才讲的那些,便可把故事续下去。

"让我猜猜看,"耿文故意卖着关子,"平遥,是因为你刚才讲的故事,故而又称之为'龟城',"耿文悠悠然地道,"这座城应该有六道门。"

"能猜到这一点,算你了不起啊。"东子微微撇了撇嘴,还是有些不太相信。

"东子你听着,了不起的还在后头呢。"耿文故意借着东子的话,故弄玄虚地与东子逗着乐。"这样城的形状就如同一只爬行的神龟了,从八卦的角度来讲,离为火,所以南门为头,坎为水,北门为尾,上东门、下东门为龟的两只左足,上西门、下西门为龟的两只右足。从龟的生理特点而言,龟的四只脚应该全是弯曲的,这样其中有四道门应该是瓮城形状……不对不对,"耿文习惯性地敲敲脑门,"刚才所言,有一点确实搞错了,下东门应该是直的才对,神龟总有一天会要爬行的,这样一来城池不就动摇了吗?所以呀,必须想法子把它拴起来,怎么拴才对呢?"

东子听着听着,瞪大了眼睛,嘴巴无意识地张了开来。什么坎为水,离为火,好像只是听汝莲说过是《易经》上的东西,这人怎么会这么神……

耿文怡然自得地继续道:"只有把它的一只脚拴起来,这样,这座城才会,永远牢固……哦,我完全明白了,因为东门是一官道,所以在东门大约十里之外,会有一座塔,然后塔下必定会有一眼井,聪明的古人把铁绳伸到井内,不知不觉,神龟的这只后脚便被巧妙地拴起来了……这样一来，神龟就会永远固定在这里，平遥城不就固若金汤了？……对了，差点忘了，南门外左右两侧应该有两眼井，这样点缀，喻为神龟亮晶晶的眼睛……"

东子被耿文绘声绘色演义式的解说惊呆了，张大的口老半天都没合拢。

"钦佩，钦佩！"东子说着，不假思索"咚"地跪在了耿文面前。

东子有悖常理的举动，骇得耿文忙不迭地往起扶他："起来，起来，有话慢慢讲。"

"我想拜您为师，您的知识好丰富，好让人钦佩。"东子眼睛里流露的满是真诚。

"东子，怎么见风就是雨呢？你了解我多少？刚才只不过雕虫小技的一种游戏而已。你怎么就认定可以拜我为师呢，拜师可不是件小事，若真有心拜师也不能单凭这么点就……"耿文边说边把东子拉了起来。

"姐姐说过，三人行必有我师。"

"哈哈哈，这孩子。"耿文看着东子大笑起来，"你姐姐说得很对，可那和你拜师却是两回事。记住了，什么事都不可以草率从事的，以后可不能贸然给人下跪，今天权当没这回事，好吗？"耿文爱怜地替东子拍了拍裤子上的土，郑重地对他道。

"东子谨听先、先生教诲。"

"好了，平遥城还是要你来给我讲啊，一个喜欢听故事的外乡人急着听讲故事噢！"耿文绕口令般对东子道。

"遵命，东子竭尽全力。"耿文的幽默感染了东子，使他更加释放开来，"姐姐曾给我讲过，我们平遥城墙正好一圈为十里，这些垛口姐姐仔细地数过，总共有三千个，堞楼刚好有七十二个，她说这些建筑，正好暗合了孔圣人的三千弟子、七十二贤人。"

"什么？三千弟子，七十二贤人？东子快说给我听。"耿文听着简直入迷了。

"这些，我可就讲不来了。姐姐还没给我讲到这里呢。我只听姐姐简要地说到,有了孔圣人和他弟子们的光环来保护,平遥人就会安居乐业,就再也不会发生战争等灾害了。"东子说到这里,无奈地摊了摊手道。"我还是第一次碰到一个外地人对平遥如此感兴趣呢。"

"平遥——城墙文化,居然蕴含着这么多故事?"耿文自语着,心中陡然产生了无限的崇拜感。

"先、先生对平遥真的有兴趣,不妨让姐姐给你讲吧。"东子实话实说,"我刚才所言也不过是鹦鹉学舌,知道的只是一鳞半爪而已,就连这些成语都是姐姐亲自教我的。我今后还得好好学习,我说的话,是不是很混乱?我一定要努力调整,尽力把话说得合套点。"东子自我检讨着:"听干妈说,奶奶在世时,几乎每天都给姐姐讲故事,而且干爹是个老秀才,对姐姐的教育特别重视,所以,别看姐姐年龄不大,她可是平遥的活字典,平遥好多典故,她可都了如指掌。"东子有意识地练习着语言。

尽管东子讲得东一点西一头的,耿文听来还是蛮有兴致。不过,这些若是从汝莲嘴里讲出来,肯定会更加精彩,那样,平遥的故事岂不更有趣。

"先、先生你在想什么?你在听我说吗?"

"仔细听着呢。"

"好多故事姐姐正在发掘整理呢。我今天知道的这些全都是她的功劳,可惜她……"东子顿了一顿,"有些话真是说不出口,假若姐姐是个男孩子那肯定是个了不起的人物。"

"有这样的姐姐,是不是感到很骄傲?"

"当然,只要有缘和她打交道的人,都会觉得骄傲。"

看东子洋溢着幸福的娃娃脸,一股莫名的孤寂感突然涌上耿文心头。一刹那,耿文意识到自己真是无聊,他轻轻地呵了两口气,又回到了原来的状态。

"瞧我一口气说了这么多,咱俩是不是很有缘分,总觉得憋在心里的话想对知心人一吐为快,你不让我拜你为师,我把你当作好朋友总可以吧,其实我对我们家的事可从来都是守、守口如瓶的,不信你去问我姐姐?"

看着东子这张稚嫩诚挚的脸,耿文心里充满了快意,像这样的朋友多交一些岂不是人生一大快事:"我们俩确实有缘分。"耿文点点头,以肯定的口吻道。

"让我来告诉你,姐姐的祖父与曾祖父都坐过官,只是到了干爹这辈家道才衰落的,即便是靠变卖度日,俗话说,瘦了的骆驼比马大,在这一带还是了不起的大户人家。"

听着东子的话,耿文马上联想到自己的猜测是对的。

"只是自从干爹去世后,本族中有个远房叔叔欺我们家中无男儿,姐姐那时年纪还小,他便想各种理由霸占家产,慢慢十之有九都让他侵吞了,况且他是个大烟鬼,你想想,这样的人,像无底洞似的,永远都不会满足的……姐姐家的家道哪有不败落之理,后来几乎连饭都快吃不上了……好在我那未来的姐夫张古义,是和姐姐玩着一起长大的,他对姐姐可是情深义重,时不时地瞒着他父亲偷偷过来照顾一下……"

"为什么说是偷偷。"耿文听着听着宛若听出了一些端倪,不禁有些奇怪。

"姐姐从小就和张古义定了娃娃亲,平遥的乡俗是'十三留头,十四嫁,十五过来抱娃娃',可姐姐总是有着各种理由不想嫁出去,那时干爹又宠着她,一切随她意……先、先生有所不知,其实张古义的父亲,早些年,巴不得攀上姐姐家这门亲,想方设法和干爹结为拜把兄弟,然后,指腹为婚。从后来的种种迹象来看,当时张古义的父亲一开始就图谋不轨,是冲着周家的家产而来……干妈和姐姐在艰难困苦的那些日子里,张古义的父亲非但不给予帮助,还像看笑话似的想悔婚……渐渐地姐姐大了起来,姐姐的聪明能干扛起家庭重任,重振家园,将唯一留下的这所院落精心设计,改为客栈,姐姐和干妈才又有了生活来源……这些都是我听干妈断断续续给我讲的。"东子说到这里长长地吁了一口气。

"哦,原来是这样……怪不得……"

"先、先生,干妈和姐姐可都是我的救命恩人,那一年我……"东子说着猛一抬头突然道。"哟,我说平遥人地邪,说曹操,曹操就到,前面那位穿灰缎袍子瘦高个的先、先生就是张古义。"

说话间张古义已来到近前。

"古义哥好,这会儿可有闲工夫出来? "

"哪里闲得了, 柜上的事多, 掌柜的派我出来跑街呢。东子,你……"张古义看了一眼耿文,好奇地。

"这是我们客栈的客人,耿文先、先生,今天是九月九,汝莲姐让我陪这位先、先生去登高。"

耿文十分友好地对张古义点点头。

张古义却好像没看到似的,不理不睬地绷着脸子,只管和东子说着话:"噢,汝莲想得真周到,好了,东子你就去陪吧。"张古义话中有话地说着,走远了。

耿文悄然看着张古义的背影,心中想,这个人有点意思。

"先、先生请别介意,他这人就这脾气,和谁都这样,只有做生意时和见到姐姐,脸上才会有笑意。"看着耿文的神态,东子忙解释道。

听了东子的话,耿文若有所思地笑笑,点点头:"没什么,走吧,请继续。"

"还要我讲啊,我活了这么大,还是第一次一口气说这么多啊,我觉得我们俩是一见如故,没错吧。"

"没错,没错! 同感,同感! "耿文简洁明了的鼓励,增强了东子练习说话的信心。

"刚才我说到哪里来着? "

耿文只是脸上带着微笑,并没和他答话。

东子知道,耿文在为自己鼓劲:"唉,我想说的是那一年我们家乡遭灾逃荒出来,沿路上爹娘和弟弟全都没活下来,只有我逃到这里,昏倒在姐姐家门口,是好心的干妈和姐姐救了我,并收留了我,如今我虽然长大了,而且是个男子汉,但我生性愚陋,帮不了家里多少忙,若不是干妈和姐姐垂怜,我还不知……"

"东子别灰心,人生如同走险路,只有这样才会体验人生,作为人类的一分子,险路随时都会出现,只有在生存与死亡的搏击之中,去挑战去冒险知难而上,那样才会有意外的收获,才会展示出辉煌壮丽的自我意识。"耿文拍拍东子的肩头对东子说,更像是对自己说着。

东子似懂非懂地点着头。

过了片刻,耿文突然对东子道:"东子,我可跟你实话实说了啊,对与不对你都不会见怪吧?"

"不会的,先、先生。你看我像那种人吗?"

"东子,其实你并不结巴!"耿文用肯定的语气道。

东子立刻瞪大了眼睛:"我、我、我真的不结巴?"东子惊讶耿文的话,一着急反而更加结巴了。

"东子别着急,听我慢慢跟你说,你跟我聊天的时候,我总结了一下,一般情况下只是特定的几个字带有结巴,这样致使你就形成了习惯……"

"是吗?"东子闻听,有些急不可耐地。

"你听我说,只要你心理上感觉自己不结巴,就不会结巴了!当然了,这是一种精神疗法!具体的,我还要教你如何来矫正。而且这种结巴在某种意义上按照中医理论,是肝风内动而成,若配合服点中草药,你的结巴会完全消失。"

看着耿文满脸的真诚,东子高兴地一下子蹦了起来:"耿文哥,你真好,你真好!"东子不由得叫起了耿文哥。"我从心底感谢你,你不但教我如何做人,你还帮我矫正……我这样叫你可以吧!这样会从心理上得到宽慰,感觉我们俩更亲切一些。"东子说完,竟然又有些腼腆起来。

"本来嘛,你看我们俩不像兄弟吗?"耿文忙拉起东子的手,他知道这孩子从小缺少关爱，现在最需要的就是这一点。耿文又拍了拍东子的肩头道，"与人为善，多关心别人，这是作为一个人最起码的德行，没有爱心的人，哪怕有天大的本事，也枉然！你说对吧？"耿文语重心长地。

"耿文哥，我听你的！"

"那么咱们现在边走边进行训练。咱们先练习说先生的'先'。当你把'先'字的音发出来后，可稍作一停顿再说'生'，注意看我的口形，先～生，这样中间有了缓和余地，然后那种急着要说第二个字又发不出来，使得第一个字再度重复的感觉就会自行消失。你不妨先按照我说的先慢慢练一练，以后我再给你配药……"

说话间，他们已来到东门城下。

看到巍巍古城墙，一种难以名状的亲切感不自主地在耿文身体内荡漾放射。他像小孩子似的爬上爬下，东转转，西看看。女儿墙在太阳的照射下是那么的绚丽多彩。耿文兴奋异常地跑到外城壕看看，那一排排挺拔的堞楼，如同一队队整齐待发的卫兵，是那么的雄壮、刚毅、威武……一连串的词语倏地畅游在耿文脑海中……再登城头，向远方眺望，原野却是一片迷迷蒙蒙。回过头向城中望去，一座座院落重重叠叠，在这里好似寻觅到整个平遥城的精髓……龟城——阴阳五行——八卦学术，不停地在耿文的脑海中流动来流动去。耿文不由道："龟乃长寿之灵物，在古人的心目中一直都被尊崇为圣洁的神灵，还有那三千门弟子七十二贤人的孔圣哲学思想……只有用心去体味，用心去剖析，才会更深入更透彻地理解古人筑城的思想性乃至她的文化品位……"

东子对耿文渊博的学识敬佩不已，别看他笨嘴笨舌的，除了汝莲外，他从没佩服过任何一个人。东子十分庆幸自己能够遇到耿文，他甚至有些迷信地认为这是上天的安排，能够接触到关心别人，而且有着惊人文采的耿文，是他今生的造化。东子内心世界里对知识多么渴望啊，只有做一个文化人才可以成为上等人。

耿文越走越觉得有意思，越看越有兴致："十里城墙我们走完好吧。"

"哇，耿文哥，你要走十里噢，只是……"东子有些为难地。

"我们从那里上来，再从那里下去，正好一个完整的圈，不是很好吗？好东子，我们动作快一点，不会耽误你做事。"耿文知道客栈好多事都在等着东子干，绝不能为了自己耽误他的事。

"好吧，耿文哥说话要算数，一路上，我们只可快速前进，别的我可什么也不给你讲了噢。"

"好啊，我给你变一块银子出来，犒劳犒劳我们东子好吧。"耿文说着像变戏法似的手上立马有了一块银子，然后做了个弧度动作，向东子抛去。

东子下意识地将银子接住，在嘴上咬了一咬："是真的，不过我可不敢私自收客人的银子，这样姐姐会瞧不起我的。"说着将银子递给了耿文。

"东子你真的不要啊，不要我可就变回去了。"只见耿文将银子往空中一扔，银子马上无踪影了。

"哇，了不起呀，耿文哥这一招，真的很了不起耶，您教教我好吗？"东子有些认真了。

"日后会教你的，这不过是魔术中的一小把戏而已。"看着东子稚气的脸上满是认真样子，耿文赶忙解释道。

"耿文哥，你真的留下来不走了？"东子有些不相信。

"本公子不走了，本公子要在平遥安营扎寨。"耿文哂笑着，作出了决定。

太阳快要下山时，东子一个劲儿的催着耿文："耿文哥，时候实在不早了……"

"东子，谢谢你陪我这么长时间，对不起了，你先回吧，我想一个人静静地在这儿待会儿，放心吧，我会自己找回客栈的。"

太阳还没下山，一轮新月已急不可待地浮上了天空，那种意境恰似超凡脱俗之感,让人美不胜收……

耿文站在城头细细品味着大自然的赐予。夜,倏然降临,霍地便掠夺了这曼妙欢快的景致。大自然,真是瞬息万变啊!忽儿,星光闪烁,护城河水淙淙响,清风拂面爽……此刻,大自然赐予人类的又是另一种景象……几经风雨,几番沉浮,自己如同一艘小船在海面上漂浮触礁,几乎被撞击得遍体鳞伤……如今来到平遥,心境竟是这样的平静如水,在这里似乎可以轻轻地拂去身上的累累伤痕?濯洗尘世间的污渍污垢?将一切烦恼全都抛到九霄云外?

耿文释然地敲敲脑门,大步流星地向回"家"的路走去。

第三章

平遥县衙署内"忠爱堂"。

这里是县太爷的内宅院,同时又是接待上级官员,与僚属商议政事兼处理一般公务的地方,更是审理机密案和不宜公开案件的地方。

这是一个面宽五间的房屋,硬山顶的建筑,在整个县衙都显得格外豪华。

这里也正是这一任县太爷的住所。

县衙的夜,格外静谧。县衙里的花与草已经沉睡了,而几千年的老槐树却丝毫没有半点睡意,它的树叶都在窃窃私语着,它们知道罪恶的萌芽正在这里膨胀着,魔鬼的双手一次次伸到墙外……这里的一切,只有它们最清楚,或许,只有它们洞察这里的一切,只有它们才知道,这里将要发生什么事情。

此刻,县太爷的窗户纸上正摇曳着灯光。这里正秘密策划着一起坑害他人捞取钱财的阴谋。为了钱财可以不择手段。他们各自打着各自的算盘。

一个尖嘴猴腮人将一锭金子给县太爷呈上:"老爷,一定要给小民作主。"

"这个?"县太爷将金锭子把玩在手上,心不在焉地。

"老爷,小民手头……一时半会儿拿不出太多,日后定多多孝敬老爷。"

"哼!周家利,你休想蒙骗老爷,你当我不知道……"

周家利心里一惊,只听县太爷道:"这些年你索取周王氏家的钱财还少吗?整个家业几乎全都到了你手里,你心也太黑了吧,仅仅给人家母女剩下一处破败不堪的小院子。如今人家将院子拾掇好了,正干得红红火火,你又说这个院子风水好,日后要出大人物!"县太爷皱了皱眉头,摇摇头卖着关子,"这事啊,难哪。"

周家利不由倒吸了一口凉气,心里说,他怎么会了如指掌,难道上一任县太爷……哼!如今县太爷,一任更比一任胃口大,都怪自己没下狠心,若趁那个时候把她们母女扫地出门,哪有现在的麻烦? 只怪自己刚才心急,一时把风水的事说漏了嘴,让县太爷才有机可乘……毕竟胳膊拧不过大腿,人家是县太爷,要想请他出面就得……想到这些,周家利赶忙赔着笑脸拍着马屁:"大老爷真是明察秋毫,什么事都瞒不过您哪,其实小民从来都不敢瞒哄大老爷您的,只是一时糊涂,说话欠妥当,一切还得老爷您做主。"周家利恳求着县太爷。"老爷,说什么您也一定要帮忙,小民永远都会感激您的。"周家利边说边从袖中又掏出一锭金子,递了过去。

周家利认定风水先生说的话没错,无论下什么血本,也要把周老太现在所占的宅院搞到手。

"这个嘛,让本官试试。不过——"县太爷两眼滴溜溜转动着,十分暧昧地凑近了周家利,"舍不得孩子套不着狼,这个道理你应该懂得。"县太爷的眼睛宛若早已射穿了周家利的骨子里。

周家利战战兢兢地把最后一锭金子拿了出来呈上:"老爷,这一下,我可就——"他不敢把话说直了,弄巧成拙,不就竹篮打水一场空了?

"算你聪明,老爷我替你做主了。不过,这事也不能太着急,给老爷一点时间,还须找个借口……把耳朵递过来,我们如此这般,这般……"

周家利乐得嘴都合不上了,仿佛周老太的院子已被他弄到了手。

事情说来也凑巧,就在县太爷和周家利商量如何谋取周王氏家产时,正好让师爷武秉德撞上了,把事情的前前后后来龙去脉搞了个清清楚楚。

师爷武秉德处理完这些天来遗留下来的疑难问题后,头脑晕晕乎乎的,便回到县衙的住所和衣躺下了。一阵清风吹来,让武秉德好不惬意,头脑顿感清爽,眼前突然出现一泓清澈透明的河水,一簇簇金鱼在河水中自由自在地游动着,一股股香味扑面而来,奇花异草陡然出现在他的脚下,在他眼前摆来摆去。蓦然,笙乐洞箫响彻云霄,一朵美丽的莲花疯张开来,把武秉德卷在了花的中心。俄顷,武秉德的身体随着莲花袅袅上升,如同神仙腾云驾雾起来。武秉德正感奇怪,双脚却又踏踏实实地踩到了地面……武秉德竟不识这是何处,似曾相识却又想不起这里究竟是什么地方。惊诧时,影影绰绰月光下,一位身着绿色衣服的老者,拄着满是虬结的龙头拐杖,精神异常地向他而来。快到近前,武秉德看清楚了,这是一位鹤发童颜的老人,慈眉善目中透着一股不可抗拒的魅力,一派仙风道骨给人亲切和谐之感,眉宇间显示的却是凛然正气。

武秉德顿觉此人是如此的面熟,可就是怎么也想不起在哪里见过,无论怎样,礼多人不怪,不妨上前施个礼……

还没等武秉德缓过神来,老者已飘然而至施礼道:"师爷日夜操劳,乃百姓之幸。老朽在这里有礼了。"

武秉德急急还礼"请问您老……"

不容武秉德说话,老者又道:"师爷不必多问,老朽只是看不惯世间不平,如今世道晦暗,想来你也有同感,然而,就你的能力,要想办一件好事,很难很难。"说到这里,老者把话停住了。

老者的话正说到师爷痛处,原本自己是个教书先生,这任县太爷来了,大有对老百姓亲切之感,非要把自己请来当师爷,本来想为百姓、为邻里做些好事,可事与愿违,好多事情由不得自己,县太爷表面上修饰的真是不错,可骨子里却……尽管自己感觉到哪里不对劲,然而县太爷干的每件事几乎都是天衣无缝,没证没据的,让人找不到一丝把柄。想到这里,武秉德忙施礼道:"学生确实不才,祈盼老先生赐教。"

"今晚子时下刻,你可这般,便可知晓。"老者把话说完,转身欲去。

武秉德连忙拽住老者的衣襟不放,他想详细问个究竟,老者赶忙拉开他的手,如烟,如雾,不见了。武秉德一急竟拽下了老者的一片衣襟……"你究竟何人,何人?"一个激灵,师爷武秉德醒了,手中却攥着一小块老槐树皮……武秉德只觉背部一阵阵发憷,这样奇怪的梦……仔细一想,老者说的全对呀,自己扮演的究竟是什么角色?一向胆小谨慎,任人牵着鼻子一步一步走,事事怕出错,想想自己的所作所为,只不过一傀儡而已……外面的风声紧似一阵……大清朝真的……武秉德不敢往下想了,无论什么人领头,只要老百姓过得好,那就是真正的好……县太爷最近更是神神秘秘……而且,言行举止都有些怪……那么刚才这个梦……

武秉德百思不得其解,好多年前就有人说过,二堂门前的那棵老槐树成仙了,莫非是仙人所托,为自己指点迷津……他来到二堂前,借着月光,摸索着斑斑驳驳的老槐树,树干好似有一块掉落的树皮……

武秉德脱下鞋子提在手上,悄悄来到后院县太爷的住所……

窗户纸内,灯光下,两个脑袋如同两个剪影,正在……武秉德不由得脚底冒凉,浑身上下冷嗖嗖的……

天一客栈。

此时客栈已掌上了灯。

在耿文眼里,今天那一串串的莲花灯更加姣美动人,远远的如同两只正欲鼓掌的纤巧玉手,迎接耿文的到来。耿文不由得停住脚步,站在灯下仔细观赏……灯是以绢绸和玻璃相融合而成,巧妙地将技艺与丰富想象揉为一体,既简洁明了,又经济实惠,让人感觉到的却是一种赏心悦目的享受。

耿文从内心世界里迷上了平遥。几天来的转悠,耿文对平遥有了大致的了解。

此刻,耿文的心情异常兴奋,他要把自己所收获到的,和决定长期留下来的事告诉周老太和汝莲。耿文急匆匆奔向周老太房间,突然里面传出了哭声,让他把正要敲门的手放了下来。

　　"妈真的不想活了,呜呜呜……"

　　"妈,你别着急,有话慢慢说,有女儿在呢。"汝莲轻声细语地宽慰着母亲。

　　"女儿呀,大祸将要临头,我们真的要流落街头了,呜呜呜……"

　　"妈,不会的,有女儿在,女儿长大了,什么事都不怕,妈,你别哭好不好,赶快把事情的原委讲给女儿听好不好?"

　　"呜呜呜,妈听你的,妈不哭了。"周老太用绢子擦着泪,却还在不停地抽泣着。

　　"妈,你先喝口水,慢慢讲。"

　　"我的好女儿,"周老太接过汝莲端来的水,看着女儿,"没有你,妈真的不想活了,"周老太落寞地说,然后恻然地摇摇头,"刚才你秉德叔来过了,他打探到周家利给我们巧立罪状,将我们告到了衙署,县太爷接受了他的重金,说过几日便升堂,让我们腾出这院子。这可如何是好,好女儿,你快想想办法呀。"

　　"又是家利叔!"

　　"你还叫他叔呢,呸!他周家利一点都不配。"周老太愤怒地轻蔑道。

　　"无论怎么样,从辈分上讲也应该称他一声叔。"这个时候,汝莲依然不忘伦理道德。

　　"哼,周家利心也太黑了,连个外人都不如,他这是要咱们的命。呜呜呜。"周老太说着说着又哭上了。

　　"别着急,让我想想……"汝莲眉头紧皱,搓着两手沉吟着。

　　"周家利的手也伸得太长了,自从你父亲去世后,他就开始欺负我们孤儿寡母,以各种理由将我们家的财产全都吞去,将我们母女俩撵到这破宅子里,我熬啊熬的,好不容易盼着你长大,如今女儿出落得有些本事了,硬是把个破旧的院子拾掇得像个样子了,这不,客栈也开了,而且开得体体面面红红火火,我的好日子刚刚开头,周家利他又眼红了,又要想方设法把院子夺去,这明明是将我们往死里逼呀。唉,怨只能怨你娘我无能哇,没能给周家生个儿子,没给周家留下后哇,呜呜呜——"周老太伤心欲绝地哭着。

"妈,你就别哭了……哭是没用的,你不是说我长大了吗?妈,你放心,车到山前必有路,我会想办法的。"

"女儿呀,你要是个男孩子就好了,这不明摆着周家利欺我们家无后哇,怪我又无端认了个干儿子,这倒好,他更有理由像扫帚扫地一样把我们赶出门外了,女儿,难道我家女儿就不算人吗?呜呜呜。"

汝莲沉默了片刻道:"妈,你别这样好不好,事情已经这样了,我们要积极想办法应对才是。"

汝莲,的确是一个天性纯孝柔和内慧外秀的女孩,她遇事镇定冷静,沉着不慌,让耿文暗暗赞许!

"你父亲从小就把你当个男孩子看待,培养教育都是按照男孩子的标准来衡量的,女儿呀这一次我们可得赌口气啊。那时候你还小,能留下这幢院子,全靠你秉德叔的功劳,况且他又是你的启蒙先生,那个时候他不在县衙当差,都为咱们想着法子,如今在县衙当差,而且还是个师爷,说不准……"周老太絮絮叨叨着武秉德,眼睛里仿佛透出一点光。

"妈,秉德叔确实很好,为人正直,只是他处事小心谨慎,恐怕——"

"妈不允许你这样说你秉德叔,要不是他来通风报信,你能知道事情的来龙去脉?"周老太有些恼怒地嗔怪女儿。

耿文听得真真切切,一切非常明了,这是欺弱霸产!我一定要帮你们!耿文暗下决心。耿文的头脑不停地转动着对策,他的心在承诺着,我不但要帮你们,而且还要刹刹这股不正之气!耿文想到这里,忘却了礼数,破门而入。

周老太一惊,不好意思地拭着泪:"先生有何吩咐?"

耿文抬头一瞥,恍惚间,眼前的汝莲却是那么柔弱,那么惹人怜爱。和刚才说话的汝莲判若两人,耿文一时反而不知该说什么好。

东子提着一壶水走了进来。他款款地给耿文倒了一杯,又给周老太倒了一杯。低声地道:"姐,都是我害了你们。"

"东子,姐不怪你,没有你,他也会想出各种理由来欺负我们。"汝莲凄然一笑,咬咬牙道。

"姐,要不要我把古义哥叫来,共同商量一下。"东子小心翼翼地对汝莲道。

"不要。"汝莲坚决地。

"我会帮你们的,我什么都听到了。"耿文扬扬头道。

"我们家的事不用外人来帮。"汝莲突然硬梆梆地道。看得出来,汝莲的内心在挣扎着,汝莲的心在哭泣。

"我一定要帮你,你听我说……相信我不会让你失望!"耿文的话铿锵坚定,一种不容反驳的力量弥漫在整个房间。

一股汹涌澎湃的冲动,蛰伏在汝莲的体内。汝莲从第一眼看到耿文,就认定这是个好人,而且是个很能干、很实在,绝对让人信赖的好人。越是这样的人,汝莲越不想让耿文搅动这趟浑水。汝莲心灵深处有种预感,这是一场无聊的官司,没有意义的官司,让这样的好人卷入这样的官司,不值!

周老太有些不大相信地斜睨着耿文,心里说,这个年轻人是不是太狂妄了。尽管如此,周老太还是希望多几个人来帮一把。

东子则以热烈的目光望着耿文,只是觉得耿文的举动是否有些草率了,再怎么说也是一个过路人,不过,他相信耿文有这个能量。

"来,我们研究一下方案,尽可能地给我提供情况,让我好熟悉一切。"

从耿文的眉宇间,汝莲看出了他的固执,同时又感觉到他身上蕴藏着一股不同寻常的力量。

汝莲幽幽地:"看来也只能这样了。"

东子没听汝莲的话,急急忙忙跑出去找张古义了。他一口气跑到张古义学徒的地方,张古义却不在,和他一块学徒的伙计们告诉东子说张古义去跑街了。东子只得满大街找,还是没找到,急得东子团团转,不知如何是好。他觉得这么大的事不告诉张古义,从道理上实在有些说不过去。他不是不相信耿文,只是觉得,应该有亲情关系的人,说起话来更为踏实。

　　东子跑遍平遥的四条大街,结果还是没找到张古义,难道还要把八小街、七十二条蚰蜒巷全都跑下来不成?他觉得有些奇怪,忽然一拍大腿道,现在时候不早了,张古义肯定跑完街后,直接回家了!真笨!这么点小事都办不好,还想成大器?他责怪着自己,那么只有去他家找他?

　　东子有些为难了。张古义父亲张聚财的为人实在难以让人恭维,满身的铜臭、势利便罢了,还装腔作势冒充斯文,胸无点墨却装出一副文人模样。更让人不满的是他对汝莲的态度,总是阴阳怪气让人难以捉摸,一会儿要跟周家悔亲,过一段时间又来夸汝莲聪明能干,将来是个持家过日子的好手……东子边走边想,姐姐不想让张古义知道这件事,恐怕也正是这些原因。想到这些,东子竟蔫蔫的欲打退堂鼓,不想去找张古义了。

　　刚刚返身走了没多远,心里又觉得实在不对劲,我得替姐姐多想想,这场官司万一输了,姐姐日后恐怕连个着落处都没了,那时再跟张家说,浑身有嘴也不好说。不行,这事无论如何得让他们家知道,即便他们家不愿出面,至少也得让张古义知道这件事。

　　东子加快了步子向张古义家走去,没走几步,他又停下来自语道:"笨死了,我看你怎么就不长记性,什么德行,一着急连最普通的常识都没了,看你以后还长不长记性,前几日不就听人说他家买了新宅院搬家了?可现在你还在这里兜圈子……连他们家搬到什么地方都不知道,还通什么风,报什么信……"东子生气了,像小孩子似的赌气兀自转着圈使劲拍打着脑袋。

　　"咦!这不是东子吗?一个人在这儿玩什么游戏?"这是一个熟悉的声音。

　　东子急忙收住了脚,一看眼前这人正是武秉德,他有些羞愧地赶忙行礼:"回秉德叔话,东子没玩游戏,东子是找古义哥的。"

　　"哪个古义?"

　　"就是张聚财大伯家的张古义,我找了老半天也没找到,后来才想

起他们家买了新宅院搬家了,可又不知搬到哪里……"

"哈哈哈,这孩子,有意思,所以在这里兜圈子?"

"不是的,秉德叔让你见笑了,东子有急事嘛。"东子急着辩解道。

"好孩子,叔也是才知道的,他们家刚刚搬了没几天。叔告诉你,一直向前走,向右手拐个弯,就是'安家街'了,朝巷子里再拐一下,看到一处高门楼高门槛黑漆街门便是他家了。叔还有事,先走了。"武秉德边说着已转身离去了。

"谢谢秉德叔。"东子看着武秉德远去了,高兴得一蹦,折身向武秉德所指方向跑去。

一会儿时间已到安家街了,东子挨着个儿瞅着,一个挨着一个院子,青砖碧瓦,高高低低门楼雕刻得很精彩……不远处,东子看到一棵遮天蔽日的老槐树,这是一棵好几个人都抱不住的老槐树……站在老槐树下,一丝丝清风十分熨帖地拂过东子的脸面,一种舒适的惬意感霎时在东子身上漫延开来。东子不由得想,若是夏日,晚风吹拂,在此乘凉聊天讲故事,真是个绝妙的好地方。东子想着走着,一条巷子已出现在他眼前,斜着身子远远望去,巷子的东端果然有一个十分气派的高门楼,想来这就是张古义家的新宅院了。怪不得,这么阔气!噢,早就闻听张聚财贩卖烟土赚了不少钱,不知是真是假,看来……东子不由得吐了一下舌头,千万不敢搅舌,这可是犯法的事,东子想都不敢往下想了。

进了巷子走了几步,一切都看真切了。蓦然,两只石狮子张牙舞爪地突现在东子眼前。一个可怕的念头突然出现在东子脑际,恐怕石狮子的嘲笑,更是对汝莲的嘲笑……不会的!石狮子怎么会……也许自己有点累了。东子不由得揉了揉眼睛,刚才的幻觉消失了。东子终于看清楚了,石狮子虽然雕刻得雄壮威武,但它们的眼神却很友善。

"汪汪汪",一只花狗叫着从高台阶上冲下来,直扑东子。东子飞快地抬腿对狗踢去,狗的叫声更加疯狂了。东子一个箭步跳开去,转身又跳回来,用手捏住了狗的脖子,狗一动不动地被东子制服了。

随着狗的叫声，张古义跑了出来："谁呀？"

"是我，东子。古义哥，你这只狗真是太差劲了，连我都能把它教训得服服帖帖，更不要说防贼了。"东子说着放开了狗。

花狗看着主人，朝着主人跑了去，在主人面前讨好地摇动着尾巴，摆出了一副可怜相。

"哪来的贼呀，只不过是大人们闲着没事，作一摆设而已。"张古义一边解释，一边用手指着院子让东子看。"东子，你看我们这宅院怎么样？在大门口就可以一眼看到一进三幢院通天柱楼了，其实在外面的某个角度也能看得到，多气派噢，过去只有达官贵人才有资格住得上，你再看我们家影壁上刻着的松鹤延年……噢，你看我都忘了，有垂花门楼挡着呢，站在大门外是看不到的……"张古义一见到东子，便急不可耐地夸耀着："我们买这幢院子时，都是我爹看好一手操办的。"张古义站在大门口喋喋不休地显摆着，故意这样说给东子听，实际上是想让东子传话给汝莲，好让汝莲知道他们家现在家底有多殷实有多虎威。

东子哪有心思仔细瞅这些，他敷衍着"嗯、嗯"了两声，打断张古义的话："古义哥，我是来——"

张古义马上意识到自己的话太多了，赶快对东子道："东子，你有事吗？"张古义说这话的同时，又有些顾忌地朝院子里望了望。

"古义哥，还真让你说准了，只是这事——"东子有些碍口地。

"你快说，什么事，好些日子没看到汝莲了，是不是汝莲让你带话，想让我去看看她。"张古义自我感觉特别好。

"算了吧，就你自作多情，"东子撇了撇嘴故意嘲讽地。还没容张古义开口，东子又十分郑重地："是汝莲姐家有事了，看你能不能帮上忙。"

"汝莲究竟怎么了，快说。"张古义有些着急地，他最怕汝莲生病了。

东子挽着张古义的手说："要不咱们走吧，去了你就知道了。"

张古义仿佛怕弄脏什么似的，连忙甩开东子的手说："你一定得先告诉我究竟有什么事，我才跟你走。"

"汝莲姐家恐怕要吃官司了。"东子只好以实相告。

"啊，怎么会这样？"一听官司两个字，张古义眼睛里不由得显出了慌乱。

东子却一点也没注意到这些，他心里只是替汝莲着急："古义哥，你一定要帮汝莲姐打这场官司！"

张古义指着自己的鼻子："打官司，我？"

"干妈和姐姐再也没别的亲人了，只有你。"

"我刚刚学徒——"张古义的话刚一出口，马上又停住了。张古义后悔死了，想想看，这几年长大了，自己反而变得越来越懦弱起来，遇事总是怕事。小的时候，自己是那么的豪气，只要有人欺负汝莲，自己都会挺身而出保护汝莲。记得那一年带着汝莲上城墙玩，远远看到大人们找来了，赶快把汝莲按到垛口下窝着身子藏起来，以为这样一藏，大人们保证不会找到，谁知汝莲头上的大红花结正好顶在垛口上，结果被大人们发现揪了下来，是自己把事情全包揽下来，挨了大人狠狠的一顿揍，但心里却是甜滋滋的。为了汝莲仿佛什么都不怕，从小到大这份情时时都在自己心中膨胀着。可现在，自从到了铺上站了槛柜，却变得如此胆小怕事……此刻，张古义宛若看到汝莲正用鄙夷的目光看着自己。

"谁呀，有话进来说吧，站在外面说话不嫌寒碜，让别人看见多没体面。"院子里传来了一公鸭嗓子音。话到人到，张聚财已迈着八字步走了出来。"哟！我还说是什么贵客来了呢，原来是周老太家的小伙计呀。"张聚财讥讽地。

"是干儿子，名叫东子。"东子理直气壮地。

"伙计跟干儿子有什么区别呀，好好好，就叫你东子吧。东子，你们家肯定又有什么事了吧？不会是汝莲生病了吧？"张聚财摆着一副财大气粗不可一世的架子，用嘲弄的口吻对东子道。

真是狗眼看人低，哼！你瞧不上我，我还瞧不起你呢。东子心里轻蔑地说："谢谢大伯关心，汝莲姐身体可好着呢。"东子有意地大声道。

"爹爹,汝莲家有事,我得去一趟。"

"她们家能有什么事,无非就是些病病痛痛的事吧,刚才你没听东子说汝莲身体好着呢。"

"他爹,就让孩子去一趟吧,最近总是忙咱们的,好长时间都不知道周太太和汝莲这孩子怎么样了。"张古义的母亲走过来时,正好听到他们的对话,连忙给儿子打着圆场。

"真是妇道人家,越来越不懂事了,你不知道古儿在柜上学徒不能多分心,你知道这个差事我费了多少周折才说合进去的,你当铺子是你家开的,想怎么着就怎么着吗?"张聚财横眉竖眼地数落着老婆。

"爹。"张古义轻轻地叫了一声。

张聚财看了一眼儿子又道:"不过这两年汝莲倒是出落得越来越能干了,将来应该是个持家过日子的人。但是,这事要三年后再考虑。"

"爹,是这样……"张古义有些胆虚地试探着。

其实东子早就知道,张古义本人挺不错,对汝莲姐更是情有独钟,从小青梅竹马总是护着汝莲,只是有一点,见了他爹,总是像老鼠见了猫似的胆怯。

"有话快说,有屁快放,我还夹着一泡屎呢。"张聚财粗俗地催促儿子。

"爹,是这样子的,"张古义斜睨了一眼东子,东子点点头,给他鼓励的眼神。"汝莲家吃官司了,我得去看一下究竟怎么回事……"张古义嚅嗫地道。

"古儿你给我好好听着,这事不是你能管得了的。好好干你的,熬出三年徒来,什么样的好媳妇娶不到,还用你这样火急火燎地在这儿干着急?"张聚财越说越不像话。

张古义的母亲款款拽着张聚财的衣襟悄悄道:"他爹,话不能这样说,她们家有难。"

"滚!滚!都给老了滚回去。"张聚财使劲把老婆推了一把,大声呵斥道。

张古义向东子摇摇头摆摆手,扶着母亲赶快回去了。

东子气得一跺脚，折身"噔噔噔"跳下台阶跑走了，他发誓以后再也不登张家的门了。窝着一肚子气的东子，沮丧地一路上踢着石子泄愤。

东子不知道回家后该不该把这事告诉汝莲。

第四章

接下来的日子，一切平平静静，仿佛什么事也没发生。

天一客栈。

耿文叩响了汝莲的房门。

"对策想好了吗？"汝莲深知风平浪静的背后定然会隐藏着更大危机。好几天都没见到耿文了，一见耿文汝莲便迫不及待地问。

"应该没问题，"耿文叩了叩脑门突然道，"我们下盘棋好吗？"

听着耿文很有把握的话，汝莲惴惴不安的心霎时放了下来。

"好啊，不过，你怎么知道我会下棋？"汝莲有些不解。

自从父亲去世后，汝莲对棋子几乎都封闭了。除了父亲，又有谁能跟自己对弈呢。尽管父亲从小培养自己，把自己当作男孩子看待，然而，事实总归是事实，在这个重男轻女的时代……汝莲不禁流露出伤心状。

"怎么了，不是说好下棋吗？还没开场就想悔棋呀，我玩的棋子可要落地生根噢！"耿文察言观色，知道汝莲肯定想起伤心事了，笑容可掬地故意转移话题逗汝莲开心。

"没有啊，我这不正准备棋嘛。"汝莲不好意思极为敏感地笑笑赶快道，心里却说，这个耿文确实厉害，居然能洞穿别人的心理……汝莲忽然装出一副生气的样子："你在剖析我！你这么悠闲无聊，你能帮我……"

女孩子的脾气真是怪，说云就是云，说雨就是雨，挺有意思的。耿文笑盈盈地想。

"没有啊，我为什么要剖析你呢。我在想，我们在下棋的过程中是否能更多地得到一些启发。"耿文一脸认真。

"对不起噢，我是故意激你的。"汝莲略略停顿了一下，然后扬了扬下巴，像小孩子似的又道，"能和你下棋是我的荣幸，不过要说好了，我得执白子噢。"

"好啊，我是无所谓的，不过我很想知道你为什么非要白子呢？"耿文情不自禁地追问。

"你是不是想对我刨根问底啊？那我告诉你三个字，我喜欢！咯咯咯，我就是喜欢！"汝莲脸上写满了快乐。

耿文看着汝莲快乐的样子，笑眯眯地沉默不语。心想，这女孩子真的很有意思，对弈都要来点小花样。

看到耿文没说话，汝莲忽然觉得自己好没来由，平白无故就和人开玩笑，未免太轻浮了。汝莲想到这儿，收敛了笑，准备打开箱子取棋子。

"我明白了，"耿文忽然拍手道。"你的用意是白色棋子纯洁无瑕，一个好女孩只有纯洁无瑕，才是完美的。"

汝莲惊叹于耿文的思维敏捷，轻轻地点点头表示赞同。

"其实对于棋子的选择，这只是你视觉上的感官认识，表象上的东西并不代表它的内在，而真正的纯洁，真正的美却是要看它的内在。看棋子如同看一个人，道理是一样的，无论他长得俊与丑，穿戴好与歹，只有用时间来磨砺才会知道他实质性的东西。作为一个人只要有着内在的美，那他就是真正的美。至于说外表上的美，那是爹妈给的，容不得任何人来选择。虽然外表的纯洁与美不可以选择，但内在的纯洁与美却是由人选择的。"耿文精辟而哲理性的精彩语言，让汝莲听来是那么的超凡而脱俗，很有新意。汝莲脸上忽然焕发出光彩。她怡怡然地从箱底取出了棋子。

那是一个用锦缎制成的盒子。散发着阵阵女儿香的锦缎盒子上，却绣着一只展翅的雄鹰。看到这只锦盒，耿文真的好奇怪。

"这是我生日时父亲送给我的礼物。"汝莲说这话时脸色更加灿烂。转瞬，听到汝莲悠悠的解释，耿文忽然明白了其中的含义。"奇怪吧。"看着耿文奇异的目光，汝莲道，"不瞒你说，从小我父亲总把我当男儿看待，他的愿望是让我长大后如同雄鹰一样展翅飞翔，瞧我这双大脚就足以证明父亲的一番苦心了……"

汝莲抬眼看了一下耿文，耿文似乎充满了倾听的欲望。汝莲略顿了一下幽然地："旧的习俗真的害死人，也就是五岁那年吧，我刚刚起床没一会儿，母亲提着一堆东西过来了，母亲像变戏法似的在我的窗台上摆满了一溜小鞋子，有蓝的、红的、黄的……每一双鞋子都绣着各种不同的花样，那花样漂亮极了。我抱起这些可爱的小鞋子，问母亲道，这是让我玩的？母亲笑笑，这是给你穿的。我突然意识到什么似的，恐惧地瞪大眼睛，猛地把鞋子扔下拔腿便跑，边跑边说，我长大了还要学骑马呢，小脚什么也干不了。"

"母亲一把抓住了我，把我抱在怀里，温柔地对我说，这是女孩子都要经历的。听话，今天是个好日子，妈已给你蒸了软面红豆沙糕，已经上过供了，一会儿赵姥姥过来，你要听话。我在母亲怀里挣扎踢腾着，我不吃软面糕，我也不裹脚，我要骑马……不知怎么回事，柔弱的母亲那天力气特别大，她生气地打着我的屁股，谁让你不争气是个女孩子呢……我心里说我女孩子怎么了，爹爹教我背诗，教我画画，我哪一样不比男孩子强？我要大脚，我要上学……我哭着，喊着，可任凭我怎么挣扎母亲都不松手……母亲跨过一只腿把我的整个身子夹得紧紧的，一个早晨我都哭着闹着，母亲却始终紧紧地抱着我，生怕我跑掉，后来我竟有些迷糊了，朦胧中只见一个姥姥提着一只鸡来了，一双小脚踩得地面"咚咚咚"直响，听她对母亲道，这只雄鸡价钱可贵了。母亲说，贵就贵吧，裹脚可是离不开雄鸡血的，我们赶快进行吧，这孩子可倔了，要他爹回来又要反对我了……这行吗？那姥姥显然有些犹豫了。行，我做主，母亲十分自信。

我突然明白了，母亲是背着父亲给我裹脚的，只要有父亲支持我，我就不怕，我大声叫着，爹爹来救我——，母亲说，别叫了，妈是为你好，你爹他救不了你，他今天肯定回不来。母亲的话还没说完，只听得父亲道,谁说我回不来?也是我的运气好,其实父亲出门是答应给祁县一个朋友的孩子临时当几天先生的,当父亲走在半路上,那朋友的家人半道上截住报信道,那孩子突然患白喉,还没来得及抢救就没了。父亲便打道回府了。父亲一进门正好遇到这一幕,这是母亲没有料想到的。母亲早已和父亲商议过给我裹脚的事,可父亲就是执意不点头,母亲只有出此下策。当然了,这些都是后来母亲告诉我的。记得那天父亲和母亲吵得很厉害。父亲说都什么年代了,还要给孩子裹脚,清朝入关时就主张不让女子裹脚了,可你现在还给孩子干这些无聊的事! 父亲的样子很凶。那个姥姥一看情况不妙,赶快唯唯诺诺往后退走。我记得十分清楚,也许是父亲感到自己有失礼貌?他掏出钱对那姥姥说,对不起,这不关你的事,让你费心了。那姥姥接了钱,对父亲鞠了个躬,赶忙退了出去。

母亲委屈地说,我也是万般无奈呀,你当我愿意让孩子受这个罪,可习俗不饶人呀!孩子长大了要嫁人就要有个嫁人的样子,况且我们家订的是娃娃亲,总不能带着一双大脚嫁过去,到时候让人家对咱们家说三道四,对孩子小看一大截子…父亲动真怒了,真是女人家头发长见识短,怎么解释都解释不通,真拿你没办法。我的女儿我做主,别的事我都可以依着你,给孩子裹脚这事可就由不得你了。母亲哭得很伤心,我惹不起你还不行,谁让我没给你留下个后。我说过你吗?我嫌你了吗?生男生女是由人的事?父亲一连串问话让母亲再也没话说了,母亲尽管心中受着委屈,父亲充分的理由与他执拗的态度让母亲屈服了。在父亲眼里,我就是个男孩子!父亲是疼我的,母亲也是疼我的,只是他们疼我的方式方法不同罢了! 现在想起来,都有些后怕,所幸父亲有远见,坚决给我留下这双大脚,若裹了脚,我现在都不知什么样子呢,不要说满大街跑着经营客栈了,恐怕连吃饭都不知该向何处伸手了。"

耿文若有所思地看着汝莲道:"生活就是这样,犹如汹涌澎湃的波涛,时而把人举向高高的波峰,时而又把人卷向狭窄的波谷,面对人生,只要自己对自己有足够自信心,只有能把握好自己命运的人,人生才会青睐你,生活中才会充满阳光。"

耿文清新雅致的语言,汝莲听了,犹如一首首委婉动听细腻的抒情曲那样令人销魂,汝莲的思路跳动着飞跃着……

"我们书归正传怎么样。"耿文把话锋一转对汝莲道。

"哦,"汝莲迅速调整着自己的思路,"好的,这些年一直没人和我对弈,我的手都生了。"

"我想你是没问题的。"

汝莲想说,你的话总是那么让人喜欢听。但汝莲又觉得这话从自己嘴里说出来总归不大合适。汝莲自己都不明白了,自己近来究竟怎么了?在耿文面前竟有些……不去想这些了,下棋! 她命令着自己。黑白相间的棋子显了出来,一种久违的亲切感,父亲的教诲随之涌上心头。

"下棋不仅仅是游戏,更重要的是陶冶人的情操,古人为什么把棋和琴、书、画并列呢,就是因为可以通过棋的棋理来培养人的品德,思维能力以及礼仪,进而达到修身养性。"耿文侃侃而谈。

"说得太好了,我举手赞同。"汝莲的心渐渐平静下来了。汝莲正要举棋突然道:"当下世风日下,抽大烟赌博者有之,蒙骗坑人勾当比比皆是,就拿我这位远房叔叔而言,真是得寸进尺,想尽一切办法,不说人话,编排着理由霸占我们家产业,提起这事来,就觉得我们家也太窝囊了,真让人伤透脑筋。不去想这些不高兴的事了。哎,我突然想到一个下棋的故事,讲出来或许对这场官司有点启发,我们边下边说好吧?"

耿文点点头。

"从前有一下棋高手,一天,玩耍扶乩,突然萌动和神仙对弈的念头,便问,神仙可否下棋? 乩答,能! 下棋高手又问,能与凡人下否? 答曰,可以。于是下棋高手欲与'神仙'比试比试,斗胆与'神仙'对弈起来。开始,下棋高手对'神仙'走的几步棋茫然不解,心想,真是仙机莫测。于是苦苦思索对策,紧张得汗水直淌,半晌才下得一子,唯恐损坏自己的形象。过了一阵子,下棋高手发现'神仙'的棋艺也不过如此,并没有什么特别的地方,于是放开胆子展开了攻势。一局终了,'神仙'竟全军覆没,一败涂地。下棋高手诧然,勃然大怒欲拔剑。只见乩忽然乱动不止,乩道,我本一介幽魂,略通棋艺,本想假借神仙之名与你玩耍玩耍,谁知先生棋艺惊人,现在我只得走了……下棋高手闻言,长叹一声,连鬼都想骗人。转尔下棋高手又哈哈大笑,真有意思,刚输了一盘就认输,这鬼也太笨了。"汝莲的故事讲完了,突然觉得自己讲的故事有些牛头不对马嘴,心想,这样的故事能对打官司有启发吗? 汝莲不由得呆呆地愣在那里。

耿文边下了一子边道:"这就叫邪不压正,真所谓,魔高一尺,道高一丈。既然你这位远房叔叔能丧尽天良干没人性的事,那么他的下场也好不到哪里去。你说对吧。"耿文没听到汝莲回音,抬眼猛地看到汝莲竟是一脸迷茫。耿文故意清了清嗓子,并故作神秘地,放高声音说,"我也有一个下棋的故事想让你听一听,从这个故事,不但可以悟出很多道理,而且还可以知道怎样出其不意以弱对强,如何随机应变,"耿文把话间断了一下,看到汝莲还在愣着神,不由地道,"不想听我可就不讲了。"耿文摊摊手。

"啊! 没想什么,你讲吧,我想听,很想听。"汝莲猛地回过神来。一只手托着下巴,另一只手三个指头捏着棋子向前走了一步。

"从前有个很有造诣的下棋人对君主说,你知道下棋的道理吗? "耿文边说边观察着汝莲的神态,边出着棋子。耿文看到汝莲逐渐恢复了常态,接着又道,"君主说,非也。下棋人又说,我和你下盘棋可以吗? 君主说,下棋以机变算计而得胜,以不机变算计而致败,我不能做到,怎么和你下棋呢? 下棋人说,下棋的机变道理无非是虚实之词。实而张之以虚,所以能完其势;虚则击之以实,所以能制其形。这种机变圆而神,诡而变,所以下棋厉害的人能出其机而不散,能藏其机而不贪,先机而后战,所以因其无懈可击所向无敌。虽然这只是下棋的道理,然而这种道理也存在于世间万物之中。羲皇正是领会了它而画出了八卦,神农领会了它种好了庄稼,夏禹领会了它治理好了洪水,殷汤领会了它而明白了治国的要领,周武领会了它进而伐纣,公输领会了它造出了云梯,伯牙领会了它而开始鼓琴……其中的道理,正是圣人以仁义为机,贤者以礼信为机,谋士以术数为机,辩士以纵横为机……"

汝莲情不自禁地望着耿文。此刻,耿文的额头竟是那么平展而光亮,很自然地勾勒出一幅生动的前额,这个人脑子里蕴藏着的智慧究竟有多少? 汝莲望着耿文,内心一阵阵喜悦。

汝莲努力拉回自己的注意力,只听得耿文道:"如今时代,想要治理好一个国家正需要这些机变道理,这些机变道理不但对治理一个国家有着很好的启发,对我们来说,也可以从中悟出一些道理,用它来对付这些贪官,应对这些损害别人利益,嫁祸于人的小人。既然我们领会了其中的奥秘,体味到了圣人的机变道理,不就可以或弛或张,随机应变了吗? 这场官司一定要稳操胜券。这些天我已经作了一些调查,并和师爷秉德叔接触了一下,了解到周家利不但吸毒,而且还有可能贩毒,情况还在确认当中,千万不要打草惊蛇,让他自己砸自己的脚最好不过。不到万不得已,我们不要轻举妄动,毕竟是本族人,事事都要做到仁至义尽才是。至于县太爷的贪赃枉法,如《论语》所云'知己知彼,百战不殆。'只要证据确凿可以让百姓们兜出来。"

"真乃'听君一席话,胜读十年书',钦佩,钦佩。"汝莲不自主地站起来,还没等耿文说话,连忙又道:"这是我出自肺腑的话,请不必谦虚。"汝莲想用话堵住耿文的嘴,不想让他说出客套话来。

这时,耿文把一黑子置入白子的虎口。

汝莲一看忙道:"你这是趁火打劫呀。"

"对呀,胜败有时就在一瞬之间,想取胜就得来个出其不意。"

"你是指打官司的事?"

"也是,也不是,准确地说,是棋理。"

"汝莲才疏学浅,还是有些不太懂。"

"这个好像不需要懂得太多吧。"耿文儒雅地笑笑,"耿文不才,也

就不客气了,官司的事,我就当仁不让了。"

汝莲忽闪着眼睛,突然很感动,正想开口说话,只听耿文道:"除了这事我们聊点别的好吗,有好多事我都想请教你呢。"

"小女子不才,请教不敢当,竭尽所能便是,先生请。"汝莲调皮地学着耿文的腔调。

"哈哈哈,学得蛮像嘛。那我可就问了?"笑过之后,耿文一脸认真。"说句实在话,虽然我来平遥没多长时间,但我对平遥已经有了很深的印象,或者说是冥冥中的一种感应,总之,有一种特别的亲近感。置身于平遥,仿佛我已经是平遥人了,对平遥有着极大的兴趣,很想详细了解一番。不怕你见笑,这是我发自内心的感受,有好多细节性的问题想请教你,让你帮我,给我解释……"

"这个……"汝莲知道,耿文说这些是认真的,这可不是像刚才开玩笑似的,想怎么说就怎么说。汝莲突然感觉自己的学识真的太浅薄了,在耿文面前甚至感到有点羞惭。

"据我所知,你父亲是一位老学究,而且对龟城很有研究,而你又是那么勤奋好学,喜欢深钻,这些问题让你来解释应该绰绰有余。"

谈到汝莲的父亲,犹如一把火点起了汝莲的信心,父亲的教诲一点一点地在她的脑子里开始过滤。

"勤奋谈不上,用请教两个字就更不妥了。说到家父,他老人家对古城文化研究确实很有造诣,只可惜……"汝莲摇了摇头顿了一下,"那个时候我还是不太懂事。"汝莲遗憾地又摇了摇头,"不过,从小我对这些就特别感兴趣,父亲讲的有关平遥的人文历史、故事传说等等,经常萦绕在我的头脑里,只是需要慢慢地咀嚼,慢慢地消化,长大一点后我经常琢磨,每当这时,我便翻阅父亲留下来的手抄本……好像悟出了一些道理。对于博大精深的文化,也就是你说的细节问题,只有共同研究探讨,多出去走走,多请教人,才可能挖掘到更多更丰富的东西,平遥确实是个人杰地灵的好地方,别的不说,东晋时孙楚,孙绰,孙盛三个大文豪,就足以证明我们平遥是个出人才的地方了。"

"是啊,他们的博学多才,文藻卓越是有目共睹的。我已经知道平遥的雅称或者是昵称,已经习惯称之为'龟城'了,将平遥称之为'八卦街'也是合情合理的,然而要剖析其中的内涵,可就……尤其是那些令人捉摸不透的四大街、八小街、七十二条蚰蜒巷,还有数不清的一线天,我想闻听详情……"

"说到这里,首先要讲到风水问题了,这也是父亲常念叨的问题。父亲说过,古代筑城采纳风水是非常重要的,平遥城就是以风水观念择地而筑,'采穴'必须取上乘的龙脉。说白了,龙脉就是指水源而言……"

"当然了,水是人的命脉……"耿文点点头,做沉思状。

"平遥东南三十里的中都河源于麓台山,流入汾水,便是平遥城之水脉。平遥的选址乃山水环抱,属上乘之作。由于平遥乃龟之状,整座城由城墙与大街小巷组成了一个大的图案如八卦。也就是说,在明洪武三年前还没扩建平遥时,它的风貌就足以构成八卦形状了,这就和民间传说相吻合了。八卦街就是你刚才所提到的四大街,八小街,七十二条蚰蜒巷与数不清的一线天所组成。当人们步入平遥城时,便已经踏上八卦图,进入到八卦街了。"

"这么说,平遥人犹如生活在龟背上了。"

"是啊,这样就形成了动静结合。"汝莲说着伸了伸胳膊,把棋子放下,"我们该出去走走了,只有实践,亲自体验,讲起来或许会更生动,更有说服力。"

"正合吾意!"耿文腾地站了起来,做了一个走路的姿势。接着又道,"我突然想起来了,你说天一客栈在米家巷……"

"米家巷怎么了?"汝莲有点不解。

"人总是说'近水楼台先得月',可我却是近水楼台不得月,既然在米家巷下榻,尤其是住在有品味的天一客栈,而且掌柜的还是故事篓子,却不知米家巷的由来,岂不有点好笑。"

"哇!还没出门就先将我一军,要试试本小姐的脚大脚小?本小姐的脚可大着呢!"汝莲笑嘻嘻地逗着乐子。"先生,请听我慢慢道来。"

耿文郑重其事地又坐了下来,静等汝莲的下文。

"嘿嘿,好多人都是'身在此山中,云深不知处'。像你这样处处留心,不耻下问的人太少了。"汝莲看着耿文准备好认真听的样子,莞尔一笑:"其实米家巷并没什么典故,只是因米氏祠堂而取名为米家巷。"

耿文知道上当了,猛地跳了起来,抖抖衣服道:"出去了。"

汝莲笑呵呵地又道:"不过,可别小瞧这米家巷啊,这是平遥一条非常古老的巷子。同时,你也领略到了,巷子两旁的房子几乎都是清一色的瓦房,古色古香,高低错落有致,颇有韵味。而且抬脚就到'南大街',没多远就是城市的中心'市楼',所以呀,这条巷子有:布庄、当铺、帽局、银号、票号……巷道虽然不宽,你说是不是金银广有哇。"汝莲陶陶然地。

汝莲的话勾起了耿文初来平遥那个晚上的情景……

汝莲和耿文从客栈出来,进入南大街时,耿文突然道:"我们这会儿是不是正行走在龟的脊椎上啊!"

"聪明!"汝莲怡怡然地,"我们这会儿正是行走在龟脊上。你看,我们正从城的中心'市楼'出发,然后再扭回头来,面南而行,整座城是坐北向南的,所以南门为头,北门为尾,中间这一段正好是龟背的中心地带,也就是你刚才所说龟的脊椎处。"

"哇,龟的表象已十分清晰地显示在了我的大脑。我们继续向前行,就可以走到龟的脖颈处了吧?"耿文异常兴奋地打趣道。

"尽管你是在打趣,可你真打到点子上了,还是应该夸你聪明的!"汝莲不经意又夸奖耿文。

"承蒙夸奖,再夸奖我可飘飘然起来,可就没得说了。"

"好好好,不夸了,那我就该使劲贬你了。"

"我这么聪明,你贬我,我可受不了。"耿文嘻嘻笑着,"喂喂喂,该拐弯了,我们怎么走啊。"说话间他们俩已经走到南门头了。

"我们先向左手拐,这样就可以路经'文庙'。平遥的文庙始建年代不详,我们今天所看到的是金代重新建起来的,这条街为'东南门头'。"汝莲解说着。

站在文庙前,一股思念之情不停地涌上耿文心头。

汝莲回过头来,看着耿文愣在那里,奇怪地:"想什么呢?"

"没、没想什么,大成殿,我们可以进去吗?"

"今天不要,我们先来一个大的宏观体验,先把'八卦街'搞清楚。以后,我们再详细地去领会触摸各个地方的细节,好吧?"

耿文朝着文庙庄重地拜了一拜。

汝莲也跟着耿文的样子拜了拜,道:"从这里我们马上就可以到龟左上脚了,也就是'太和门',平遥人俗呼'上东门'。"

"太和门,"听到"太和门"三个字,耿文心情异常舒畅,不由插嘴道,"'太和'二字当出自《易经·乾·象辞》'保合大和,乃利贞',整个含义为阴阳交汇冲和之气,最有利于万物。宋人张载则把它诠释为大自然的阴阳浮沉,升降,互感,乃至生化万物的全过程——道。"

"你对《易经》研究得这么透彻,我可得好好学习了。"

"学习不敢当,只是想到了免不了就插上几句。"耿文谦逊着,又道,"按照八卦的方位,上东门正好在'巽'的方位,可迎朝霞,纳紫气,真可谓和风祥瑞。"

"你讲的很对,太和门可以说就是'巽'门,怪不得老百姓又叫这道门为'喜'门……哦,原来是取其谐音哪,而这里又是被神话了的'龟'的左上脚……"汝莲施施然,"你这么一说还真提醒我了,犹如我们客栈原来所开的'巽'门是一个道理。看来无论任何事物宏观和微观无不相结合噢。"

"是一个道理,比如说一头骆驼有着五脏,而一只麻雀同样也有着五脏。"耿文笑眯眯地道。

"噢,所以说,看平遥要有规律性,用整体观念来看喽?"汝莲若有所思地独语道。

"别因为我打岔儿扰乱了你的思维，一切按照你的原意进行，好吗？"

汝莲轻轻地点点头："好嘞，因为我们今天所要寻觅的是龟甲上的街，所以今天走的路线也就不同了。我们可以重返原路，再回到'龟'的脖颈处，到达西南门头'龟'的右脚处了，而这条路线是要路经'武庙'的，这个问题你可以细细去品味一下，为什么会用这种观念来修庙，然后回答我好吗？"汝莲完全沉浸在研究龟城八卦街中了，如同先生考学生般对耿文道。

"遵命！"耿文做了个毕恭毕敬的动作，响亮地回答道。

"瞧你，那么严肃，把我的思路都打乱了，我都不好意思给你出考题了。"汝莲笑盈盈地嗔怪道。

"学生赔罪，请先生继续。"耿文说着又做了一个幽默的行礼模样。

"不给你讲了，你欺负我。"汝莲努了努嘴，装作生气的样子。

"本公子不敢，只是怕你讲得太累，给你来点笑料而已，恕罪，恕罪。"

汝莲"噗哧"一下笑了："好了，你当我是小脚女子？我才不累呢，不信，恐怕你的脚力还陪不下我来呢。"汝莲一脸自豪地。

"我现在回答你的问题好吗？"

"这么快就想到了。"

"嗨嗨，其实你早已给了我思考空间！"耿文故作得意之色。

"哇！看来你的玩笑，并不是为开玩笑而开玩笑，你是有目的？"

"算你说对了，这就叫见缝插针嘛。不过，我可能说不好，有什么不对处，请指正。"耿文真诚而谦恭地。耿文总是这样，玩笑归玩笑，对学术上的问题总是谦虚有加。"刚才我们走过的是一条横向街，从这条街的中心展开来，东为文庙，西为武庙，这样就形成了左文右武的格局。之所以这样，是因为东为巽位，由于儒学的倡导，城市中祭祀最隆重的便是文庙了，由此看来，文庙在'龟'城修筑时，就占有很重要的位置。

古人有这样的说法，'文庙建艮、甲、巽三方为得地。''于甲、巽、丙丁字主位上择其吉地。或于平地建高塔，皆为文笔峰'，正好东南城墙位置上建有'文昌阁'与'奎星楼'……"

"了不起，分析得头头是道。你是怎么想到文昌阁与奎星楼的?"听着耿文对文庙的剖析，汝莲竟惊讶地打断了耿文的话。

"你忘了九月九我和东子登城了吗，那天我们可是在城墙上转了一圈的，刚刚你又领我看文庙，这样我将这些糅合起来，便联想到一块了。"

"那么你又怎么解释武庙呢？"汝莲连珠炮般紧追不放。

"噢，这个问题嘛，我是这样想的，西南为坤位，武庙是讲仁义、平等和谐的象征，人是富于想象的，加之关云长的忠义故事在民间流传很广，后来又被封为武财神，所以历朝历代人们对武庙都倍感亲近。"

"经过你这么一分析，我的头脑也豁然开朗了。"汝莲点了点头道。

"那我们继续分析好了。"

"不过，据说'文昌阁'原来可不是在这个方位修的，是后来才改变过来的，这里还有一个小故事呢，我们边走边说给你听，来一段小插曲调节一下气氛，好不好？"

"很好，讲啊，非常想听，这里想听得都痒痒了。"耿文幽默地指指心口。

汝莲笑逐颜开地用食指指着嘴道："我这里想说得也痒痒了。"

"真乃异曲同工，那就一吐为快吧。"耿文风趣地玩笑连连。

"应该是明代吧，一个刚刚考上状元的青年人欲回乡探亲，但他不愿露自己的身份，乔装打扮为普通百姓。当他路经平遥时，正好天黑了，便在平遥'西大街'客栈住了下来，也许是一路的劳累，状元刚刚躺下，便进入了梦乡……突然，一阵朗朗读书声铺天盖地向他涌来，时而高，时而低，时而有屈原'离骚'的感叹，时而有文天祥'正气歌'的慨然，时而有范仲淹的'先天下之忧而忧，后天下之乐而乐'的抱负……陡然，王勃的'落霞与孤鹜齐飞，秋水共长天一色'抒怀的声浪一声高过一声,那声音如惊涛骇浪一股劲拍打着状元的脑袋……状元惊得一下子跳了起来,才知自己被梦魇了。揉了揉眼睛,跳到院子里,四下望了望,只见院子里是一片漆黑,万籁俱寂,哪来的读书声?状元笑笑,知道自己真是梦魇了,回到房间重新入睡……当他刚刚闭上眼睛,朦朦胧胧中读书声又出现了,他索性走出院子要看个究竟。来到大街上,大街上十分宁静,只有皓月当空……真是奇怪!状元一夜都没睡好……他决定在平遥多住几日弄个水落石出。

"状元每天都早早起来,开始在平遥城四处转悠,他把四大街,八小街,七十二条蚰蜒巷走了个遍,登城头,俯视全城,只见十里龟城,紫气环绕……状元心里明白了,人们传言平遥物华天宝,人杰地灵确实没有半点虚夸。自己在朦胧中听到的读书声,便是平遥文气鼎沸的涌动……状元知道,数年后,平遥将人才济济,文星云集!状元突然大惊道,这还了得,若不设法制止,将来金銮朝班哪有我的立足之地!于是,状元惊动了县太爷,县太爷慌忙以最隆重的礼仪接待了这位新科状元……

"当状元休息在衙署内宅东厢东华厅时,将县太爷一人留了下来。状元道:知县大人在平遥做官,可好?县太爷一听,乐呵呵地:托状元公的福,平遥乃富庶之乡,地肥水美,况且人才辈出,在此做官大有乐不思蜀之感。状元此时却冷笑道:此地你是待不长的!县太爷骤然一惊:请状元公明示。状元道:据我所知,你们正准备在城墙的东南角修一文昌阁吧?县太爷忙回答:是啊,有什么不对吗?状元嗤之以鼻地:说对也对,说不对也……状元显得有些犹豫地说了出来。然而对于你这个县太爷这顶官帽可就大为不利了……县太爷惊恐地忙道:状元公学富五车,请教与本官,你的大恩,本官将没齿不忘。状元随即说:只要你听我的话,把文昌阁修在西北角上,这样便可稳稳当当保住你官位。县太爷为了保全自己,命令把文昌阁修在了西北角上。后来那状元返京述职,再宿平遥客栈时,已听不到朗朗的读书声了。

"说来也怪,平遥文昌阁修在西北角后,几百年间,平遥生员在县试,岁试,乡试,会试及殿试的各科考中,表现平平。直到清代,将文昌阁移于东南上,平遥的文昌之气才雄风重振,涌现出了大批秀才,举人、进士……"

"仕途利害,文人相轻真是害人不浅哪。"耿文愤慨道。

"好了,我们现在可以进入'沙巷街'了。沙巷街乃八小街之一,旧时,沙巷街原是平遥城的城壕,至今老年人走到这里,都津津乐道地对年轻人说着'三改平遥城'呢,据说第一次改是在汉代,第二次是指三国北魏那次,最后这次便是明洪武三年了,根据现在平遥城的建筑看来,明洪武三年是在原址上向西北方向扩建的,东南方向则属老城。"

"噢,原来如此。这是一条南北街嘛,我们的方向是面北而去吧?"

"不,我们现在已经走到龟的腹中处了,向右拐个弯,我们向东而去,那里就进入到'衙门街'了。"说到这里,汝莲的心不自主地有些颤动,"要不是带你过来,这地方我真不想看到。"汝莲愤懑地。

"别这样,丁归丁,卯归卯,说好咱们今天不谈这事的,耐着性子,我们还装作什么也不知道,到时候应对便是。"耿文劝说着汝莲,"我倒要看看真格的'天下衙门朝南开'了。"看着那黑漆漆的衙门,看到那衙门两侧的对联,耿文不由觉得很好笑,他轻轻念道:"莫寻仇莫负气莫听教唆到此地费心费力费钱已就胜人终累己,要酌理要揆情要度时世做这官不勤不清不慎易造孽难欺天。"

"哼!做人做官若都能想到这些,不就真正天下太平,国泰民安了。"汝莲不由轻蔑地道。

"走吧,一切都会好的。"

"顺着平展的方石路,路经龟的腹部'鸡市口',就踏上'城隍庙街'了,远远望去看到那两款石柱子了吧,在那里你可以目睹到'善来此地心不惭,恶过吾门胆自寒'。"

"这是一副很有哲理性的对联,若是世人都体会到这一点,世间也就不存在好与坏了,不过,这是不可能的,正因为如此,无论是儒学还是道学、佛学都在提倡'真善美'。"

"是啊,我说那些干尽坏事、屡教不改的人都应该受到下油锅、上刀山的惩罚,以后有时间我们进去走走,看看阎罗王是怎样处置坏人的,好不?"汝莲想起近来发生的事,总是气愤不过。

耿文知道汝莲近来为打官司的事心情不太好,想宽慰她几句,又怕更惹她伤心。耿文以为,沉默是一种相应的宽慰,他不做声地看着汝莲。

"我是不是有点小家子气了?心胸这么不开阔,连我自己都觉得怪怪的,我可不是这种性格的人啊。"

"别多想了,我们都是凡人,谁也免不了有点事,有性格不一定就是坏事。我们继续寻找八卦图,好吗。"耿文洒脱地道。"你看从县衙到城隍庙不正应了城的礼制观念阴阳对称吗?"

"对,你说得非常对,我们继续走吧,看你那潇洒自如的样子,我仿佛明白了,抛开一切烦恼,和快乐交个好朋友。"汝莲来了个一百八十度的大转弯,笑意融融地道。

"这就对喽,精彩快乐度过每一天,乃人生最大幸福。"耿文神采飞扬。

"你看,前面不远处向左拐就到'雷家街'了,这条街也是八小街之一。我们一直向北而去再左拐就到'东大街'了,东大街有个重量级的地方,叫'清虚观'。这是平遥最大的道观,据说吕洞宾可显灵了。这里的故事可精彩了,我给你留着,以后慢慢讲给你听。"

"喂喂喂,汝莲你在吊我胃口哇!"耿文故意大惊小怪调侃道。

"岂敢,岂敢,我只不过是像说评书的那样,给你留个包袱,慢慢再给你抖开而已。"汝莲调皮地说笑着。

"好啊,你这个包袱我是接定了,如若不给我抖出来,我可就要发怒了。"耿文虚张声势地做了一个拳击状。

"哇,打人了。"汝莲笑着,向西去的方向跑去。两个人说着笑着跑着,不知不觉已来到一个十字路口。

汝莲停下来微微喘着气道:"现在这个位置叫'大十字',这里可以说是龟的尾上端了,再向西前进,就是著名的票号'日升昌'了,这可是票号的发源地,有个叫雷履泰的人在我们华夏大地——平遥首创了票号。"

"那么这个人就是票号鼻祖了?"耿文随口而出。

"你是这么认为的?"汝莲对耿文突然有了一种特别的感觉,多么新鲜的观点啊。用外地人的眼光来看平遥,仿佛平遥的文化底蕴更有惊人之处。而当地人却好像司空见惯了。

"看来我们平遥人真的有点落伍了,平遥人只知道雷履泰是个了不起的风云人物,都知道办票号可以赚大钱,自从雷履泰在道光年间办起票号后,平遥票号像雨后春笋般地发展起来,而且带动了周边的祁县、太谷,乃至影响到了整个晋商。可人们就是没意识到票号鼻祖就在自己的家乡。今天听你这么一说,真乃醍醐灌顶,仿佛给我心中点亮了一盏灯,对雷履泰对票号文化要重新来个认识了!"汝莲一边沉思一边道。

"就当下来说,票号经过了这么多年,成绩当然是卓著的,曾经的辉煌,曾经的顶峰,曾经的骄傲,都已成为过去。若还在原地徘徊不前,故步自封,不去创新,没有超前意识,从整个大局来看,无论怎样挣扎,还是要走下坡路的,最终会让西洋银行打垮……胡雪岩不就是典型例子……"耿文一分为二地分析着。

"请别说了,平遥现在好多铺子都处于这种现状……可现在平遥人守旧的观念就是让人痛心。今天不讨论这个了,关于雷履泰的独创精神、创新意识会成为我们以后讨论的话题。还是继续我们今天的话题,好吧?"

"好的。"

"再往前面走就可以望到'集福寺'了,现在寺里就住有尼姑,在此修行。你看,过了'日升昌'票号没几步远又是一个十字路口,这里称之为'小十字',从小十字往北而行,就是北门了。"

"噢,我们马上就要到龟的尾部了,我们把整个龟城差不多都转完了?"

"应该这么说,不过,一会儿我们从龟的尾部再向左拐两三个弯可转到'下西门',也就是龟的右下脚处,然后可以进到集福寺,再转回到西大街。我们就这么从街北而南,南而东再转向北去,由北拐弯向西而去,整整绕了一个大圈子,然后再复位到了龟的背脊处——平遥的中心——市楼。"

耿文如画图似的上下左右地来回摇动着脑袋。

"你在干嘛?想什么?"汝莲说着,忽然看到耿文奇怪的动作,费解地问道。

"没干什么,我在想,咱们左转右转,转来转去,八卦图在我心中已有了准绳。可以这么肯定,这座城的格局在明洪武三年前早已形成了龟的形象。"

"对呀,这不正好和民间的传说吻合了吗?"

"我看不仅仅如此,我细细过滤了一下,因为整个平遥街道是十分对称的,咱们走过的第一道横向街'南门头街',从中心展开来,东为文,西为武,相互对称为左文右武。第二道横向街'城隍庙街'与'衙门街',从中心向左右展开,左为阴,右为阳。第三道横向街'东大街'与'西大街',再由中心铺开来,左右遥遥相对,左为道,右为佛。而压轴的中心街便是'南大街'了,而南大街是竖着的一条街,正好贯穿着横向街道,这样就突现出一个'王'字的特征,而这条纵向贯穿南北的大街,正好把横向的大街割为八卦形。更进一步分析,可以这么说,城者'王'也,对对对……应该这样的……"耿文叩着脑门一个劲儿地说,对,对。

汝莲对耿文的解说十分满意,点着头一个劲儿的赞同。

耿文突然又上下左右地用手比划着。

耿文奇怪的动作和话语让汝莲有些不解:"又想到什么问题了?你的分析头头是道,我都有些妒忌你呢。"汝莲率真道。

"不不不,是这样的,刚才提到一个'王'字,使我的思路骤然清晰,平遥街道不正如一座立体的九宫八卦吗?根据河图洛书来设置六道门,六道门恰似六边形,六边形似龟甲,首尾与四肢成为长寿之象征,上下左右前后又为六合,象征完整的空间概念,充分体现了和合美满之意。古代建筑大师们采用了周易哲学以及古老的河图洛书学术,取其吉祥如意,和谐财源,福泽长寿的寓意,构筑了'城'。"耿文兴冲冲地对汝莲道。

此时已过午时,午后的阳光格外耀眼。汝莲轻轻地拂了拂额前的刘海,不由朝耿文望了望,在阳光的照射下,耿文那宽大明亮的额头似乎变得高深莫测起来……汝莲定定地望着耿文出神,耿文一抬眼,视线正好和汝莲眼神碰在了一起,耿文对她轻轻笑了笑。此时,汝莲恍若嗅到了一种芝兰之气,她的脸不由地感到烧灼起来,她赶快别转了头。汝莲定了定神,幽幽地道:"你看,前面就到'市楼'了,我们上去看看好吧,在那里,你可能又会有新的发现。"

耿文抬头仰望市楼。此时,市楼造型越发挺秀亮丽,琉璃瓦在太阳的照射下大放异彩。

"有首歌谣,我们小时候就唱着跳着念着玩儿:'平遥城六道门,市楼修在当当中……'"汝莲歪着脑袋轻轻地唱道。

"很有意思,儿时的歌谣很动人。"耿文边说边用手挡在眼的前方,收住光线对着斗拱仔细地观望,"你看那斗拱装饰有多么精巧!"

"先生,这是其一,请你再看市楼上的对联。"

"五行正气民生遂,百尺楼高物象雄。"顺着汝莲手指的前方,耿文将头略低了下来,不自主地读了出来。

汝莲接着耿文的话道:"朝晨午夕街三市,贺凤桥台井上楼。"汝莲边读边解释,"这是市楼南的对联,横批乃'古陶胜境'。市楼的起源与古代的经济发展有着直接关联,古代人各居一隅,各司其业,人们需要经常交换日用物品,遂设有'市'。"

听汝莲念到的这副对联和解释,恍若一副清明上河图已出现在眼前……"哦,我想起来了,这两副对联与《易经·系辞》所云:'日中为市,致天下之民,聚天下之货,交易而退,各得其所'暗合。"

"是的,自明清以来,平遥的发展比较迅速,由于平遥人的脑子比较活络,也肯吃苦,所以才有了今天的繁荣。平遥人走西口虽然走出了多少辛酸,然而真正收获到的又是多少荣耀……"汝莲欣欣然地。

此时,耿文思绪万千,宛若跌进了历史的篇章……

"如今你站在市楼外,看到的只是它的一个片断,要想领略它的内涵,只有身临其境,才会感受到,那是一种特别的感受和享受。不过这个感觉我是不想说出来的,要你亲自体验才是。"汝莲故意卖着关子,拉动耿文的思绪。

"听你这么一说,我的心都蹦上去了,我要先睹为快了。"耿文思绪马上收了回来,嘻嘻哈哈地说边奔向上市楼的楼梯。

市楼的楼梯很陡,耿文走在前面,突然想到跟在后面的汝莲,回头一把拉住了汝莲的手。汝莲的全身像触电般,这是她前所未有的感觉。与张古义在一起,汝莲从不曾有过这种感觉。此时,汝莲的内心告诉自己,这是绝对没有的事,是绝对不应该的事。汝莲轻轻地"嘘"了口气,很快回复了心态。她轻轻地从耿文手中抽出自己的手:"谢谢你的关心照顾,我一双大脚上再高的台阶也是没问题的。"

"对不起,我感觉台阶有点陡,所以……冒犯你了,请……"耿文感觉有点不对劲,赶忙赔礼道。然后又晒笑道,"当然了,男女授受不亲嘛。不过,男女平等的时代不会太远了吧。"

"没有,没有,我们本来是好朋友嘛。你照顾我,难道我连这个都不懂吗?自从你要帮我们打官司那刻起,我从内心就把你当哥哥看待噢。"

跟在耿文后面的汝莲不由得吐了一下舌头,对自己说的一半真话一半谎言感到非常满意。偶尔撒一点美丽的谎,也不坏呀。她自嘲地想。

一会儿工夫,两个人已登上了市楼,凭栏而望,一种别样的感觉油然而生。耿文觉得自己如同驾辇般在巡视着大街的南北……只见那鳞次栉比的店铺屋瓦,如等待检阅的队伍……俯瞰去,人流车行的涌动,恰似一幅精美的水墨画,别有一番情趣。

"我们现在是不是在驾辇而行啊?"耿文不由脱口而出。

"有意思,真乃英雄所见略同。"汝莲半是得意半是夸耀地,"怎么样？平遥是个好地方吧。"

"双手赞同！风水采穴在建筑来说，是非常重要的一环，无论从地理位置还是筑城的理念上，平遥占尽了好风水，有了好的风水，一定会给平遥人带来平安。"

"这下还真让你说对了，平遥城确实是一座吉祥之城，而平遥的城墙往往会给人带来福荫。"汝莲极为自豪地。"有这样一个故事，虽然有点演义，但从中却道出了平遥龟城所有的文化含量，另一方面神话地褒奖了'风水采穴'与古代建筑大师们运用巧妙合理的建筑学结构，既达到美学的一面，又起到了护城的作用……"汝莲说着，调皮地眨了一下眼，"哎，瞧我说着又走题了。"

"一点都没走题，我在等着你讲那个有点'演义'的故事呢。"

"话说咸丰十三年秋，一股捻军迫临平遥。"汝莲故意变更嗓门，学着评书人的模样开场白道。耿文不言声地望着她，汝莲刚说了两句，一抬眼，有些不好意思地，"瞧我，在你跟前装模作样的，好没意思，我给东子讲故事总是用这种腔调，逗他玩都逗习惯了，所以……"

耿文猛地想到，怪不得那天东子给自己讲故事时，说话的韵味总是带着说评书的感觉，原来如此。"挺好哇，请继续。"耿文反而要求道。

"那天，正是黄昏，夕阳西下，大地朦胧哪。"汝莲说着，拍了一下自己的手，做了一个拍惊堂木的架势。"这些捻军来到平遥城边，只见满城一片氤氲之气。每一个堞口上都立着一位儒冠儒服学子，他们个个右手执笔，左手执书，那书宛若一面硕大的盾牌，而笔端却放射着点点光亮。这些捻军哪里见过如此奇异的阵势，疑惑是布好的阵法。谁都不敢贸然进城，久久徘徊在城边，真是进退两难。这时一个年轻气盛的将领打马登上亲翰门吊桥……猛地，一股强劲之力从城内涌出，宛若一只巨大的脚向他使劲踹来，那将领的坐骑不由自主地向后倒退着，一个趔趄，已是人仰马翻……捻军们见此，胆战心惊，纷纷不战而退。"

"哎，你这个故事可以和有着城墙文化的孔子和他的三千门弟子七十二贤人的故事相连贯嘛。"

"是啊。"

"只是你还欠我这个故事呢。"

"我看不仅仅是这个故事吧,是我欠你的故事太多了,因为平遥的故事俯拾皆是噢。这市楼也是平遥八景中的一景,市楼下的'金井'我们还没看呢,其中还有个神话故事呢,留着以后给你讲。今天我先给你数叨数叨旧八景好吧?"

"你又在吊我胃口哇。"

"哪里敢呢,你看时间实在不早了……只是这八景,可为一邑之胜噢。"

"那你说,哪怕你先让我大致了解一下,也为之一快呀。"

"好的,除了这'市楼金井',还有'贺兰仙桥'、'凤鸟栖台'、'于仙药迹'、'源池泉涌'、'婴溪晚照'、'超峰晓月'、'麓台叠翠'。贺兰仙桥离市楼最近,位于城东的……"汝莲正说着忽然听到耿文的肚子在"咕咕咕"叫,马上把话改为,"对不起啊,今天到此为止好吗?瞧,都忘记让你回去吃饭了。"

"那也不能说半截话呀。"

"……"

这时,张古义已吃过午饭出来跑街了。远远向市楼望去,忽然看到两个人正指指点点说着什么。那不是汝莲吗?张古义定了定睛,果然看到了,那女子正是汝莲,旁边站着的却是一个男人。张古义不由得怒火中烧,他一跺脚,准备上去把汝莲揪下来……突然一种不祥的预兆在张古义头脑中演绎开来,不能这么蛮干,父亲好不容易让自己学做买卖,只要熬上三年……自己若不小心把事情搞得沸沸扬扬,满城风雨,前途可就全毁了。张古义忍了忍,咬牙切齿心里狠狠骂了一句……看我以后怎么收拾……

此时,东子正好寻找耿文与汝莲回去吃饭。东子走到张古义脸前,张古义竟没觉察东子的到来。东子看到张古义满脸的愤怒,有点惊讶地道:"古义哥,你这是——"

张古义一惊，马上把视线收了回来："没你的事。"张古义狠狠地瞪了东子一眼，甩开袖子气呼呼地走了。

东子顺着张古义刚才的视线望去，仿佛一下子什么都明白了，然后又摆了摆头，犹如什么也没明白。

第五章

　　张古义回到家,越想越不是滋味,一个人躺在被窝里翻腾过来折腾过去怎么也睡不着,好不容易睡着了,忽然又醒来了,一个怪梦连着一个。

　　一只斑斓猛虎追着张古义,张古义跑啊跑的,腿脚跑得直发麻,连一步都迈不出去了,反正豁出去了,怎么都是一死,张古义索性回过头去……哪里有什么老虎。张古义放心了,就地坐了下来,刚刚揉搓了一下脚。突然一只狼号叫着奔他而来,吓得张古义又开始向前跑,跑着跑着狼也不见了。一只可爱的小狗出现了,小狗在自己身边绕来绕去,张古义蹲下来抚摸着小狗,谁知那小狗却不客气地咬了张古义一口……"啊"一声尖叫,张古义从梦中彻底醒来了……

　　天,已经亮了,麻阴麻阴的。

　　一个晚上没睡好的张古义懒散地躺在炕上,反反复复想着晚上的梦,脑袋里糊里糊涂怎么也理不顺……一阵阵犬吠从院子里传了进来,惊醒了张古义的思维,张古义猛然想起了昨天的事,怒气一下子涌了上来……张古义忙不迭地爬了起来,头有点晕晕乎乎,他定了定神,连盥洗都不顾得,拔腿就往外跑。

　　"古儿,急什么呀,"张古义的母亲正拿着一块吃食逗着花狗玩,花狗吃不上急得"汪汪汪"直叫,"今天不是说好不去柜上吗? 好不容易歇息一天,这是上哪去呀?"张古义的母亲急得忙把狗食扔下,在后面追着。

　　"我去去就回来。"张古义说着已跑出了二街门。

　　"这孩子,幸好他爹不在,唉,若是他爹在家,今天又该……"张古义的母亲叨叨着回去了。

天阴沉沉的,空气中湿漉漉的仿佛能拧下水来。

街上行人寥寥无几,慵倦的一丝丝风在张古义面颊上逗弄着,张古义烦心地闭上了眼睛,任由风的撩拨。过了一会儿,张古义像想到什么,微微睁开了眼睛,凝视着灰蒙蒙的天空,突然像疯了一样朝着天空大喊着:"莲儿,莲儿。"然后四下瞅了瞅,确信没人注意自己,张古义不由得自我嘲讽地笑了笑,胸中的积愤仿佛被喊出一些来了,但这莫大的耻辱绝不能轻易罢休!张古义想着,一个没过门的媳妇,现在就这样胆大妄为,将来成了亲还不知道要怎样呢,我得煞一煞她的威风,制裁制裁她,让她知道该怎么做一个女人!

张古义边想边走着,想起小时候那光景多美啊,什么都不要顾虑,只要一心想着把莲儿保护好就行了,可现在不仅仅要面对自己父母,还要面对众多的人,尤其是到了铺子里,规矩太多了,站要有站相,坐要有坐相……男人且这样,女人更应该……不过,莲儿从小自由惯了,自己能管得了她吗?张古义想着,他的信念有些动摇了……他狠狠地揪了一下自己的大腿,别的可以不管,但昨天那个事非管不可!想到这里,张古义的火又直往脑袋上窜……对莲儿的这份情只有自己知道,自己真的爱莲儿吗?从小到大只要几天看不到莲儿,就觉得像是少了什么似的,难道这就是爱……父亲的观念却是"女人是墙上的泥皮,剥了可以重泥"。太可怕了,人怎么可以换来换去呢?绝对不可以这样。张古义想到父亲对母亲经常呵斥,甚至拳打脚踢……张古义心有点发憷,我会学成那样子吗?不会,我是从内心爱着莲儿,我会宠莲儿一辈子。张古义的心平静下来了,他只想提醒一下莲儿,女儿家的,凡事收敛一些,别自己给自己脸上抹黑就行……

天一客栈已出现在张古义的眼前。自己究竟有多长时间没来过了?客栈的变化让张古义惊讶万分。客栈是什么时候将巽门改为离门的?张古义摇摇头……一个小小的四合院竟被莲儿拾掇得如此漂亮,犹如乔装打扮好待嫁的新娘,真正不可思议……

"哟！古义哥来了，里边请。"东子忙迎接着张古义。

"你姐呢？"

"她在正屋的小客厅呢。您请。"东子客气地对张古义道。

张古义听了，急匆匆直奔正屋，一掀竹帘，只见汝莲正专心致志地和耿文对弈。张古义满脸怒气立刻写在脸上，他正想发作。只听汝莲道："古义哥，坐啊，这盘棋已成定局，马上就好。"

耿文很礼貌地向张古义点了点头，走了一子道："我输了。"耿文突然拍了一下脑门，"哎呀，"像想起什么事的的，"我都忘了，我还有事要出去办的，你们坐。"耿文落落大方地说着，巧妙地退了出去。

张古义喉中如吃上苍蝇似的，真是有苦说不清。

"古义哥，来了坐啊，站着干嘛，好像客人似的。"汝莲轻声细语地对张古义道。

面对眼前的汝莲，张古义竟不知道该说什么好了。倏然，一个细节性的东西仿佛在张古义的脑子里震荡着。刚刚耿文出门时，汝莲看耿文那种兴奋的眼神，在张古义的眼前急流般地涌动起来。这不是好兆头！必须及时制止！张古义警觉地冷冷观察着汝莲的动态。

"坐啊，怎么啦？站客难打发啊。"汝莲怡怡然地打趣道。

汝莲越是这样，张古义心中越是不舒服，他觉得汝莲有意识地粉饰自己："你昨天上市楼了？"张古义并不理睬汝莲的打趣，冷不丁问道。

"上了，"汝莲回答到，她感到有些奇怪，"怎么啦？一个上市楼有什么大惊小怪的。"

"你跟谁一块儿上的？"张古义像审问似的问着汝莲。

"跟客人上的。"汝莲没好气地。

"男的还是女的，？"张古义凶巴巴地。

"男的怎么了？女的又怎么样了？我看你是明知故问。"汝莲哪里受过这种气，她低声喊，心中却乱如一团麻。

"是的，我就是要问一问你，你还把我放在眼里吗？和一个外乡人接触得那么频繁,又是下棋,又是上市楼,究竟什么意思?以后让我在众人面前怎么说话。"张古义紧追不放越说越有劲。

"你有完没完……"汝莲心里不禁打着寒噤。

"你连我说话的权利都想剥夺,没门!"张古义抬高嗓门,做出一副誓不罢休的样子。

"那你自个说吧,我可要出去了。"汝莲恻然地摇了摇头,抬脚往外走。

张古义一把抓住汝莲的袖子,把汝莲堵在门口抢着说:"你知不知道你这样做有伤风化?"

"我怎么啦?什么叫有伤风化,我一没偷,二没抢,三没干缺德的事,四没丢掉做女人的尊严……"张古义一下子激怒了汝莲,汝莲竭力辩驳着。

"你还要怎么着,和一个男人显摆在市楼上,勾勾搭搭……"

"我只是尽我做东道主的责任,去给客人解释客人不懂的问题。"汝莲没想到张古义在这些问题上大做文章。

张古义毕竟是客,自己是主,汝莲压着心中的火气,尽量平心静气地道。

"你你你,你强词夺理!"汝莲的解释反倒激起了张古义的火气,张古义气得连话都说不出来了,他突然举起了拳头。

"你打人,你有什么权利打我?"

"你是我媳妇。"

"哈哈哈,"汝莲悲怆地笑着,"媳妇,我真要是你媳妇,你连这一点都不理解,我还不如碰死算了。"

张古义愤懑的目光正好和汝莲哀怨的目光碰在一起,他的拳头下意识地软了下来。女人无论在任何时候都是柔弱的。一种强有力的怜悯感突然向张古义袭来。他知道这些年来,汝莲母女受了本族那么多欺负,汝莲心中到底隐忍着多少痛苦,可自己连一点忙都帮不上。固然那个时候自己还小,帮不上忙,可父亲总是瞧不起汝莲家,三番五次要悔婚,给汝莲造成了多大的伤害。要不是汝莲有骨气,自己扛起生活的重担，如今还不知道怎么生活呢……张古义想到这些，拉起汝莲的手，向她道歉道："莲儿，都是我不好，我一时冲动，让你受委屈了。"

"你有什么不好，你很好。"汝莲惨然一笑，落寞地道。

"你别讥笑我好不好。我知道在你困难的时候我帮不上你忙，可我也尽了力呀，那时候你叔叔刚把你和伯母赶出来，你们连饭都吃不上，还不是我闹着母亲，偷偷给你们送饭来着。"张古义尽量不想惹汝莲生气，使劲表白着自己。

"是的，这些我怎么会忘记，尽管那时，我们还小……"往事历历在目，汝莲低回地道，她缓缓地抬起眼皮，眼泪沿颊滚落下来。"滴水之恩，涌泉……"汝莲有些哽咽。

张古义抓住了汝莲的肩头，轻轻地摇撼着她："莲儿，别哭，你哭，我也要哭了。"张古义说着，眼泪已"哗哗哗"地滴落下来。

"哈哈哈，你是个大孝子，现在你还有胆量帮我吗？最近客栈发生的事，你可有耳闻？"张古义没出息的懦弱举动，真正触动了汝莲内心的痛处，想到"男儿有泪不轻弹"的古话，汝莲爆发出一连串的冷笑，咬着牙道。

汝莲的喜怒无常，让张古义感到浑身的毛孔都被打开了。面对狂笑的汝莲，张古义觉得全身的血液都冲向了巅顶。汝莲怪异讽刺的笑犹如当头一棒。张古义微微一怔，先是恼怒不已，继而是愤愤擦干眼泪，要与汝莲论个长短……

眼前的汝莲却是那么无力无助，自己又有何面目与她论长与短。想到这些，张古义真正觉得自己对汝莲亏欠太多了，若不是自己挺不起腰杆来……汝莲也不会为生活抛头露面，自己不但帮不了她，反而过来还鸡蛋里挑骨头寻事问罪，细细想来她并没犯什么错，难道真的是自己醋性太重？他不敢往下想了……

"莲儿，我们好好说话行吗？"

汝莲软弱地斜睨着张古义，嗒然不语。

"都是我这张臭嘴惹你生气，都是我的不好。"张古义说着连连打着自己的嘴巴。"我们和解吧。"

汝莲看着张古义可怜巴巴的狼狈相,不由得凄然一笑。汝莲能不原谅他吗,从小到大在一起吵起来,张古义仿佛每一次都是以打嘴巴告终。

"你原谅我了?你不生我气了?"看着汝莲笑了,张古义小心翼翼地问。

汝莲凝视着张古义,有种心痛似的柔情冲击着自己,她不自主地轻轻点点头。

"我的好媳妇,我知道你就不会生我气的。"张古义高兴地对汝莲扮了一个鬼脸。

"给你个'君达菜叶子,你就开染缸'了"汝莲嗔怪地,"你叫我媳妇,得先问问你爹去。"汝莲半是玩笑,半认真地。

"我才不怕我爹呢。你忘了我们在学堂时,有一次先生不在了,几个男生起哄,一起可着嗓子叫你大脚婆,是我用拳头教训那帮小子……"

"嘿嘿,又吹牛了,那次要不是先生来了,他们总把你打个鼻青脸肿。"

"嘿嘿,可我的运气总是好啊,先生刚好来了呀。我救你的初衷是好的,我就是替你挨揍,也是心甘情愿……"张古义嗫嚅道。

"我知道,每一件事你都是为我好,可你就是有点太……"汝莲不想把懦弱两个字带出来,说到这儿便省略了,汝莲觉得,让张古义自己去体味那两个字的含义更好。"男儿十五成丁,你都快十七了,还小孩子似的,只有自强自立才……"汝莲把话语换了个角度,温柔地对张古义说。心里却按捺不住地想,这个人将来会是我的依靠?

"是啊,我是应该自强自立,不能总拴在我爹的裤腰带上过日子,假如我早一些磨砺好自己,我就可以帮你打这官司了。可现在,连我自己都得……"张古义有些悲观地说。

"我不会怨你的,"汝莲淡然一笑,"打官司的事你知道了?"

"东子说的,我都替你担心死了,可我……"

汝莲明显地看到,张古义眼睛里有一抹懊恼。

"这个放心好了，耿文先生和秉德叔会帮我的。"汝莲加重语气劝慰张古义。

"一个外乡人有什么好，你了解他吗？"张古义却不领这个情，一提到耿文，他的心又酸溜溜地难以控制，火药味不由得往外蹿。

"我了解人家那么多干什么，我为什么要刨根问底了解人家，我们只是朋友，我认为他是个好人，是个有头脑的好人。"张古义狭隘的心理，让汝莲真的恼火了，现在还没过门，就这个样子，以后和他在一起不知会是怎样呢。

"你骂我没头脑了？"张古义文不对题地大声嚷嚷。

"我为什么要骂你，你别纠缠这些好不好？"汝莲失望地对他道。

"你是我媳妇，你骂我打我，我也愿意，只要你心里只想着我一个人，我就什么也没得说了。"张古义说着竟嬉皮笑脸地凑到汝莲脸前。

"你放肆。"汝莲躲着他，大声呵斥道。

"将来还不一样。"张古义厚着脸皮道。

"你给买卖人丢脸。"汝莲用手护着自己的脸怒斥道。

一听"买卖"两个字，张古义急速跳了开来。他十分清楚"买卖"两个字的含量，买卖便是自己将来的锦绣前程！做买卖不仅仅是真诚，而且还需要很好的包装，所以买卖人最讲究的是在街面上的名声和信誉，若把这些丢掉，那就什么也完了……陡然，张古义醒悟了，汝莲在自己面前提"买卖"两个字，无非是在要挟自己。他觉得汝莲有点好笑，一个女孩子动不动就提什么"买卖"，再怎么提也是没用的。女人啊，永远是女人！想到这些张古义理直气壮地："我怎么丢脸了，掌柜的都夸我有头脑，很能干呢，说我将来是把做生意的好手，你看我才多长时间，掌柜的都提拔我上街了。"张古义把话锋一转，以蔑视的口吻道，"耿文能做买卖吗？耿文会做买卖吗？哼！我看他呀，也就剩一张能说会道的嘴罢了。"张古义神经质地挖苦着耿文。

"不许你侮辱人！"汝莲气得站了起来，只觉得耳朵"嗡嗡嗡"乱响，头皮发紧，脸色煞白，浑身筛糠般直发抖，她真想跳起来打张古义个嘴巴，可身子却像抽了筋般软绵绵的。

"莲儿，别这样，我的好莲儿，吓死我了。"张古义一看这情景，知道汝莲动真火了，马上意识到自己话说得太过头了。"我一着急就胡说八道。其实我并不是那个意思，我是心疼你，为你好，我怕你上别人的当，才说那些不着理的话。"张古义边说边像小孩子撒娇地摇着汝莲："莲儿，你真的不原谅我了？这回我向你保证，以后打死我也不会再吃醋了，请你再相信我一次，若再和你计较这些，让我明天不吃一口饭，清早一出门就撞死在大街上。"

张古义随意指咒如同鸿毛一样，轻飘飘地在汝莲的大脑里翻来滚去。他是个男人吗，一会儿工夫出尔反尔。张古义的作派让汝莲尝到了什么叫胆战心惊的滋味，自己日后若是真的跟了他……汝莲不敢往下想了……汝莲默默地摇摇头，她实在无话可说。

"莲儿，你没事了吧。"张古义看着汝莲神情恢复过来了，讨好地，"莲儿，我给你讲个故事好吗？"

汝莲默默不语地看着他，张古义猜想，汝莲的怒气应该平息了。张古义试探地："你不是一直想搞清楚雷履泰和毛鸿翙之间的那段恩怨吗？这可是我们商界最近议论的热门话题噢。"他静静地观望着汝莲，虽然脸孔忧郁深沉，但眼睛里却闪现出瞬间的光芒，他知道汝莲很想听这些事，她会认真听他讲的。

张古义心中窃笑，女人只要哄一哄就……于是，他眉飞色舞地讲道："人人都知道毛鸿翙是雷履泰一手培养起来的，既然是雷履泰一手培养起毛鸿翙，毛鸿翙无论有再大的理由也不应该反目为仇。而又有些人说，雷履泰既然一手培养了毛鸿翙，就应该好好让毛鸿翙发挥毛鸿翙的能量，雷履泰就不应该一手遮天总是压着毛鸿翙。毛鸿翙重新开展也不应该挤兑雷履泰。雷履泰再怎么说也应该宽宏大量给毛鸿翙改错的机会。"张古义故意像绕口令似的把雷履泰与毛鸿翙两个人的名字绕来绕去欲逗汝莲开心。

"那么说是雷履泰错了？"汝莲忍不住道。

"非也。"张古义看到汝莲说话了,高兴劲儿又上来了。

"那么不是雷履泰错,是毛鸿翙错了?"汝莲紧跟着问道。

"好像也不是。"张古义又在卖着关子。

"你说这个也没错,那个也没错,那么究竟是谁错了?"汝莲迷惑不解地。

"错的应该是我,从小到大,我都没能让你脱离困境,"张古义把话绕了回来自责地,"也许我一开始走的路子就不对。"

听到张古义的话,汝莲的心猛地像蝎子蜇了一样。

张古义说着顿了一顿,用眼睛瞟了一眼汝莲。此刻的汝莲正襟危坐,目不斜视,犹如一圣女不可侵犯……他突然感到自己在汝莲面前是那么卑微,他的心在呼叫着,要努力做出一番成绩来,千万别让汝莲小瞧自己。张古义全身心铆足了劲儿:"雷履泰和毛鸿翙两人的矛盾与竞争不仅仅推动了平遥票号的发展,而且带动了商界视野的拓宽,使整个晋商前景无量,市场繁荣使平遥人生活水平有了大的提高,良性循环让平遥人走出去,然后赚了钱,再回来建设自己的家乡,正因为这样,你看平遥的房屋建筑是何等的气派,何等的富丽堂皇,有人这样说'山西人爱修房,尤以平遥为最'。没有商业的支撑,没有经济的发达,哪来的钱,没有钱,哪来的修房盖屋。目前,平遥好的院落不计其数,最典型最有价值的院落就不少。比如,城西有侯王宾、侯殿元之宅院,城南有雷履泰、冀玉刚之宅院,城东有王苤廷、王沛霖之宅院,城北有程遵濂之宅院……这些都是票号的崛起,商业的鼎盛,带动了平遥的繁荣发达。"

张古义看到此刻的汝莲很随意地斜靠在椅子上,眼光却迷迷蒙蒙,似乎对自己的见解有些欣赏。他忽然觉得自己满心的欢愉,不由得开始仔细研判起汝莲来,双眼皮,小嘴巴,白皙而细腻的皮肤,似圆似尖的下巴给人的感觉恰到好处,整个脸上清灵隽秀,那么的飘逸出群……张古义看得竟有些呆了。

张古义的声音宛若来自深谷的回音,绵邈而幽邃。汝莲眼前的张古义仿佛一下子长大了,古人云,"三日不见,刮目相看",对张古义来说,应该是转眼工夫就得刮目相看了。汝莲想着,仿佛陷进了纷繁复杂的漩涡中。

一会儿,张古义的思绪调整过来了:"莲儿,不是我夸你,你能别出心裁地把一个小小四合院利用得恰到好处,真不是一件易事。"张古义心中蓦然充满了阳光,充满了某种说不出的快乐。

看来每个人都有自己的长处。汝莲的意识似乎在百般地为张古义辩解着。

"莲儿,尽管你有些恨我,但我对你绝对不会放弃的,你永远都是我的。"张古义看到汝莲不说话,自信地道,"等我学徒三年满了,我不会让你失望的……"

人的心呀,真是捉摸不透。或许我也有错……汝莲的眼光怔怔地凝视着某个地方,几乎就要封冻的心,已慢慢地复苏。

"莲儿,你忘了那首儿歌了,'喜鹊叫喳喳,给你报喜了,媒人来,请坐下,俺女要嫁了,不嫁淘粪的,不嫁种地的,要嫁的是票号掌柜的。'"张古义此时满脸都是诱惑的笑意。

"有这样一个很好笑很好听的故事,谁听了都会笑破肚皮的。是我们一块儿的一个伙计听她奶奶讲的。谁都知道,好多年前,在雷履泰创建票号前,平遥的商业发展就很不错了,'日升昌'的前身是叫'西裕成'的颜料铺,后来经过雷履泰创举将颜料铺改为票号,然后平遥的商业越来越发达,后来老百姓对票号认识如同是财源的象征,所以才闹了这么个笑话;也就是咸丰那个年代吧,平遥的票号早已到了鼎盛时代,票号赚的钱哗哗哗地如流水似的,不要说东家掌柜的了,连伙计们都富得流油。那可是妇孺皆知啊,虽然是躲在闺房的姑娘们对此也是垂涎三尺,谁不想嫁个做买卖的有钱人呢?却说城东一庄户人家,有一漂亮姑娘,父母总想凭着女儿的姿色嫁个票号人。过去最讲究门当户对,门不当户不对可是不行的。所以呀,这户人家找了个媒婆,女方把他们的意思给媒婆说了,媒婆笑嘻嘻地答应只要给她多加跑腿钱就行。也是命运所使,正好有一男的在票号干活,也托媒婆给说亲。于是,媒婆对男人说,你是不是想娶一漂亮媳妇?男人点点头。那你要听我的,只要依照我说的办,事情就会成功,不过你可得重重酬谢我。男人答应了。媒婆来到女家说,你们家姑娘可愿嫁票号跑'码头'的?姑娘父母一听,高兴得不得了,就像天上掉下馅饼只等自己接就行了,于是,马上答应订婚,没几日便急猴猴地把姑娘嫁了出去。新婚半载,姑娘肚子里的孩子也三个月了,总不见男人上码头去,只见男人每日早出晚归,回家后,身上总是带着好多泥点子,姑娘再也憋不住了:你何时动身上码头?男人从从容容地拍拍身上的土,笑呵呵地:我这不是每天都上'码头'吗?什么?平遥也有'码头'?姑娘惊诧:我怎么听说码头是在好远好远的汉口呢?男人说:你说的那是水码头,我这是旱码头……不过看你贤惠,又有了我的孩子,我就老实告诉你吧,娶你我可是花了大价钱的,我现在还在票号干活,但我是在票号的'马头'上干的泥瓦匠……不用再解释姑娘也明白了。原来,男人日日上房顶,房顶上的'马头'与'码头',平遥人发的是同音。原来自己搞了半天嫁了个泥腿子,差点没把姑娘气个半死,然而三从四德的束缚,也只好认命了。"张古义摇晃着脑袋,眉飞色舞地讲着。

"谁在屋里说话呀,这么热闹。"周老太说着脚已跨进门槛,"噢,是古儿啊,什么时候过来的?让伯母瞧瞧,瞧这孩子,几日不见越发英俊了。"

"伯母好,谢谢伯母,我正想过去看您老人家呢。"张古义礼节性地站起来。

"是吗?好好好,托你的福,伯母很好,伯母就不打扰了,你们接着聊吧。"

"伯母慢走,我一会儿去看您。"

张古义说着话,看到周老太出去了,正要往下坐,却见周老太一只脚在门里,一只脚在门外,扭过头来又道,"我说你们俩啊,都长不大,一会儿好一会儿又……"

"妈,你都听到了？"汝莲敏感地。

"我什么也没听到,我只听到两只喜鹊喳喳叫。"周老太故作高深地逗乐。

"妈～"汝莲娇滴滴地拉长声音叫着。

"瞧,我们家莲儿给惯的,古儿,日后还得仰仗你多照顾呢。"周老太借题发挥。

"妈,瞧你,越说越有意思了。"

"伯母真好,伯母请放心,我一定会好好照顾莲儿的。有什么事我都担着,绝不让莲儿受委屈。"张古义一边给周老太戴高帽子,一边拍着自己的胸脯。

"那就好,那就好。"周老太说着,人已走到了当院。

第六章

周家利抽大烟房间。

此刻,周家利正躺在檀木雕花烟榻上等着抽大烟。贴身丫鬟在旁边伺候着给他烧大烟。丫环从烧蓝钵子里用烟签挑出枣核大的一块大烟,在铁板上仔细地磨光滑了,然后在银制的闷灯上烤着,一连串熟练的动作,烟泡烤好了,趁热用签子把大烟栽到猴头上,轻轻巧巧地把银枪递给了周家利。

周家利伸了一下胳膊,迅速将身子蜷曲起来,开始抽。周家利虽然觉得这样姿势有点不雅,但,管它呢,只要自己感觉好就行。哼!现在的势力除了当官的,有谁能管得了自己。嘿嘿!一个小小的计谋就得到了这样快乐的享受,男人啊就是男人,生在这个世上男人就是好,这就是男人的专利!

吸过一排子以后,周家利的思绪开始活动起来。谁让他周文琦没后呢,本来按照周文琦的家境蛮可以娶到三妻四妾的,可以让这些妻妾们给他生个儿子,可周文琦就是笨,笨的把一个男人的本事都丢了。说什么你周文琦满腹经纶,管什么用!狗屁,到头来倒霉的还不是你自己。周家利不停地"哼哼"着,想着心事。哼!狗屁,郎才女貌,自始至终守着一个老婆过日子,傻瓜!笨蛋,老婆漂亮又能怎么样,一个女人顶屁用,你周文琦一死,嘿嘿!一切还不都归我了!有钱有势就是好,可惜现在自己只有钱而没有势,要想改变这种局面就得把周文琦那最后一幢院子也弄回来才是。怪只怪当初自己没下狠心,当初若把她们母女扫地出门,如今哪要这么费尽心机大动干戈?不!只能怪算命先生太操蛋,现在才告诉自己这幢院子将来要出大人物。人物,我儿子不就是人物吗？为了宝贝儿子，只有不惜一切代价了！哼！周王氏，不要怪我周家利心狠手辣，只能怪你的肚子不争气，没那个福分，你要是给周文琦生个儿子，我周家利就是有天大的本事，也轮不到我来享受你周文琦的财产呀！哼！有钱能使鬼推磨，县太爷怎么了，还不是被钱搞得团团转？

周家利抽完一排子，又抽了一排子，他的脑子越来越活跃，越想越兴奋，然后"咝咝咝"地猛吸了几口，腾云驾雾般的神仙感已在他的身体内荡漾开来，周家利眯溜溜着眼睛尽情地享受着……

老爷的烟瘾如今越来越大了。站在旁边伺候的贴身丫鬟想着，疲乏一个劲儿在她身上缠绕着，自己若能像老爷那样抽上一口，真是享福了。丫环越想身子越疲乏，忍不住就要打哈欠了，她赶快捂着嘴悄悄打了一个哈欠，紧接着又一个哈欠上来了，丫环款款退了出去……

过了一会儿，周家利仿佛从幻觉中走了出来。真是上天有眼，如此照顾我周家利。周家利一睁眼首先看到的是家里的摆设：红磨光镜子、掸瓶、帽筒、博古架子上的古董，全都映在他的眼前。咦！推光漆彩绘的六扇屏怎么给换了？周家利定睛看了看，怎么会是"棒打薄情郎"呢？不对呀，是谁捣的鬼，竟敢和我周家利作对！

"杏花。"周家利厉声地叫着丫环。

那个叫杏花的贴身丫环一掀门帘赶忙走了进来："老爷您……"

"六扇屏是谁给换的？我不是告诉你了吗，让你每天给老爷我换一喜庆吉祥的吗，是谁让你给我换这、这种内容的?！"

"回老爷话，是夫人让换的。"

"死老婆，竟敢给我穿小鞋，看我怎么收拾你。"周家利骂骂咧咧地，"杏花啊，你是最懂老爷心事的。"周家利说着拉住了杏花的手，款款抚摸着。

"老爷，小心让夫人……"

"狗屁，她算个球，哼！要不是看在她给我生下儿子，早就……"

"老爷。"杏花低眉顺眼地撒娇地叫着周家利。

"好好听话，说不定老爷哪天高兴，让你也美一美，做一回老爷的夫人。"周家利抬眼看了一眼杏花，只见杏花满脸喜色。他心里突然觉得不是滋味，心想，我都快老头子了，她还……哼！臭娘们，看上我什么了，还不是看上我的家业了，想要我的家业没门。哄哄你，就足够让你美了。"杏花，你要好好伺候我，才是对老爷的忠诚，赶快吩咐下去给我换上一幅四大美女的屏。"

一会儿工夫，下人们已把推光漆器的六扇屏重新调整好了。

周家利就是这么个习惯，他对推光漆有着十分的偏爱，特别是抽大烟的房间总不时地轮换着摆一幅六扇屏，内容大多是有关美女方面的。每当抽完大烟他总要好好欣赏一番，只要有美女们的六扇屏，让他百看不厌，怎么看都感觉舒服。那死老婆说什么推光漆器挺贵的，谁家有这么经常换来换去的，哼！我就是要干我喜欢干的事，我就是要变着法子去享受。周家利看着这些美女图，思绪又奔腾开了。哼，有这么多财产就是坐着躺着吃，也能吃上他一辈子，只要每天有大烟抽，有美女看，比什么都好……守着我那宝贝儿子，将来享着天伦之乐……

"哇！"儿子的哭声一下子惊醒了周家利的白日梦，周家利来不及穿鞋，已从烟榻上"咚"地跳了下来。

"老爷，您还没穿鞋呢。"杏花赶忙蹲下给周家利穿鞋。

"滚，穿什么鞋。"周家利飞起一脚将杏花踢开，自己拖拉上鞋子就往外跑。听到儿子的哭声，就像刀子剜他的心，这个儿子可是他的心肝宝贝。

周家利原先娶过老婆的，然而老婆好几年都不生孩子，周家利总想娶个妾给自己生个儿子，无奈他口袋里的银子有限，那时连度日都难，哪来钱娶老婆？后来，汝莲的父亲周文琦去世了……周家利便有机可乘，连哄带骗把周家的财产给霸占了。这样一来，周家利摇身一变，成了富翁，周家利便把原来的老婆休掉，大张旗鼓地又娶了一房。一年后，这个老婆给他生了个儿子。

院子里，专门跟儿子玩耍的小丫环已把周家利的儿子扶了起来。

"儿子,我的心肝宝贝。谁惹你了?"周家利边说边跑了出来。

"老爷,是小少爷自己摔倒了。"小丫环低声下气小心地道。

"什么,自己摔倒?要你干什么,你是吃干饭的?"周家利气急败坏地。"我东庙烧香西庙祷告,这把年纪,好不容易得了这么个宝贝儿子,你竟敢让他摔倒!"

小丫环吓得大气都不敢出了。

周家利大声呵斥着小丫环:"当初你讨饭吃可怜,才收养了你,供你吃,供你穿,就是让你带带孩子,你却连这么个小事都干不好。"

"老爷,不是,是小少爷他……"小丫环鼓起勇气辩解道。

"要造反了是不是?"

小丫环吓得浑身发抖跪倒在地,连话也说不囫囵了:"老、老、老爷,我没、没有。"

"你还敢嘴硬,给我拉出去打!"周家利怒气冲天。

整幢院子里的人全被周家利的大呼小叫惊动了。周家利的老婆把儿子抱在怀里看了看:"老爷息怒,儿子好好的,没摔着。老爷,你就饶了这丫头吧,她绝对不是故意的,况且儿子又没摔着。"周家利的老婆忙从中周旋调解。

"多嘴,妇人之见。"周家利不满地剜了老婆一眼。"宝贝儿子,摔疼了吗?让爹爹看看。"周家利换了一副嘴脸,摸摸儿子的脸蛋道。

"不疼,很好玩!"周家利四岁的儿子挤眉弄眼地。

"爹爹问你,刚才为什么哭得那么凶?"周家利握着儿子的小手问。

"我是故意跌倒爬着不起来,哭着吓唬她的,谁叫她不让我玩她的辫子呢。"周家利的儿子歪着脑袋蛮有理地大声道。

"就这么回事?爹爹当是什么事呢,给我把那丫头的辫子剪了,让我儿子玩。"周家利蛮横不讲理。

"剪了就不好玩了,爹爹,我要在她头上玩,那才好玩呢。"周家利的儿子嚷嚷着。

"不可以!你这么小就捉弄人,在姐姐头上玩辫子要弄痛她的,妈妈给你用绳子编一个麻花辫一样好玩。"周家利的老婆说着将儿子放在地下,"妈这就给你找绳子去。"

"不要,不要,我不要,哇~哇~哇! 我就要在她头上玩辫子。"周家利的儿子哭着坐在地下乱踢腾着撒泼。

"你这么小就不学好……"周家利的老婆气得举起手欲教训儿子。

"谁敢打我儿子? 试试看!"周家利横眉竖眼,暴跳如雷地向老婆扑去。

周夫人见状,吓得赶快躲回屋里去了。

清晨,天气阴晦,空气却异常清新。

平遥县衙。

"咚咚咚""咚咚咚",连续不断的击堂鼓声震荡云层。县衙击堂鼓前,耿文还在不停地擂着鼓。鼓声,犹如雨点般密集。宛若战马奔腾般咆哮着。仿佛震得整个县衙的门窗、树木都在抖颤,震得整个衙门街地动山摇。

县太爷刚刚起床,正在洗漱,骤然听到震耳欲聋的击鼓声,惊得他差点打翻洗脸的铜盆……县太爷的思维恍惚回到了好多年前,那是他刚当第一任县太爷时,虽然考上了举人,但家中无钱上任,好不容易等到一补缺,竟好长时间筹不到钱。是一豪绅"慷慨解囊"花了巨资为自己补了缺,才当上了一方县太爷。可是接下来的日子,总是被这豪绅牵着鼻子走。有一次为了一点芝麻大的小事,有人击堂鼓,不但差点丢了官,还差点丢了性命。现在想起来脑袋还发蒙。后来自己聪明了许多,有了积累钱财的经验,才摆脱了那豪绅,然而却落下了毛病,每当听到有人击堂鼓便心惊胆战。

县太爷慌慌张张地穿着官服,突然感觉有些不对劲。"现在都什么年月了,还有人击鼓?"县太爷有些不相信自己的耳朵。回头看着都已经快要装点好的箱子,县太爷的心有些稳定了下来,管他什么人,什么事,只要有机会就……嘿嘿,抓紧点时间,过了这个村,就没这个店了。

过几日逮着机会拍拍屁股一走了事。

"更衣。"哪怕是最后一次升堂,县太爷的威严也不能少。

县太爷边更衣,脑子还在不停地翻动着。他有些想不明白,现在这年头为什么还会有人惊天动地来击堂鼓,而且这响声听来怪怪的……县太爷突然把周家利的案子联想到了一块儿,转而一想,不可能和那件事联系到一起的,周家利的案子已经说好今天处理,拟定好要秘密进行,所以昨日天快黑才传下去的。这样做就是要让那老太婆来个措手不及,以迅雷不及掩耳的手段,赶快把那院子给周家利糊弄到手为妙……

耿文的击堂鼓不但惊动了县太爷。更重要的是惊动了衙门街周围的百姓们,人们三五成群地涌向了县衙。衙役们装腔作势地撵赶着人们,怎奈人群似潮水,衙役们也只好作罢。

刹那间,大堂外已站满了黑压压的人群,人们鸦雀无声地等着这场别开生面的县太爷升堂。

已达到预期的目的!耿文的嘴角露出一丝丝欣喜的微笑。

按照清朝往日的规矩,鸣赞人高喊"升堂"!然后,一名衙役擂响升堂鼓,大堂内外肃静,县丞、典吏由后堂出,侍立两侧。最后,县太爷会从容地从屏风后出来,然后稳稳当当地坐在大堂上办案。

如今仿佛一切都省略了。

今天的县太爷一出屏风,脑袋"轰"的一下就懵了。怎么回事,黑压压的一群人,真是今古奇观,这些人究竟要干什么?好像自己上任以来还没遇到过这样的事,这不是故意想捣乱么?怕什么!县太爷自己给自己壮着胆子,安慰着自己。上任以前就有人告诉过自己,平遥人爱做生意,一向与人为善,一般不会闹事。无论怎么说,威严两个字对县太爷来说是多么的重要,他懵懵懂懂地坐在了大堂椅子上。

看着县太爷疑虑的神态,旁边的师爷武秉德悄悄对他说:"这不过是一些老百姓而已,他们无非是来看看热闹。"

噢!是这么回事。县太爷听了,悬着的心放了下来,故作镇静地理了理衣冠。

"传原告!"县太爷扬起嗓子喊。

"传原告。"师爷随着他的声音传了下去。

周家利听到,急急忙忙上堂,跪在大堂东面的位置上。

县太爷看到周家利出现,骇得差点从椅子上跌下来。

对于周家利这件事,本来想暗暗解决,看来今天……

师爷武秉德赶忙扶住了县太爷,对他宽慰地笑笑。

原来武秉德早已按照耿文订好的计划,从中做了手脚……

当耿文击鼓时,武秉德便让衙役们传票让周家利到场,那会儿周家利正在抽大烟呢,脑筋连弯都没转,以为是县太爷拟定好让他此时来的,所以匆匆忙忙赶来,听到"传原告"三个字就往堂上跑,而且很熟悉地跪在了原告的位置上。

县太爷心里有些慌乱,怎么会这样?事情看来有点蹊跷……尽管如此,县太爷也不敢往坏处想,他给自己增加信心,既然我坐在这个位置上,我就是一县之主,我怕什么,在平遥上任这段日子我怕过谁?县太爷把腰板直了直,我倒要看看一个老太婆能有多大本事,能掀起多大风浪。

例行公事,县太爷又道:"带被告!"

"带被告。"师爷再次传话。

耿文大摇大摆走上大堂,站立在大堂中央。

"何人如此大胆,见了本县竟然不跪。"

"本人姓耿名文,是周王氏的代言人。"

"什么?什么叫代言人?"县太爷话刚刚出口就后悔了。

耿文的新名词把县太爷一下子搞糊涂了。

县太爷愣怔了一下,马上恢复了他的威严:"大胆刁民,见了本县不跪,分明是扰乱公堂。"

"哈哈哈,现在都什么时代了,现在讲的是天下为公,是提倡三民主义的时代……"

武秉德悄悄对县太爷道:"此人气度儒雅,风骨清直,老爷您还是多个心眼为好。"

听了师爷的话,县太爷再次仔细看了看耿文,这张清秀的面孔后面似乎隐藏着无端的杀气,他猛地打了个冷战。

只听耿文道:"……请县太爷睁大眼睛看看,张开耳朵听听,清政府的腐败无能,事事处处崇拜洋人,让洋人有了可乘之机,践踏我们神州大地……"

"他、他在胡说什么?"县太爷越听越不是滋味,欲取火签……

武秉德在旁边打了一个手势,示意这是个刺儿头,最好别惹。

县太爷的大脑马上转动起来。是的,在这混乱不堪、动荡不安的年代,这样一个外地人,他的言谈举止又决非一般庸俗泛泛之辈,搞不好有什么后台之类……县太爷暗暗佩服师爷的眼力。首先要压住阵脚,其次才是……县太爷忍了忍心中的怒火,对耿文道:"老爷在此断案,请你下去。"

"请你听明白了,我是周王氏的代言人,说白了,是我替她打这场官司的。"

"好好好,算你有理,老爷我先不和你理论,看你还有点学士风范,老爷我也不和你计较。"县太爷突然想到,万一此人真有后台,将来也许会用得着,且不和他结仇为好。"给这位先生看座。"县太爷随即吩咐左右道。

耿文微微一笑,神态自若地坐在了公堂的椅子上。

"带周王氏。"县太爷厉声喊道。

"带周王氏。"师爷传话道。

"冤枉。"周老太一路喊着冤枉跪在了大堂西侧位置上。

"大胆周王氏,你冤什么冤,分明是无理取闹,住房期限已到,赖在周家利的房屋不走,是何理由?"县太爷一拍惊堂木以示自己的威风。

"老爷有所不知,"周老太哭哭啼啼道。"周家利的家业本是我们家的家业……"

"你胡说。"周家利一听急得瞪眼道。"老爷替我做主,周王氏她……"

"多嘴!"县太爷生怕周家利说不到点子上,赶快阻止。"是你的就是你的,不是你的成不了你的。"县太爷一语双关。"让她说,看她有什么理。"县太爷自我感觉太好了,县太爷好像忘记了旁边坐着的耿文,很自信地。

周老太止住了哭,悄悄斜睨了一眼耿文,耿文给他一个坚定的眼神。

"老爷是这样的,前些年,我先生周文琦去世后,周家利就买通官府……"

"胡说……简直就是无稽之谈。"周老太的话还没讲完,县太爷听着不对劲大声呵斥周老太。

"老爷您英明,是上一任县太爷办的糊涂案。"周老太机警地赶快把话抢过来奉承着县太爷。

这还差不多。县太爷捋了捋胡须,心里道。

紧接着,周老太用手指周家利道:"是他,打着本家身份,将我周家的财产全都霸占了去,只给我母女留下一小院落……"

"那也是便宜了你们,谁让我是周家的男人来着,我生成男人就是继承周家财产的继承人。"周家利得意洋洋。"嘿嘿,我供着你们养着你们,让你们占尽了便宜,如今姑娘也大了,却赖在我家院子里不走,反而倒打一耙,说我霸占你们家产。请大老爷明断。"周家利来了个先发制人,抢着按照预先和县太爷密谋好的一股脑儿全说了出来。

"周王氏,你知罪吗?"

"我有何罪,周家利血口喷人,分明是想把这一小院也霸占为己有……"

"带下去给我打……"

"等一下!"一直坐在椅子上的耿文突然说话了,他站起来挥了挥手,对着县太爷道:"请问,老爷你今天断的是什么案?今天究竟谁是原告?"

"断的是侵占财产案,原告当然是周家利了。"县太爷被耿文突如其来的话问懵了,随口答道,他有些不懂耿文的用意。

"那么我再问你,今天是谁击的堂鼓?"耿文步步紧追。

"这个……"县太爷丈二和尚摸不着头脑。

"一个堂堂大老爷连起码的常规都不知道,一会儿工夫就忘了吗?你是不是得了周家利的好处,早和他预谋好来陷害周王氏?"耿文放达不羁地问道。

"老爷我可没行贿你呀,请老爷明断。"周家利做贼心虚不打自招。

"混蛋!要你多嘴。"县太爷气急败坏。他幡然醒悟,耿文本来就是替周王氏说话的,是自己自作多情,引狼入室让他坐在这儿,早知如此,刚才就该把他轰下去。县太爷看了看耿文,耿文的镇静自若,越发显得儒雅风流。哼!管他有什么背景不背景,今天老爷我倒要看看你能把我怎么样?县太爷故作镇静,装模作样:"周家利,老爷我问你,我收你的银两了没有?"

"老爷清廉,怎么会收我的银子。"周家利乖巧地答道。

"听到了吗,我怎么会收他的银子。"县太爷自作聪明地对耿文道。

"此地无银三百两,你们唱的双簧该收场了。"

我收周家利金子的事,他怎么会知道。不会的,只有天知地知,我和周家利知道。他是在诈我!我且试探他一番,万一他真有背景,我岂不倒大霉:"先生,你莫名其妙的话,实在令人费解,请你给个面子别在这里搅和好不好?"

"我耿文一向规规矩矩做人,堂堂正正为人。古人云,'君子取财,取之有道'。说什么生成男就可以继承财产,请问,女人难道就没有继承权了吗?"

"哼!女流之辈当然就没权过问了,瞧我周家利儿孙满堂……虽然我现在还没孙子,但我有儿子就会有孙子,他周文琦断子绝孙,当然……"周家利以蔑视骄傲的口吻抢着说。

"放肆,要你多嘴!"

"给我拉出去打。"县太爷一听势头不对,一边给周家利使着眼色一边虚张声势。

"老爷,我冤枉。"

"你有什么冤枉?"

"我不知当讲不当讲。"

"讲。"

"老爷你还没断清财产是谁的呢。按照老规矩,女人是不是外姓人? 外姓人占有周家财产算不算霸产?"周家利好像找到了充分的理由,挺了挺身子向前跪了跪道,然后竖起两个指头。

重金对于县太爷来说是多么诱人,银子的分量最终还是占了上风。有了这种想法,县太爷看耿文的眼光就不同了,这人只不过生有两道剑眉罢了,看起来威武一些而已,刚才的试探好像没什么背景似的,这笔钱财绝不能流入他人之手,还是现实点最好……这人也许就是有点嘴上功夫,不过是一时嚣张……

"周家利的话句句在理,本案老爷已断清。周王氏,无理取闹,欺霸……"

"停!"耿文大义凛然道。

然而,此时的县太爷已财迷心窍,所以他看耿文也就没什么惊人之处了。

"给我拉出去打! "

"敢!"耿文怒目而视,厉声喝道。

衙役们看到刚才县太爷对耿文都萎萎缩缩的,生怕有什么差错,一个个迟疑不决地不敢上前。

只听耿文又对县太爷道:"孙中山先生三民主义中提到的男女平等,你不会不知道吧? 你应该明白……现在不仅仅是三民主义的诞生,更是三民主义应用的新时代……民族,民权,民生……"耿文给了县太爷一个下马威,听得县太爷云山雾罩,不知说什么才好。"……前不久,清政府却宣布什么铁路干线收归国有,已激起了全国怒潮。各地灾难重重,民不聊生,置老百姓于水深火热之中。孙中山先生发动的黄花岗起义,上海的罢工,都是民众的怒吼……"

这些,县太爷已有所耳闻……只是……

"……日前武昌已打响了第一枪,辛亥革命已爆发,清政权摇摇欲坠,旧的一切将会一去不复返,你却还在这里以男权主义来欺压弱者,你到底得了周家利的多少好处? 收到他的多少贿赂? "

县太爷倏然觉得耿文的慷慨陈词,大有横贯天地之感……骇得他不禁胆战心惊,脸色骤然煞白,竟不知该如何应对。

"……你身为父母官,对外面的事情却不闻不问……"

耿文说到"父母官"三个字,县太爷仿佛一下子苏醒了。对呀,现在说什么我还是父母官,只要大清这杆旗还竖着,就得承认我这个父母官,哪有父母官让你在大堂上如此嚣张的。哼! 仅凭一些新潮名词就想吓倒老爷我,做梦! 想到这些,县太爷决定要把耿文的嚣张气焰压下去。

"大胆,按照大清的律例岂有不跪之理。告诉你,只要大清这杆旗还竖着,哪怕竖一天,就得按照大清的律例来办事。"县太爷好像找到了充分的理由对耿文道。县太爷果断地举起火签扔了下去:"老爷我判你个咆哮公堂罪,拉出去给我狠狠地打。"

周家利跪着,听到判耿文咆哮公堂,突然想到自己的官司很快就会赢的,高兴得竖起大拇指,称赞县太爷的英明。

县太爷狠狠瞪了他一眼。心里说,你个不动脑筋的蠢猪,给老爷我惹来这么多麻烦,还傻逼地在这儿不谙世事。

"慢! "耿文有力地举起了手,"那么请问,县太爷大人,你是遵照大清律例办事了? "

"不错,本官一向忠于职守,清正廉洁,难道本官被你这些蛊惑人心的新名词吓倒不成。"县太爷赶快把身子端坐好道。

"请问你是如何按照清朝的律例办事的? 你又是如何执行的? "

"这个……"县太爷竟不知该怎么说才好。

"你享受着朝廷的俸禄,难道你可以高于君权之上,视民如蝼蚁不成……"

县太爷被耿文尖锐的言辞击倒了,这一下让他真正领略到了耿文的见多识广……目前形势确实逼人,谁人不知清政府摇摇欲坠,本来自己出任这届县太爷就有些滑稽,是提着脑袋想多捞点油水……连大街上的小孩子都口出狂言,早些日子,自己微服出去,不是亲耳听到那儿歌了吗,"不用掐,不用算,宣统刚坐二年半。"人常说小儿谣言天说话。今天偏偏又遇上这么个刺儿头……此刻,县太爷只觉得耳朵"嗡嗡嗡"直响,隐约又听到:

"……天下衙门朝南开,有理无钱少进来的时代已经一去不复返了,请你走出平遥,看看外面的世界……了解一下孙中山先生的'为民而有,为民而治,为民而享。'……"

大堂外,众百姓哗然!

县太爷的头脑豁然清醒了,千万不能惹恼民众!

"本老爷在平遥这些日子的治理,谁人敢说不好二字? 平遥的生意兴隆还不是老爷我的功劳。"县太爷振振有词,他必须这样说,只有这样说才对得起县太爷这三个字。

"请问,这宾馆林立,酒楼喧哗,这样的景象是从何而来? "

县太爷瞠目结舌地望着耿文。

耿文大声地道:"是商家的智慧,是老百姓的勤劳繁荣了平遥的经济,你可知道商家与百姓挣的可是血汗钱? "

大堂外,只听得众人拍手称快。

"你的所作所为着实让人痛心,你的大脑是不是还在想着,'来时萧索去时丰,官帑民财一扫空,只有江山移不去,临行写入画图中。'"耿文不无讥讽地,"是不是想着要给你送'万民伞'呢? 还是'德政牌'? 如今,你还想着以人为壑? "

县太爷无话可说。

"……还要任意役使? 难道你真的一点也不觉得着惭? "

县太爷脸色变得越来越难看。

县太爷知道耿文所讲全是真的，其实这些他已心知肚明，只不过是觉得平遥这地方生意人多，只要大家想法子赚钱，自己才会有油水可捞，况且外面都说平遥人是顺民百姓，能多捞一天油水是一天，谁知今天却碰到个……

"……翻阅历史……你捞取钱财的手段也太恶劣了，对这样的孤儿寡母竟能下得了手……"

汝莲在旁边听着耿文正颜厉色、震撼人心的话语，心中暗暗喝彩。不由得偷偷向耿文望去，只见他刚毅的眉宇间越发显出几分英气，英气中带有几分傲气冷漠，原本就笔直的眉骨鼻梁显得更直了，而无限的锋芒却停在了眉间，拧成了一个川字，疏狂傲世的韵味，越发显得英气逼人。汝莲的心震动了一下，仿佛有一只看不见的手在拨动她心中的那根弦……。

"……巧立名目，坐在这里只想着搜刮民财，说你是擢发难数一点也不冤枉，你是不是觉得平遥的百姓好欺诈……平遥人饶不了你……"

耿文的话击到了县太爷心灵深处，自己本来已有了离开平遥的打算，前几日一直在"观风楼"观望……偏偏这个周家利又送来重金，到嘴的肥肉岂能白白放弃，怪只怪自己……如今却要鸡飞蛋打，毁在这个人的手里……哼！若在从前，不要说你一个耿文了，再来两个、三个耿文你也别想活着出去。唉！这大清呀，真正衰败了。还是明哲保身为妙！

想到这些，县太爷欲盖弥彰，一拍惊堂木，指着周家利道："大胆刁民，知罪不知罪，老爷断你个诈欺取财罪。"

"老爷，老爷……"周家利边说边进一步向前跪着，举起五个手指，给县太爷示意。

"这个……"看到这么多的金条可得，县太爷心又跳动起来。

看着县太爷贪财不要命的德行，耿文想，真是个不见棺材不掉泪的家伙。耿文大声地："且不论现在的道德观念，就清朝刑律来说，行为不端欺霸侵占罪,诈欺取财罪,赃物罪,都可以把你送进监牢去,请打开你私人金库,算算你一年的俸禄……"

县太爷的心气被彻底打倒了,刚刚探起来的身子又跌坐了下去。县太爷不敢往下想了……为了个一不沾亲二不带故的人,把自己小命搭上,也太不值了。唉!如今的县太爷还是不做的好,此时,他心中念叨的只有一个逃字。

师爷武秉德向他努了努嘴,示意他见好就收,赶快退堂。

县太爷少气无力地点点头。唉!到如今这事还得听师爷的。

"退堂!"武秉德做作地拉开嗓门,替县太爷解着围。

县太爷听到退堂两个字,如获大赦一般,急急忙忙收了场,赶快到内宅躲了起来。

第七章

武秉德来到了天一客栈。

汝莲正好不在,周老太在南厅接待了他。

"县太爷走了,我也一身清爽,做师爷真不是滋味。"武秉德伸了伸胳膊道。

"不出耿文所料,县太爷真的逃走了。"周老太说着给武秉德续了一杯茶。

"大势所趋,几天前县太爷就经常到'观风楼'上观望……"

"这'观风楼'是什么意思啊?"

"衙署的'观风楼'就是老百姓说的'风水楼',那是衙署的一个制高点,城内若有风吹草动,可以看得清楚一些……"

"是呀,革命军来了还不要他的命……"

"是的,人说不该死的有救神,也是他命大,全凭了万吉洞,保住了他的一条命……"

"什么'万吉洞'? 我可没听说过。"

"是的,现在这可是个不成秘密的秘密了,我也是县太爷走后才知道衙署里还有这么多的秘密呢。"

"怎么回事? 能给我说说吗?"

"可以,我知道多少都会告诉你的。"武秉德说了,心里又道,我说话是不是讨好得有点太直白了。武秉德斜睨了一眼周老太,发现周老太并没有介意自己说的话,心里踏实了许多。"据说咸丰三年,这个万吉洞就修好了。那时候太平天国北伐,已迫近平遥。那时,平遥县的县太爷名叫万逢时,此人胆小如鼠,只要一听到有点动静就疑神疑鬼以为'长毛'来了。有一天'照壁南'有家娶亲的放了声铁炮，便吓得他浑身哆嗦。县太爷胆小归胆小，一县自主的事情还是必须要干的，县太爷尽快在城内组建了个千余人的'团防局'，并请了县内的一些绅士们和各大票号的东家掌柜们，对这些人说：如今'长毛'犯我京华，必然要路经平遥，本县已召集了乡勇千余人，请各位从大清社稷出发，慷慨解囊出资相助……于是各家票号商铺便凑起了不少白银……这笔钱县太爷除了团防局用了一部分外，其余的悄悄命人在衙署内修了个长长的洞，万大人亲自取名为'万吉洞'，其含义为只要进了洞，便可逢凶化吉，一切便万事大吉。过了没多长时间，有人报说长毛要进平遥了，吓得万知县躲进洞里好几天，结果'长毛'并没到平遥……咸丰六年，万知县调任……这个万吉洞便被闲置了好几十年……"

"噢，我明白了，正好这个'万吉洞'让如今这个县太爷给利用起来了。"

"你说得很对。那天，县太爷正在内宅歇着，朦胧之际，忽听有人报说革命军已过了风水楼，马上就要进县衙署了。县太爷赶紧开启万吉洞，钻了进去，那万吉洞真的很隐蔽，任何人都发现不了。他在那里躲着，躲到半夜三更，使了个胆，最后还是爬墙逃跑了……其实哪来的革命军，是有人专门吓唬他的……其实他早就做好了走的打算，只是时机还没成熟……后来又遇上了你们这场官司，才促使他下了尽快离开的决心……"

"什么时机没成熟，他是油水没捞够，让我们耿文这么一折腾，不逃走，众人的舆论他能吃得消吗？"周老太一语道破其中的要害。

"你看问题竟如此敏锐。"武秉德说着，两眼正视着周老太。这些年来，武秉德始终不敢正视周老太，生怕对心中的偶像有所亵渎。遵古训，"朋友的妻不可欺"，这是武秉德多年来积在心中的一个结。那年，周老太刚嫁到周家时，是他陪同周文琦把周老太接进周府的。从那一刻起，周老太的貌若天仙已定格在武秉德心中，后来他的选妻标准总是以周老太为模子……可是妻子自从嫁过来就一直生病，不但没留下一儿半女，而且还早早过世了……

"他叔,你在想什么呢?喝口水吧,我再给你加点热的。"周老太并没察觉武秉德是着意看自己。

"没、没想什么。好,我喝水。"武秉德有点不好意思地搭讪着,心里却有些隐隐作痛,不由得哀叹一声,心里说,都这把年纪了,还想这些干什么,这份秘密只有永藏心底了,只要能时不时过来看望一下周老太,帮她干点事不也是莫大的慰藉?

"为啥唉声叹气的,装着一肚子学问,还怕你不当师爷活不了?干你的老本行教书先生不是一样可以糊口吗?"

武秉德的一声哀叹,周老太却误会他的意思了,以为他为以后的生计发愁,所以劝说道。

"是的,听你这么一说,我想还是干老本行最好,想当年壮志未酬,总想为平遥人干点事,没想到进了衙门,却是一片黑暗……世风日下呀。"武秉德的情绪渐渐稳定下来,他将错就错地随着周老太的话茬应答。

"妈,你怎么坐在南厅对面,有风的。"汝莲匆匆忙忙走了进来,一眼看到了母亲,叫了一声。

"瞧这闺女,这么大了都疯疯癫癫的,没看到你秉德叔吗?"周老太亲昵地嗔怪着女儿。

武秉德坐在南厅的背面,一进门对着的是周老太,汝莲还真没看到。

"对不起,秉德叔好,瞧我冒冒失失……"

"不怪,不怪,不知者不怪,对吧!"武秉德连连说着不怪,却反问着汝莲。

"妈,你看,还是秉德叔理解人噢。"在大人前,汝莲永远都像小孩子似的。

"瞧这闺女,真拿她没办法,说话总是在理。"周老太用批评的形式褒扬着汝莲。

"很好,这闺女可是出落得越来越……"武秉德本想说,越来越像你那么漂亮,话还没从口中说出,又觉得有些不妥,赶忙改作,"有出息。"

"谢谢秉德叔夸奖,妈,你和秉德叔聊吧,我还有点事,我先进去了。"

汝莲一进院子,看到东子正跟耿文嘀嘀咕咕地说着什么。她径直走过去,看了他俩一眼,一掀正屋门的竹帘:"你们进来呀,别站在外面,有话我们一块说。"

"姐姐,是真的,县太爷已经逃走了,刚刚我在外面听到的,我也是刚进门,正和耿文哥说着呢,你就回来了。"

"没错,我也是急急忙忙回来告诉你们这个消息的,看来没错。秉德叔在南厅坐着,正跟母亲聊天呢,我想他也是来告知母亲这一消息的。哼!"汝莲嗤之以鼻,"树倒猢狲散,清政权已危在旦夕,又经过耿文哥一番唇枪舌剑,县太爷心里早已充满了恐惧,怕平遥老百姓对他来个……"汝莲说着,做了一个杀头的手势,"所以呀,他不跑才怪呢。"

"是呀,耿文哥满肚子的文采,太厉害了,把县太爷都整怕了。"东子满脸喜气地。

"东子可别这么乱说,我算得了什么,我只不过是借用了当今的混乱,借用了'革命军'的力量,给平遥人敲响警钟,替汝莲她们争口气而已。让每个人都知道,别把女人不当人,只有男女平等才是社会的进步……"

"耿文哥,你那丰富的知识是从哪里来的?让我们也学习学习。"东子认认真真地道。

"哪算什么知识,我只不过是走的地方多一些,逮着一鳞半爪,东拉西扯地唬一唬那些做贼心虚的贪官污吏罢了。"耿文突然露出一脸复杂的表情,"我是不是有点太张狂了?让大家觉得我有点不可理喻。"

"没有,没有,绝对没有,你是我们学习的榜样,你的言辞恰到好处,太有震撼力了。你可以亲自出去走走,听听人们对你的评价,就知道自己是如何了不起了。"

东子看到汝莲说话时眼睛都在发亮,心里嘀咕道,姐姐虽然温柔可人,但在别人眼里总有股说不出的傲气,而在耿文哥面前却显得谦虚过头。

"是吗？我可不想太张扬。作为一个人还是低调一些合适，默默无闻干些实事最好。"耿文说话的嗓音虽然低沉，但却洪亮、浑厚，那清悦的声调给他的话语增添了一种特殊的魅力。

汝莲不自主地摆出一副求知的架势，两眼直盯盯地看着耿文，整个脸上都写着对耿文的欣赏与佩服。

而东子却在进一步阅读着汝莲。

"当前局势逼人，假如没有我们这出戏唱，县太爷照样会逃走的，你们说是不是啊？"耿文并没有觉察到他们俩的这些小细节，自顾自地研究分析着。

"总之，是你为我们家争了这口气。"听着耿文的问话，汝莲的思绪被拉回来了，忙说道。

"听说周家利躺在家里气得连门都不出了。"东子则把话扯了开来。

"他是羊肉没吃上，倒惹了一身羊膻气。"汝莲没好气地。

"其实我们这场官司，还不就是一场闹剧，好在这场闹剧已画上了句号。"耿文伸了伸臂，一脸阳光。"如此美好的阳光不出去散散心，太对不住自己了，我要善待自己，出去散散心了。"

"我陪你去。"汝莲灿然一笑。

"那你们去吧，我可就失陪了。"东子诡谲地眨了眨眼道。

"小孩子家家的，今天不要你陪了，有工夫读读书，好吧。"汝莲爱抚地拍拍东子的肩头，像小孩子似的故意挤了挤眼道。

"好嘞，东子听姐姐的话一向没错。"东子嘻嘻哈哈地笑着走开了。

"请问先生，我们朝哪个方向出发呢？"汝莲笑容可掬地道。

"那有劳小姐带路了，先生我想出南门走走。"汝莲的话激活了耿文去南门外的欲望。

"好啊。那天我们一直寻找'八卦街'的走向，故而到了南门头，都没往城外去，真是对不起噢。今天本小姐陪先生，一定要看个够噢。"汝莲如唱歌般调侃说笑着。

一出南门没走几步，汝莲便嚷嚷上了："耿文哥，快来看，你看左右这两眼井，是不是如同龟的两只眼睛啊。"

"太有寓意了，像这样有内涵的点缀，会让人永远都玩味无穷。"耿文说着低下头看到了井水，井水不是太深，却清丽无比。耿文把头伸向井边，一股清爽之气扑面而来，他看到了自己清晰可辨的影子，不由得借着井水做各种鬼脸："好开心噢。"井中的回声也"好开心噢"跟着耿文的声音响起来了。"汝莲，你也来啊。"井中的回声又响起来"汝莲，你也来啊。"

两个人像小孩子似的尽情地玩着。玩够了，耿文一屁股坐在了井台边。仰望南门城头的大楼，耿文的心胸顿感开阔。蓦然，南门上雕刻的'迎薰门'三个大字让他眼前一亮，耿文不由一阵激情澎湃，古城的文化真是博大精深。

"看到'迎薰门'三个字，我马上联便想到了'尧年舜日'这个成语。"耿文无限感慨地对汝莲道。

"是啊，我也有同感，请说给我听好吗？"汝莲深深地望着耿文。

"这个……你怎么可能不知道。"耿文摇摇头有点揶揄地，他深信汝莲会解释得更好。

"我想请你说嘛，很想听听你的见解。"汝莲半是命令半是撒娇地做了一个请君入瓮的姿势。

对于一个女孩子这样的要求，耿文怎好拂她的意，再推诿下去可就没意思了。"好了，好了，恭敬不如从命，那我就'孔圣跟前卖字画'，大言不惭。"耿文学着古人的样子施了一礼拉开嗓门道。"其实啊，'迎薰门'的来历与'尧年舜日'这个成语有着直接联系。尧时，大地洪荒，五谷不收，瘟疫连连，猛兽横行，民不聊生。尧被选贤上任后，疏河排洪，焚林逐兽，人们的生活才稍有安定。"

耿文说话的神色变得越来越庄严："尧让羲和造历法，测天象将四季定好，这样人们就可以遵循自然规律来发展生产了，人们逐渐安居乐业。尧自己却甘居清苦，住着茅屋，时时为人们谋着幸福。所以尧深得人们的拥戴。后来尧感觉自己年龄越来越大，只有安排好以后的日子才是最好的选择，于是他四处访贤，寻找自己的继承人。功夫不负有心人，最终尧在中条山西南的历山脚下寻访到了虞舜。然而，对接班人的要求是非常严格的，不但要有品德修养仁爱之心，更重要的是要有真正的指挥才干和能量才可以胜任。尧对舜进行了长时间考验，舜正是他合适的人选，尧毅然把自己的位置禅让给了舜。舜义无反顾地为人们挑起了大梁，洪水的泛滥还在不停地袭击着人们。舜提拔人才，让禹来治水，禹用他的聪明才智想到了疏导洪水的办法，洪水终于被治理好了。舜又派后稷教导人们如何种植庄稼，派契来管理教育，让皋陶管司法，垂管手工，益管山泽，伯夷管典礼，夔管作乐，龙传君命。由于舜合理分工，用人得力，这些人齐心合力地管理天下，天下大治，从此人们生活有了保障。"耿文洋洋洒洒地说着，突然接触到了汝莲的目光。耿文猛然停住了口，汝莲的眼睛好像正定定地望着自己，满眼的迷迷蒙蒙，似乎滚动着一串串遥远的情怀。

此时，汝莲的思绪正飘浮在虚幻里，那个时代真是太好了，没有欺诈，人人平等……猛地，汝莲省悟到耿文的说话声中断了，她对耿文作了一个可爱的鬼脸，斜睨着眼珠微微一笑："瞧我的思绪都飞跑了，我是不是有点不礼貌了，请继续啊。"汝莲热切的声音，热切的神情感染了耿文。

"我记得南朝梁·沈约的《夏白纻歌》中'佩服瑶草驻容色，舜日尧年欢无极。'那个时代真个是欢乐无限呀。""舜为了更好地让人们享受平安幸福，又设了谏鼓，立了谤木，时时征求民众意见，改正错误。舜又是一个生性开朗，非常喜欢音乐的人，他对五弦琴情有独钟，心中时刻都装着百姓，他写了'南风歌'：'南风多么和薰啊，可以解除老百姓的痛苦。南风多么及时啊，可以增加老百姓的财富。'后来人们为了纪念舜对人们的功绩，在解州东门外建立了'薰风阁'和'歌薰楼'。再后来便演绎为向南的门楼和城墙上都写'薰风南来'或'迎薰风'。"

"尧天舜日"经过耿文回肠荡气的讲述，越发韵味无穷。汝莲热切的眸子里是一种领悟和感动。

"小生有礼了,请小姐多多包涵小生的一知半解。"耿文故意像唱戏一样拉长了声调,做了一个戏剧舞台里的动作。下一个节目该小姐出台了。"耿文说着耸耸鼻子,那滑稽样子逗得汝莲笑个不停。

"好啊,既然先生请我出台,本小姐也就不推辞了。"汝莲笑够了,依然还是笑呵呵地。"你不是早就想听平遥的'四拗八景'吗?时间不早了,我们该回去了,边走边说好吧。"

"赞同!对'四拗'的说法,我正摸不着头脑,早就想请你解释谜团呢,愿闻其详。"耿文热情洋溢地做了一个请的动作。

"'四拗'现已成为平遥人的口头禅了,大人小孩都会这样说:'出了东门西郭村,出了西门东达蒲,出了北门南政村,出了南门北干坑。'然而真正能阐释它的人却寥寥无几。不过,这只是我的认为噢,不代表任何人。"汝莲望了望耿文,想听听他对自己的话有什么看法。

耿文明白她的意思,点点头表示让她继续。

"所谓'四拗'是在一定时代背景下的产物,上古时代,平遥'城'未具备雏形之前,这些村庄应该说已经存在命名了,是人们根据自己心目中所想象的方位而命名的,其实这在当时毫无'中心'的情况下,随意命名也是很正常的,后来'城'构筑成后,就有了偶然违背常理的文化反差现象,可以这么说,四拗是一种文化现象。一切美好事物,人们总是带着美好的愿望去想象的,久而久之,这种现象顺理成章地推演成'拗','拗'特有的文化产物便逐渐成为人们心目中值得炫耀的'景观'了。"

耿文以赞许的目光看着汝莲,并为她拍手叫好,嘴里忙不迭地,"很有见地,很有见地。"

"你欺负人嘛,本来你早有见地嘛,还说什么摸不着头脑呢。"汝莲哂笑着嗔怪道。

"没有,没有哇,只是听后有醍醐灌顶之感嘛。"耿文有意夸张地,嘴里"哗啦啦"地说着,做了一个将水浇到头顶上的动作。

"不对，不对。你滥用词汇，戏谑我啊。"汝莲假装恼悻悻地反对着。

"不敢，不敢，那我说'英雄所见略同'用词还不错吧。"耿文嬉戏着。此时的耿文心中宛若注满了阳光，活着就是胜利，活着就可以享受生活的乐趣。

"这还差不多。"汝莲故意作出委屈状，嘟起了嘴。

"嘿，这不是耿文和莲儿吗？瞧我们莲儿还撅着嘴呢，谁欺负你了，秉德叔给你做主啊。不会是耿文欺负你了吧。"武秉德不知什么时候来到他们跟前。

汝莲"扑哧"一声笑了："没人欺负我啊，是我自己欺负自己。"今天汝莲心里如同吃了蜜似的，言不由衷地和大人也开起了玩笑，话一出口，又觉得自己太张狂了，忙道："秉德叔，对不起，请原谅我没大没小，没礼貌。"

"好孩子，没人欺负就好。秉德叔也是心里高兴，看到你们的率真，好羡慕，有意逗你们玩呢。若能回到从前，我宁愿折他十年寿。瞧我都说些什么了，秉德叔刚才是找地方去的，想筹办个学堂。耿文啊，到时候秉德叔还要叨扰你呢，经过好几次接触，好多地方秉德叔都得向你学习呢，虽然你年轻，但不得不令人佩服，你的天赋，以及你的学识，你的超前意识，你的思维方式，都不是一般人能及的。"武秉德十分真诚地道。

"秉德叔的夸奖，令耿文羞惭，今后好多东西要向秉德叔请教呢。"耿文谦恭地道，"秉德叔有什么事尽管吩咐，耿文会竭尽全力去干好的。"

正说着话，远处传来了吹吹打打的敲鼓声。

"一听就是'蚰蜒巷'的吹鼓手，今天又是个娶亲的好日子。"武秉德道。

"秉德叔，你真了不起，连谁家的敲打都能分辨得这么清。"

"像我这么大年纪的人，对'蚰蜒巷'捣鼓儿的细吹细打应该都很熟悉的，不信回去问问你母亲。"

耿文听了武秉德和汝莲的对话,竟有些不知所云。看着耿文疑惑的样子,武秉德解释道:"耿文你有所不知,我们这儿吹鼓手又叫'捣鼓儿'的,当地人称这种好听的音乐叫'细吹细打'。平遥人对婚丧嫁娶非常讲究……"

三个人正说着,娶亲的已吹吹打打过来了。

"你看那些红旗挑大铜锣,鸣锣开道就不要说了,那是什么地方都离不了的,可平遥的讲究就太多了,你看红纱灯笼,回避牌,花盖伞,金瓜、绫旗、朝天镫,这些别的地方都少见吧?"

"是的。"

"可平遥人就不同了,不过这也是对有钱人而言,老百姓当然不可能了,然而平遥的风俗习惯就是能排场则排场。这家娶亲的一看就是有钱人家,你们看那龙凤扇都一双双的排成两排,瞧玻璃花轿数一数足有十几顶啊,一字儿排开。哟嗬,了不得哇!蚰蜒巷的吹鼓手全部出动了,人手还不够用呢,瞧里边还掺杂着好多不认识的人呢。"武秉德惊讶不已絮絮叨叨给耿文介绍着。

耿文看到此时的新郎官正穿着状元及第帽服端坐在轿内,整个队伍如同"状元及第"出巡的仪仗队,真是气派极了……耿文仿佛听到了明洪武皇帝曾传谕朝野:"文武百官路遇民间迎亲之伍,应避于侧。"

"耿文哥,你看,新郎官是不是'小登科'啊。"

耿文的思绪移了回来。耿文不免瞅了一下周围。此刻,路经的人都站在路边或是铺子的台阶前观光呢。

"你们听说过有钱人送嫁妆要派头摆阔吗?"

耿文和汝莲摇摇头。

"不过,我也是听老人们说的,那个时候平遥正是票号鼎盛时代,'日升昌'票号三掌柜马中选嫁女时那个阔啊,那才真叫阔呢。送嫁妆的那天下午,马中选特别准备了五百余人的送嫁妆队伍。将衣箱几十只一列儿排开,鱼骨花红磨光穿衣镜用轿杠晃晃悠悠地抬着。推光漆器的家具应有尽有,各种图案的围屏,有九页的、八页、六页、四页的,还有挂屏、座屏、桌屏全都按九、八、六、四页排开来,什么博古、百福、报春、仕女、飞天等等,十分耀眼。连小小的首饰盒也十分讲究,什么彩绘的,堆金的,描金的、云雕的、鱼骨镶嵌的,几十个首饰盒摆在桌子上然后再抬起来,金碧辉煌挺有看头。还有那些生活日用青花瓷器,掸瓶、茶瓶、花瓶、赏瓶、笔筒、帽筒等等,数着数着,我都数不来了。"武秉德说着顿了顿又道,"当时啊,细心人数了数共一百六十六抬,那个阔呀,让人看得简直都眼花缭乱了。你们猜猜这队伍能有多长?"还没等耿文和汝莲说话,武秉德先自咋了咋舌道,"那浩浩荡荡的队伍出发了,前面送嫁妆的人已到达了男家门口了,而最后的队伍还没迈出女家门槛呢。你们说这有多远啊,据说那次马中选嫁女的队伍足足有五里长,那可真是轰动了整个平遥城哪。多少年来,都成为人们茶余饭后的话题。所以外地人说平遥富甲一方,是很有道理的。"武秉德说着抬头一看,娶亲的队伍早已过去了。"瞧我,一会儿工夫就说了这么多,耽搁你们的时间了,我还有点事就不陪了。莲儿好好陪着耿文聊啊。"

"谢谢秉德叔给我们讲了这么多。"耿文忙点头鞠躬施礼道。

"有什么好谢的,都是自己人,要说谢,我们应该谢谢你呢。好了今天谁也别客气了,改日我们好好聊。"武秉德说着,人已经走开了。

第八章

张古义知道父亲在倒贩烟土。这一切,在张古义来说,真是突如其来。他有些不相信,但他又不得不相信。这几年,父亲的钱仿佛来得太容易了,算算看,修这么大一宅子,需要多少银子啊。张古义越想越害怕,心中布满了阴影,他下了最大的决心去劝说父亲。

张聚财正在房间的博古架上摆弄着古董,最近他好像又迷上古董了。

"爹。"张古义像个幽灵般走了进来。冷不丁地一声"爹",吓得张聚财差点把手里的瓷器摔掉。

"吓老子一大跳,一个男子汉,总没男子汉的样子,蹑手蹑脚的干什么。"

张古义一进门就被张聚财训斥得战战兢兢了,他心中忐忐忑忑,把想好要说的话也忘掉了,竟不知该怎么开口和父亲说话了。

看着张古义猥琐的样子,张聚财的气不打一处来:"你不好好跑街,回来干什么,老子为你操尽了心,你却总是这副不长进的模样。"

"爹,谁说我不长进了,跑街算账掌柜的总夸奖我,说我生来就是做买卖的人。"听到父亲说铺子里的事,张古义挺了挺腰板,加强了自信心,进一步道:"爹,现在的时局越来越紧,千万别干了,就此撒手……"

"你小子白眼狼是不是,没有老子的冒险,哪来你今天的好日子,住这么好的宅院,难道老子的钱是抢来的……"

"爹,你小点声好不好,我想了又想,就是想趁母亲回娘家不在,瞅着家里安静才跟你说这事的,这事让外人听到可就不好了。爹,你听我说,你这样干比抢劫还厉害,是害人又害己。你想想,这样要害死多少人,有多少人流落街头,有多少人家破人亡……"张古义忍不住越说越情绪激昂。

"你放屁……"张聚财粗话连篇,火气大得骇人。

这会儿的张古义却豁出去了:"爹,现在查的很严,万一被逮着那可不是小事,闹不好要……"他顿了一下,不愿意把掉脑袋几个字说出来。"爹,咱金盆洗手,不干了好吧。"

"这是老子的事,不要你管,到时候掉脑袋也是老子掉,用不着你操心。"张聚财冥顽不灵不听劝说。

"爹,你这是铤而走险呀,这一回我就是要管管你。"张古义放开胆子道。

"你小子造反啊是不是? 管起老子来了,你小子再多嘴多舌老子打死你。"张聚财说着,脱下鞋子劈头盖脸向张古义打来。

张古义一看父亲动真格的了,吓得扭头便跑。

张古义跑到大街上,越想心里越觉得不是滋味。他茫然地地走在大街上,走着走着,不知不觉来到了天一客栈。怎么回事,每当自己遇到苦闷的时候,腿总会不自主地来到这里。

"莲儿,"张古义默默地在心中念叨着"你真的是我生命中一颗星吗? 每当我在人生路上遇到烦闷的时候,你就会出现在我眼前。"张古义念叨着迈上了天一客栈的台阶, 恍若一股热浪冲进了他的眼眶,心中掠过一阵阵疼挛,泪水不自主地涌了出来。他赶忙将泪水擦干,下意识地抻了抻衣袖,走进了客栈,径直走向汝莲的房间。

汝莲正在剪着一幅窗花,耿文却在桌子上描绘着什么。

汝莲猛一抬头,看到了张古义。

"古义哥,你来了,怎么连门都不敲?"汝莲很随意地道。

张古义呆呆地站在那里,半天也没吭声。这时,汝莲才看到他是那样的神思恍惚,神态竟有些寥落。

"古义哥,你怎么啦?"汝莲赶忙放下手里的剪纸,凝视着他,眼底流动着深深的关切。

张古义脸上流露出一丝刻薄的笑意,但倏忽间又消失了。他是有苦不能说啊,家里是父亲那样不讲理,这里又是这个耿文!看来这个耿文是居心叵测啊!想在莲儿身上捣鬼!

"噢,是古义来了,坐啊。"

张古义脸色由黄变青,由青变白,还是一声不吭地站着。

耿文一看张古义有些不对劲,赶忙道:"汝莲,这幅图样已经出来了,到时候看看剪出来效果如何,你们聊。"说着往门外走。

"不碍事,多坐一会儿啊,人多一些不是更好吗?"汝莲很客气地挽留着耿文。

耿文笑笑说了声:"谢谢。"人已经出去了。

汝莲送出耿文转回身子时,看到张古义摆出一副咄咄逼人的架势。

"你到底怎么了,有什么事说话呀。"

"是他帮你打的这场官司,是他把县太爷驳倒了,是他赢得了你的芳心,是不是?你说!"张古义越说怒火越往上蹿,他认为是耿文从中作梗,让汝莲离他越来越远。

"你今天这是怎么了,是不是出什么事了?"汝莲看他神色不对,柔声柔气地问道。

"关你屁事,有什么事也轮不到你说。"看到汝莲的温柔,张古义越发疑心,他总认为汝莲是在粉饰自己。张古义好像得了理似的,连粗话也带出来了。

"你怎么这么不讲理,你像个买卖人的样子吗,是不是你们掌柜的张嘴就教你骂人啊,请你自尊自爱。"汝莲不软不硬的话刺痛了张古义。

"难道你还认识不到你的错误,还要我细说吗?你和他究竟什么关系?"张古义低沉地,声调里却含着点威胁的味道。"本来我来这里是想得到你的一点安慰,可是一进门,却让我看到了你……"张古义颤抖得话也说不出来了,举起发抖的手作出一副欲打人的样子。

"你打啊,你……"汝莲终于忍不住了,不禁大声道。

汝莲的话惊醒了张古义,他不知所措地将举起的手悬在了半空……

汝莲看张古义的目光是那样的无奈，她猛地停住了口。

张古义颓废地一屁股坐在凳子上："莲儿，请你原谅我的鲁莽，刚才确实不是我的本意。你可知道，我心里不好受啊。"

看张古义的神情是那样的茫然若失，猜想他心中一定有什么大事在瞒着自己。汝莲一点都不想和他计较，她的心中宛若有一道曙光在向她招手，让她看到遥远的前方有一道光芒……

她幽然一笑说："别这样，有什么事别闷在心里，说出来或许会好一点，也许大家会帮帮你。"

"没，没什么，只不过是这里难受。"张古义指了指心口。他哪里敢把父亲的事说出来，他十分清楚，父亲的事谁也帮不了忙。他若说出来，搞不好会把事情弄巧成拙的，他用一种苍凉的声音对汝莲道。

"那好吧，我也不勉强问你，什么时候需要我帮忙，说话啊。"汝莲用一种特殊的声调说。

汝莲的温情感染了张古义，他跳起来，一下子抱住了汝莲的腰，喃喃地吐出几个字："莲儿，我们成亲吧。"

汝莲急得使劲往开推他，张古义却紧紧抱住汝莲不放。

汝莲急了，对张古义道："我可要叫人了。"

张古义竭力克制内心的冲动，强作镇定地将双手放下。道德观在张古义的身上起到了一定的效果！

汝莲觉察到一种充沛的情感正在张古义身上启动，仿佛他身上所有的毛孔都在向她倾诉这种动人心魄的激情。汝莲知道，张古义是深爱自己的，从小就是这样，只是爱的方式让自己难以承受。

"莲儿你千万别恨我，好多事情，我虽然没帮上忙，但你应该理解我的心情，理解我的处境，还有……我刚才的失礼……"张古义在情感上苦苦地挣扎着，内心空虚得无所适从。"不过我还是劝你躲他远一点好，安分守己是我们平遥人多少年来的本分，你不觉得耿文这个人有点……他的本事也太大了，竟煽动师爷服服帖帖听他指挥。我以为这是个危险人物……"张古义慢慢地以试探的口吻说着，看汝莲有怎样的表情。

汝莲一脸漠然。

"也许是我言重了,在你面前真的很羞惭,我们不得不承认,耿文方方面面的知识都懂得。但,如今世风日下,人心叵测。莲儿,你即使再怎么冰雪聪明,也毕竟是女人啊。耿文对你这样,只不过是哗众取宠,想赢得漂亮女孩子的好感罢了。"

汝莲对张古义不理不睬,任由他想怎么说就怎么说。此时的汝莲对张古义已有了看法。他只是拘泥于这块小天地,对外面的事情却不闻不问。对于这种事事、时时只想着自己的利益,不顾别人感受的人。汝莲懒得去费口舌。

看着汝莲不冷不热的样子,张古义知道在汝莲心中自己的位置已有了某种屏障,他必须尽快将这道屏障撤掉。儿时的友谊好像定格在张古义的脑海……一群摇头晃脑背书的男孩子当中夹着一个扎小辫的女孩子,女孩子一双水灵灵的大眼睛特别惹人注目,一个愣头愣脑的胖男孩正拿着毛笔在女孩子背后涂画……另一个男孩子瞅到了,一把夺去胖男孩的毛笔扔在地下……下课后,女孩子感激地拉着男孩子的手……想到这些张古义难以自拔,确切地说,从那一刻起,他就痴迷上了汝莲……再后来知道了自己和汝莲定有娃娃亲,好像更增加了一种特别的情意……回忆让张古义越陷越深……他不能失去汝莲,绝对不能……

"莲儿,我给你讲慈禧来平遥的故事好吗?"张古义没话找话地和汝莲搭讪着。他定了定神,打起了精神,他要散发自己的能量,要让汝莲从心底佩服自己。"知道八国联军吧? 那一年八国联军侵入北京,轰隆隆的枪炮惊扰着中国的百姓,中华国土是横遭劫难哪。"

张古义说开了头,精神为之大振,他有意识夸张地给汝莲连说带比划:"慈禧太后实在没办法了, 带领光绪离开京城一直向西而来,八月十二那天,慈禧太后一路来到了平遥,平遥人对慈禧太后的恭维啊,那可真是没得说了。不光是县太爷忙得团团转,平遥那些票号啊,商号啊几十家财东、掌柜的全都出去到'洪善驿'接驾,那排场啊,别提有多大了,'光灿灿的黄牌楼,浩茫茫的起角蓬,几十里的连荫',正是笙乐管箫,锣鼓喧天,县太爷率领百余人跪在官道两旁,双手焚香,口呼万岁。就连那远离官道的几万百姓都匍匐祷告。那焚香的烟啊,简直就是遮天蔽日……忙活了半天,总算把慈禧他们接到平遥,据说为安排住宿就花费了不少心思,最后李莲英看好赵举人处两进两院型的五檩五间开正房,李莲英认为此院格局与皇宫十分相似,于是,这里便成了慈禧太后在平遥的下榻处。那吃饭呀,不不不,皇宫里应该说用膳,"张古义说到兴奋处竟有些手舞足蹈了。"就说那用膳呀,更有讲究了,大师傅是'百川通'掌柜请来的三晋闻名大厨师梁六八,听说是专门给备的酒席名叫'九九御膳'。别的咱就不说,光牛肉、黄酒、长山药就把慈禧与光绪吃得别提有多高兴了。临行时,牛肉、黄酒还带走不少呢。这些都得钱呀,慈禧太后和光绪在平遥两日耗费的银子,听人说,相当于平遥人一年的费用噢。"

汝莲咬了咬嘴唇,心里说,都老掉牙的故事了,还在这儿显摆,我从小就听腻了。汝莲没有出声,心里又道,尽管如此,人家也是一片好心,不能拂人家的一片好意。

"莲儿,我的故事讲完了,你倒是说话呀,我知道你是那么聪明,什么样的故事你不知道啊,大伯在世时,文采可是世上少有的呀,我要是有你的一小半文采可就了不起了,更不要说像大伯那样了,这遗传就是太重要了,我可是诚心诚意跟你说的,多少给我点面子嘛!"张古义死皮赖脸地向汝莲讨着好。无论汝莲对他怎么样,张古义心里装着的只有汝莲一个。当张古义再看汝莲时,看到她恬静得如一尊雕像,越发风姿绰约,雍容典雅,楚楚动人。这么好的媳妇哪里去找?只要有钱,什么事都好办,人这一生没个好媳妇什么都完了。'什么火火什么炕,什么老婆什么汉''家坐好媳妇,富贵不断头'……平遥人的俗语全都从张古义的脑子里蹦了出来。

"莲儿,我想向你正式提亲,你是我的动力,你是我的方向,你是我这一生中必需的。只有这样我的心才能平静下来,只有这样我才会摆脱困境,只有这样我才会放心大胆地想法子去赚钱。不知你听说过平遥人常念叨的那句话没有,'人没钱不如鬼,茶叶淡了不如水',当今的社会什么都是假的,只有赚钱是真的。我会加倍努力为你去赚钱,为心爱的人赚钱是一份荣誉,为心爱的人赚钱是我的职责,只有钱才会让我们生活得幸福,我可以置办好的宅子,给你置办好的首饰,总之你想要什么给你什么……"张古义滔滔不绝阐述着钱的重要性。

汝莲惊愕张古义把钱看得如此重要,赤裸裸地把钱推向一个极致的境界,仿佛只有钱才是他的神,他是那么刻骨铭心地热爱着钱财,甚至膜拜着它们。说什么为心爱的人赚钱,那只不过是幌子罢了,他的思维方式把女人只是作为一种工具看待,多么可怕呀。汝莲把头别了开来,为张古义而悲哀、伤心,更为自己战栗,这不是自己所要的。汝莲眼光模糊,内心掠过一抹刺痛。是这个年头让张古义困惑,迷茫,丢失了自己?还是他的本性?……

张古义觉得只有这样把话说得透彻了,说现实了,汝莲才会真正明白他的一片苦心:"莲儿,急死我了,你说话呀。"张古义轻轻地摇摇汝莲的肩头道,他知道刚才自己的莽撞惹恼了汝莲,他再也不敢造次了。

汝莲一动不动,任由张古义摇动,她懒得作任何表白。

"不过你放心,我说的赚钱是正义的赚钱,我绝对不会昧着良心去赚钱,不道德的事我是绝对不会去做的。"张古义喋喋不休地说着。猛地,父亲的影子仿佛出现在他眼前,张古义的内心一阵阵不寒而栗。张古义的反复无常马上写在了脸上,顿然失色地靠在桌边上,脸色煞白,汗珠子直往下掉……像丢了魂似的。

汝莲怔然片刻,觉得好像有什么不对劲,一抬头看到张古义的神情……汝莲赶快给他倒了一杯水,张古义轻轻呷了一口,才缓过神来。

"我并没什么大碍,只是刚才话说得太激动了。"张古义为自己刚才的失态掩饰着,父亲对他的打击太大了。他摆了摆头,必须忘掉这些，只有独立才是自己的真本事，若能与汝莲携手并肩去对付父亲……对呀，汝莲是有办法的，只要……"莲儿，我真的是向你来提亲的。"

说到敏感处，汝莲不再和他搭话了。

"莲儿，你是不是看不起我，觉得我没出息，是吧？告诉你，今后只有买卖人才有前途，平遥的票号大有发展前途。你看慈禧太后来平遥时，是问什么人筹的款？你要清楚，是问票号！是问店铺的东家掌柜，是问买卖人筹的款！"张古义有意加重了语气，大有惊世骇俗的味道。

汝莲心里道，真是井底之见，此一时，彼一时，现在的票号正处于衰落阶段，只有团结，只有改革，才可能超越外国银行……可目前平遥的买卖人人心涣散……

"你是不是脑子里已存放上了那个叫耿文的外乡人？怪不得一天到晚和他鼓鼓捣捣的……"

这是一张失去理智的脸，这张脸在汝莲面前变得陌生起来。张古义的心胸怎么会变得如此狭窄，他在寻衅事端。男人在他狭隘的欲望受到伤害时，竟变得多么渺小！张古义的话激起了汝莲的愤慨，真想和他大吵一场，然而她扬起的眉又放了下去，已到嘴边的话，又咽了下去，她不想和他伤和气。争吵，对她和张古义已毫无意义。汝莲想到这些，激起来的火很快又下去了。

汝莲把说话的口吻缓了下来："张古义，你是不是不会说话呀？我明明白白告诉你，身正不怕影子歪，我和耿文是正正经经的朋友，他帮我们打官司，是出于正义感，他维护我们的利益，是出于人道主义，他捍卫男女平等，是社会的进步。"汝莲犹如吐出了心中的积垢，长长地舒了一口气。

尽管张古义以尖刻挖苦来对待汝莲，但汝莲不想失去这个朋友。汝莲委婉地道："你永远都是我信赖的大哥，从小我都这么看你，不过，以后请你说话先和自己的脑袋商量商量再说。"

汝莲不软不硬的话让张古义真正领略了汝莲的为人。

　　"以后遇到什么事情一定要先和我商量才对,虽然这次打官司耿文给你助了威,却闹得满城风雨,无论人们怎么评价你,我绝不会嫌弃你,你永远是我的,我一定要把你娶回家。"张古义固执地跺了一下脚。

　　"我不会嫁给你的!"

　　"我不会放弃的!"

第九章

一大早,东子走出客栈,发现大门上画了一只老虎。

这是一只没尾巴的老虎!

"是什么人这样无聊,要画就好好画,画一只没尾巴的老虎真没意思。"东子嘴里嘟哝着。东子想,应该擦洗干净才对,他赶快回去拿了抹布出来正要动手擦,拿抹布的手又停了下来。"这只老虎很可爱,若是让姐姐补上一笔不也挺好嘛。"东子自言自语地。

这时,汝莲提着笤帚走了出来,想把台阶扫一扫。

"东子,发什么愣呢,赶快准备早餐吧……"

"姐姐你看,不知是谁在街门上画了一只老虎……"

快要走下台阶的汝莲一回头,一只用白灰画着的老虎赫然显现在她眼中,她不由得"噔噔噔"几步下了台阶……

"姐姐,你看这只老虎画得怎么样啊,我本来想擦掉它的,后来一想让姐姐续上一笔多好……"

汝莲摆了摆手,阻止着东子。太蹊跷了,以白灰画,如此粗劣的手法,没尾巴,这里面肯定有文章……汝莲凝视着,眉头皱成了一团。

"姐姐若是看着不喜欢,就擦掉吧,依我看,这老虎画得还挺有意思……"

汝莲没有回音。刚才摆手的架势却如同凝固在半空,迟迟没放下来。

东子疑惑不解地赶快住了嘴,过去轻轻地帮汝莲把手放了下来。东子心里说,不就一只没尾巴老虎嘛,看着汝莲茫然的神色,赶忙道:"姐姐,要不我去叫耿文哥来看看吧?"

汝莲下意识地点点头……

"什么事啊，让我们小姐如此不开心。"此时，耿文已从院子里走了出来，他有心逗着汝莲。

汝莲异常严肃认真的神态，耿文仿佛意识到了什么。耿文不再吱声，身子向前一移，如同羽毛似的人已飞到台阶下……耿文的脸色骤然大变。

"那指的是什么？"

"警示……"

"什么警示？"汝莲的声音有些抖颤，她已经预感到了一场暴风雨的洗劫即将来临。

"三天后、三天后有贼来夜袭……"耿文咬着牙迸出了这几个字。

"你怎么会知道？"汝莲的眼睛突然睁大，直到瞪圆，整个身躯却在颤动。

"这是江湖上的暗语，只要在江湖上走过的人，都知道！"耿文一字一句地。

汝莲的头"轰"地一下胀起来，一股昏厥感猛地蹿了上来……耿文一把扶住了她，汝莲整个身躯倒在了耿文身上……耿文悄悄在她耳边道："坚强点，别怕，有我呢。"

汝莲挣脱了耿文，无助地靠在墙边，梦呓般地喃喃："你一介文人？"

"请相信我，请你相信我！"耿文几乎是吼着。"东子，还不扶你姐回去！"此时，耿文的脸扭曲得骇人，他对东子狂叫道。

往事如潮水般地涌上了耿文的大脑……本以为自己应该忘记，但怎么会忘记！耻辱，一生中最大的耻辱，尤其是那在死地中的求生，只怕自己穷尽一生也无法磨去……

失去亲人后的痛苦，让耿文几乎变得桀骜不驯，浪迹江湖的日子可真是今朝有酒今朝醉……一路上的挥霍，认识了不少酒肉朋友……

"死了，已经死了。"耿文隐隐约约听到一个声音。

"怎么办,我们这明明是图财害命,若让人知道吃官司可就……"

又是一阵昏迷。

迷糊中耿文又仿佛听到了一个断断续续的声音:"有办法了……后院里……"

……仿佛觉得有两个人架着,腾云驾雾般耿文什么都不知道了……胸口如同有一盘巨大的磨石在挤压。一阵阵的疼痛憋闷……耿文搏斗着翻滚着终于醒来了,然而,全身如同麻醉了,大脑宛若不复存在……"死亡"两个字却嗒然冲上了耿文的颠顶,我已经死去了?耿文努力缓缓地,缓缓地掐了掐自己的大腿,四肢才有了知觉,他的大脑终于清醒……想起来了,明明自己和几个朋友在一起喝酒的……刹那间,耿文明白了,都是自己不检点,认贼做朋友,都是那些钱财惹的祸,遭到了暗算!这时的耿文懊丧极了,他感到自己犹如一片从高处坠落的叶子,飘浮着跌入无边的深渊……

"啊!"耿文号叫着,自己的一生所学还没在人世间发挥就……不!

陡然,耿文发现自己已被扔进了一口废弃的井中……井里腐臭的气味凝满四周,他知道这是一种来自地狱的气味……难道死神真的向自己招手……耿文伸手一摸,竟湿漉漉地摸到了一个死人的骷髅,一阵阵恶心直捣心窝……死有什么可怕,人生自古谁无死,只可惜自己这样的死太失败了……留取丹心照汗青,连亲人们的企盼都办不到,自己曾发过誓,答应他们一定要活下去……

强烈的生存欲让耿文"霍"地跳了起来……决不能坐以待毙……耿文凭借着自己平日的功夫,用尽全身力气向上蹿……几经周折,用尽了办法,最终还是失败了。难道英雄无用武之地了?可以肯定,这是一眼深不见底的井,而且井上的盖子,已被贼人们封死。人就是有天大的本事也休想蹦出去,哪怕是老鼠也休想从这里出去。真的天要杀我……耿文蔫蔫滑坐了下来。看来,今天死定了,今天一定死定了……

"吱吱吱"一只老鼠"嗖"地一下从耿文身边窜了过去,仿佛钻在地底不见了……耿文的脑袋恍若一下子被点亮了,既然老鼠可以钻来钻去钻出去,肯定会有出处! 此刻,耿文的眼睛已适应了井下黑暗的光线,他四下观望,这虽然是一口深不见底的井,但井的四壁竟生满了绿苔,而脚下却光滑滑的渗着水……

耿文的思维飞快地转动着,生机永远掌握在自己手中。耿文满怀信心地随着老鼠跑去的路径寻找。耿文终于找到了一个洞,他将耳朵凑近,近似水的声响流进了他的耳膜……又似河水冲击着石头的声音……耿文毅然决定冒险行动,哪怕这步棋走错也得坚持,只要有一线希望。他开始了工作,以一块利如锋刀的石头作为工具,他奋力向前挖一点爬一点,他挣扎着努力着。

就在耿文即将窒息的一刹那……一股水猝然涌了进来,耿文如同被困在沼泽地上,他心中喊着,今天必死无疑……骤然,一摊稀泥裹紧了耿文的全身,猛地又是一股水流,耿文被猛力地冲击着,身体宛若被带了出来……几经昏厥,耿文被一股又一股的浪花冲击着洗刷着,也不知过了多长时间,耿文终究醒过来了……

浅滩上,夜色像阴霾一般迫近,仿佛黑暗随着夜气同时从各方围来。耿文试着动了动脑袋,一切历历在目……至少,可以相信,自己现在还活着! 他定定睛。

远处,一匹马,不停地用蹄子刨着地面,时不时"嗷嗷"叫两声,那凄怆的叫声,给无端的夜幕蒙上了一层阴影……

耿文活动了活动四肢,坐了起来,看来一切还行,耿文猛然跃了起来,向马奔去……天,随着耿文的情绪仿佛有了点亮度,耿文抬头看到星星正挣扎着撕扯阴霾的雾气,忽儿,探头探脑地闪烁在天空。

马儿还在"嗷嗷"叫着,刨地的声音越发响亮。

耿文看清楚了,这是一匹红色的鬃马,是一匹非常健壮的马。"好马。"耿文不由得感叹到。耿文的到来,那马"嗷嗷嗷"的叫声更加凄厉。耿文听得出来,那是一种哀哀求助的叫声……耿文看清楚了,红鬃马整个躯体都水淋淋的,宛若从水中捞出来似的。

耿文仿佛明白了,红鬃马的旁边躺着一个人,确切地说是一个已经死了很久的人,好在尸体还未腐烂。耿文明白了,红鬃马是在为死去的主人刨坑……烈马,忠心……耿文只是有所闻,无所见过,今天让他真正领略到了动物和人的这种情感。耿文似乎被红鬃马的这种行为感动了,甚至忘记了自己,马上帮着红鬃马挖坑红鬃马抬起头,好像用感激的目光瞅着耿文……瞬间,耿文看到红鬃马眼睛里犹如溢着一丝泪花,尔后微微将头低垂着,与耿文一起继续着刨坑……当月亮升起来的时候,坑已经刨好了……红鬃马轻轻地摆摆脑袋,"嗷嗷"叫了两声,像是感谢耿文似的。尔后,"咻咻咻"地溜到一边,低下头去吃草了……

耿文疲惫不堪地躺在地下……这时他才发现自己全身的衣服已烂成一条一条了,这哪能算得上是衣服,简直连羞耻都没有了,好在四外无人,活着的只有这匹马和自己。倘若明天走出河滩如何面对人群呢?耿文下意识地朝那死了的人身上望了望,才发现这人的打扮太奇特了,这是个外族人……只见那人高高的鼻子,深陷的眼睛,突出的颧骨……耿文想起来了,前些年,父亲曾接待过这样的人……只有对不起你了……耿文想着跳起来,三下两下剥下死人身上的衣服,"噌噌噌"衣服已穿在自己身上,猛然感觉衣服里竟沉甸甸的,耿文正要……

忽然,红鬃马发狂似的咆哮着直奔耿文而来,如同猛兽般地似乎要把耿文撕碎……耿文知道,这是自己惹的祸……这是一匹忠义之马,是一匹通人性的烈马,它看到有人剥去他主人的衣服,它在为主人报仇。

耿文脑子里闪过一个念头,只有制服这匹马,或许会改变自己的处境。耿文趁势将身子一闪,一个箭步飞跃着跳到了马背上,牢牢地揪住马鬃。

红鬃马哪里想得到这人如此厉害,它如同野马似的又踢又咬,然而它的踢、咬都是白费心机。红鬃马开始狂奔,欲把耿文从马背上摔下来,耿文使劲挟住了马肚子,红鬃马被迫停了下来,"呼哧呼哧"直喘气……红鬃马终于被耿文制服了。

耿文很仔细地将死人掩埋掉,并为其堆起了坟堆。

当耿文把这一切做完后,绷紧的神经仿佛轻松许多了,全身立刻软绵绵地再也无法支撑了……

是红鬃马把耿文带出了河滩地,耿文迷迷糊糊地只觉得有人在喂饭……然后上马奔驰……是红鬃马把他引领到了这"龟"城,来到了"天一客栈"……一切如梦,一切仿佛就在昨天。

耿文大吼一声。明枪好挡,暗箭难防。

"我们家既无仇人,又无冤家,除非……"汝莲喃喃道。

看着汝莲无助的样子,耿文不由得摇摇头。这事绝对是自己惹的祸。耿文马上意识到。

汝莲甩开了东子,坚强地往后仰了仰脑袋,站住了脚。"我们应该怎么办?"汝莲定定地看着耿文,她应该相信他,尤其是在这生死攸关的紧要关头,他既然说要自己相信他,他肯定会有办法的。

"看来只有这样了。"耿文对自己道。此刻,耿文的心中已有了主意。"东子,附近有铁匠吧?"

"有的。"

"东子,我来告你,你只需这般……"

"我懂。"东子机警地点点头。

三天后,四更天。

这个时间正是人们睡得最香的时刻。

月黑星稀。街面上一片昏黑,天一客栈的巷子外。一个黑影骑马而来,将马拴在路边。然后,黑影折身走进巷子,"噌噌噌"几步,一纵身已蹿上了天一客栈的屋脊。黑影举目四望,周围一片漆黑,整个街面巷子都静寂得没有一点声响。

一个蒙面人!

蒙面人轻如纸似的来了一个倒挂金钟,将身子挂在正屋的屋檐前,然后用舌尖舔开了一小点窗户纸,把已经准备好的薰香点燃……蒙面人在院子里的每个房间依次将这些事办完,然后坐在了屋脊上……只要一袋烟的工夫便可以……

一袋烟的工夫已经过去了,东西南北每个房间都没有动静……蒙面人脸上掠过一丝笑容,凭借我这"万事空"薰香的力度,让你们一个个去做美梦吧,我这"万事空"哪怕睁着眼睛的人也会知觉全无,没有一天半天的工夫是绝对醒不过来的……真是天假其便,今天这个钱太好赚了,不费吹灰之力便可得手。哼! 先玩玩那女的,然后再把那男的拖出去,扔到荒郊野外……雇主的话是没错的,不过还是要手下留情,留下那老的和小的,看看明天会有什么反应,我这一招能起到什么效应……哼哼,神不知鬼不觉钱财就到手……果然不出雇主所料……

这些,耿文尽收眼底。耿文不动声色地观望着蒙面人的动静。只见蒙面人一个鹞子翻身已来到地面,"嗖"地从腰间拔出一把短刀,短刀在黑暗中显得格外明亮耀眼。蒙面人一步步向房间而去……

准备行事了!

耿文略一用功,轻轻一点地,如同鹞鹰撵兔式便从房间里飞了出来,轻如一片羽毛,没有半点声响。

蒙面人的刀还没来得及挑开门帘,只觉得屁股如针扎一样疼痛,疼得他差点跌坐在地。怎么回事? 蒙面人摸了摸腰部,有点纳闷。蒙面人小心地举着刀来回转着身子四下瞅了一瞅,整个院子黑咕隆咚的,只有自己的刀发着亮光,什么都没有啊,要不刚才不小心自己碰到了什么东西? 蒙面人开始转向另一个房间去挑门帘,我就不信有谁能逃过我的"万事空",刚才一定是自己大意碰到什么东西扎了一下而已。当蒙面人握短刀的手刚刚碰到门帘处,腰部又是一扎,这一下疼得他再也立不住了,当他跌爬下时,院子里却什么动静也没有。绝对不会的! 我的"万事空"从来都没出过差错,怎么还会有人醒着。

邪门! 真是活见鬼了! 除非有什么邪术在控制自己。总归是习武之人,蒙面人猛地跳了起来,举起短刀四下转动着:"什么人?"蒙面人心中不免犯疑,会有人醒着吗?

耿文不动声色,他想看看蒙面人究竟有什么招数。

那天，耿文让东子找铁匠，就是为给自己定做了一双铁打的鞋子，一柄铁扇。必要时，耿文要用铁鞋、铁扇功来制服贼人。

原来，耿文的爷爷练就一套铁鞋铁扇功夫，他的武功在山东一带赫赫有名。早年间，耿文的爷爷曾是太平军中的一头领，后来太平天国失败被官府追杀，耿文的爷爷便逃到了关东，隐姓埋名在关东淘金攒下一大笔钱，然后在"烟吉岗"定居了下来，东山再起，在那里找了老婆，生下耿文他爹，再后来把他的一生所学全部传授给了孙子耿文。

耿文虽然家学渊博，但他从不夸耀自己的本事，尤其是经过了无数的大劫大难，他更不愿显山露水，如今出手也是迫不得已。他早已让汝莲、东子他们预先服下了家传的"辟邪散"，这是一位武林泰斗临终时传给爷爷的，只要将朱砂稀释好调匀"辟邪散"服下，即使是再有劲的薰香也起不到半点作用。并嘱咐汝莲、东子他们，无论遇到什么事，绝对不能出声。

刚才耿文只是用脚蜻蜓点水般地轻轻碰了碰蒙面人，耿文想试试蒙面人到底有多大功力。刚才那一脚若是一般人，哪怕只是轻轻一带，恐怕早就瘫倒在地爬不起来了。耿文想，看来此人还算有些功力，不可小觑他。究竟这人有什么来头，这是耿文必须要搞清楚的事。

蒙面人心有余悸地："什么人，躲躲藏藏，暗地里作祟，戏耍于我，有本事出来较量。"蒙面人心里往下一沉，他十分清楚，能解薰香的人，绝非一般泛泛之辈，尤其能解"万事空"的人，更不是等闲之人。此刻，蒙面人的心力已有几成输给了耿文，嘴里却硬撑着拉好了架势。

耿文一声不响，已站到了蒙面人眼前，他并未动手，他不想伤害人，耿文知道，只要他使出五成力道，恐怕就要出人命了。

蒙面人眼前一亮，他想先发制人来了一式'仙人指路'，短刀直刺耿文喉头。耿文猛地身子往下一缩，蒙面人的短刀已从耿文头的上空滑过。耿文趁矮身刹那工夫，铁扇在蒙面人的袖口处轻轻一带，耿文并没使多少力气，蒙面人手中的短刀已飞了出去。蒙面人暗暗惊呼：真乃惊天地、泣鬼神之招！从没见过这样的武功……太厉害了。

借着影影绰绰星光，汝莲在屋内看得真真切切……汝莲看呆了，这是耿文吗？此人身怀绝技，却藏而不露，他究竟有多深。

蒙面人虽然暗暗佩服，但他并不死心。猛地，蒙面人的身子如蛇身一样抖动起来。

耿文知道蒙面人在使用招数，拉动内功，心中不免有些好笑，我再戏弄他一番，权当看场好戏。

只见蒙面人以凌厉的内功向耿文各处击来。耿文不慌不忙，如同玩捉迷藏似的，只是东躲一下，西闪一下，却没有一点还手之意，只是以燕子起舞的轻功前后左右飘忽不定。耿文也是一时兴起，好长时间没碰到对手了，今天和蒙面人戏耍着周旋一番也蛮有意思的……蒙面人来来回回十几个照面下来，已觉满身淌汗，只见对面人衣袂飘飘，却一点也逮不住对方的空隙，越是这样，越是心浮气躁，不得已，来了个猛虎扑食，却不料用劲过猛，非但没逮着耿文，差点把自己撞到对面墙上……蒙面人彻底泄气了，他知道自己不会再捞到油水了。

这时巷子里已响起了鸡打鸣的声音。蒙面人说声"不好！"一拧身，人已飞上房顶。耿文一看没戏可唱了，随后轻云袅袅地跃上了房顶，虽然穿着铁鞋，在屋脊上飞行竟没有半点声音……

蒙面人一出巷子，跳上马飞了出去。

耿文一拍脑门，心里说，还真没防到这一招。耿文急忙折身跃入庄院，解着红鬃马道："红鬃马，我们该出场了。"

此时，五更已过，天已经亮了。城门缓缓地打开，蒙面人打着马向南门飞奔而去。

红鬃马像箭一样飞了出去。耿文穷追不舍，仅凭猜测万万不行，不知真相绝不能放弃这个人。一会儿工夫，已追出了三十多里远，前面已是山坳处，耿文耳内传来了树林的簌簌响声，若不再下手，贼人进入山中……耿文来不及细想了，"嗖"的将铁扇飞了出去，扇子不偏不倚摔在了马屁股上，马儿一个趔趄跌倒了，蒙面人被摔下马来。耿文跃下马，冲了上去，一把拉下蒙面人的面纱。

那人已领略了耿文的厉害，一咕噜爬起来，跪在地下磕头捣蒜地："好汉饶命，我也是身不由己，我家中还有八十岁的老母要我供养……"

耿文差点笑出声来，怎么这老掉牙的求饶，竟和小说中的描写一模一样："说，究竟受何人指使？"

"请好汉饶命，没人指使，只是一时兴起，想捞点钱财，不料被好汉追杀到此。"

耿文见那人不说实话，抬起一脚，做了一个踢出去的动作来唬他。那人"霍"地看见铁鞋子如鳄鱼一般张开了嘴，恍若向他头颅刺来，吓得他面如纸色，浑身瑟瑟缩缩直抖。

"说，只要你说明白，我就饶你不死。"耿文发恨道。

耿文怎么会杀人，耿文绝对不会去杀人！耿文的宗旨是退一步海阔天空，忍一忍万事大吉。但，耿文必须知道来人的目的，清楚引发此事的缘由！

"好汉，我也是没办法，我拿了人家的钱财，当然要替人家消灾了，这是天经地义的事……"那人看着耿文已放下了抬起的脚，吞吞吐吐还是不肯说实话。

耿文飞起一脚向他当胸踢去……求生欲促使那人身子往后一仰，一个鲤鱼打挺跳了起来欲逃去……真是个不见血不掉泪的家伙，还得给点厉害尝尝……耿文运了运轻功，若秋风扫落叶般已把那人掀翻在地。

那人翻滚在地求饶着，他算彻彻底底明白了，昨晚耿文要不是手下留情，若是用上几成功力，恐怕自己早已呜呼了："我说，我说，请好汉饶命，是周家利安排……"

"滚！"耿文不再说什么了。耿文心中好不懊丧，自己不但没给大妈、汝莲他们出好力，反而引来了横祸。下一步怎么办？来到平遥没几天就发生了这么多的事，是自己的错，还是……耿文不敢往下想，然而大脑却不听他的指挥，一个劲儿地胡思乱想着，还是远离大妈和汝莲他们一点好。自己从心底已把平遥当作自己的归宿，然而寄宿在客栈总归不是一回事，况且口袋里的钱也所剩无几，虽然大妈和汝莲对自己从不计较钱的事，但是……对，租宿别的地方，然后再找生计。可是目前已给她们惹下了祸端，如何去保护她们？只有搬出去住，也许会好一点？人之初，性本善……周家利不可能再使什么花招了吧？别把事情想得太坏。耿文不想把事态扩大，冤家从来都是宜解不宜结。可，今天这事回去怎么解释呢？

山风送来了松涛声声，阳光明媚，天地开朗……这么好的天气，心情却这么糟，恐怕对不起大自然的恩赐吧。耿文的情绪慢慢由阴转晴。他放了缰绳，任由红鬃马，自由行走。晃晃悠悠地坐着红鬃马，"婴溪村"，三个字赫然映入耿文眼帘。那么，这就是汝莲讲的"四拗八景"中的其中一景"婴溪晚照"了。汝莲"咯咯咯"的笑声又响在耿文耳边。

记得那天和汝莲聊到"四拗八景"时她说："婴溪村我一个人去过的。"

"婴溪村那么远，你到处跑？"

"我留着这双大脚干什么呀。"听着耿文的发问，汝莲有些肆无忌惮地抬了抬脚，笑得更热烈了。

"你可知道，婴溪村便是平遥八景中的一景噢，'婴溪晚照'是多么的绚丽多姿，那是一种炫惑的美，让人看上一次，一辈子都忘不掉的美，而且还有一个美丽的传说……"汝莲故意将话打住，竟做出一副得意之色显摆着。

汝莲对婴溪村的夸耀惹得耿文妒忌万分，耿文挤了挤眼睛道："那么美的景色不去观赏，不就可惜了我的人生啊。"

"是吗，总有一天我会带你去的。"汝莲盈盈然地。

耿文边走边回忆着那天汝莲讲婴溪晚照的场景。

看见了，高大的古桥直跨东西山腰。走近了，清粼粼的河水正缓缓地从桥下流过。记得汝莲说过，每当夕阳西下之际，青蒲壁间，山崖宅墙，霞光万道，如梦如幻……而且这里还是尧制陶的发源地。耿文勒紧缰绳，红鬃马停下步子。他跳下马来，让马儿歇息一会儿，自己漫步婴溪河旁，虽然这会儿看不到"婴溪晚照"的景观，但在太阳照耀下的婴溪河是那么的风姿绰约，溪水柔和娴雅而娟丽，别有一番风味，让人浮想联翩。抬头遥望，山崖处恍若雕塑着一个小男孩的石像。一个美丽的传说在耿文的头脑中亮了起来。

汝莲是这样讲的；"好多年前，在东山之坳住着一对中年夫妻，丈夫以打猎为生，妻子以农桑为业。这一天，妻子的肚子突然疼痛难忍，她知道孩子要出生了，她忍着剧烈的疼痛，可孩子怎么也生不下来，正当几近休克的时候，只听得天空一声闷雷，一个红粉色的肉球落地了。丈夫气得暴跳如雷，拿起猎刀猛地向肉球砍去。又是一声霹雳响雷，奇迹出现了，肉球里跳出一个胖乎乎的小男孩。夫妻俩高兴极了。小男孩从小就活泼聪明，每天都要上山下沟四处去玩耍。这天，小男孩正在半山腰玩耍，突然看到一个似龙非龙的怪兽正用嘴堵着山腰的泉眼吸水。小男孩常听父母说，这泉眼可是山庄人赖以生存的水源，若是没了泉眼，人和庄稼全都完了。小男孩一跃身跳到了怪兽脊背，伸出小手攀住了怪兽头上的肉角使劲拽着，怪兽疼痛难忍，腾空而起欲将小男孩带上天空，小男孩一惊，使出全身力气压在怪兽身上，怪兽刚好腾到崖畔，被小男孩压住再也腾不起来了，怪兽只好乖乖地伏在崖畔上，头西尾东。小男孩依旧骑在怪兽身上，手依然攀着它的肉角道：孽障，我要你把水全部吐出来，否则，我就剥了你的皮，抽了你的筋。怪兽仿佛听懂了小男孩的话，将吸进肚子里的水一股股地吐了出来。这时有人正好朝山上走来，恍若看到一个小男孩在撒尿，那水清澈透明，一会儿工夫已汇成一条小溪，缓缓向沟中流去，慢慢形成了一条河流……人们觉得太神奇了，能得到这条河流，是小男孩的赐予。于是，人们找了石匠在这座山崖上雕塑了一个小男孩的石像。从此溪水长流不息……每当太阳西斜，阳光照着石孩子，从石孩子身上射出来的水，马上变成绚丽多姿的彩虹……'婴溪村'也因此而得名。"

此时，耿文的脚被陶片绊了一下……耿文记得那天汝莲给自己讲着婴溪村的故事时,还拿出了几片陶的碎片给自己看过。记得汝莲还说,这是我在河边捡到的,通过这些陶片,充分说明了这里正是尧时制陶的原始遗址,婴溪河边有大量的碎陶片的堆积,说明那个时候这里是大陶场。

耿文弯腰捡到一块陶片,把玩在手中竟是那么的细腻……古人的技艺竟如此高超,中华文化源远流长,让我们后人享之不尽……没想到今天自己无意间撞到了这里。他的眼前如同呈现出了当年尧制陶的景象,和谐的劳动场景宛若奏响一曲曲生命的乐章……

第十章

太阳已经晒上屁股了。周家利躺在雕花红木床上还在做着美梦。哼！一个外乡人靠着卖嘴皮子居然在此撒野,想立足于平遥,做梦！神不知鬼不觉把你拖到荒郊野外,让野狗啃了你,让你死身无葬身之地……嘿嘿,让那人将汝莲……嘿嘿……留下个死老太婆还不是任由我来捏巴,至于那个东子就更有理由赶在门外了……到那时……嘿嘿……我那宝贝儿子长大成人……周家利一脸阴笑,仿佛他的阴谋已达成。周家利做着美梦,哈欠却不停地打了起来,他的烟瘾又发作了。

"杏花,快来呀,老爷我要在这儿抽,你给我快点呀。"

"老爷,我来了。"杏花闻声急匆匆把烟具拿了过来。

"杏花,快、快点,老爷我……快、快点……"周家利嘶哑的声音急猴猴地。此时,周家利体内如同有几百只蚂蚁在乱窜,难受得他像猴子吃上蒜似的,不知该向何处伸手。

"来了,来了,老爷,这就好,这就好。"杏花急急忙忙在闷灯上烤着。烟泡烤好,刚把大烟栽到猴头上,周家利一把抢过烟枪"咝咝咝"地猛吸着。

"老爷,你别着急,我会伺候好老爷的。"杏花乖巧地讨好着周家利。

"杏花,快、快,老爷我还要。"周家利近乎呓语般。

杏花连连不断地给周家利烤了好几个烟泡。

过了一会儿,周家利仿佛到了一个曼妙的境地,他什么也顾不得了,只有享受、刺激才是最大的快活。这时的周家利已精神焕发,一种非常特别的感觉在他的体内蠕动着,全身心都饥渴地需要着……周家利把烟枪推开来,色迷迷地瞅着杏花的脸蛋,很快,眼睛已转向了杏花的隐秘部位。

杏花羞臊地捂上了脸,她心里知道老爷非常需要自己……今天正好周家利的老婆不在,自己仿佛也需要老爷。

"杏花,你过来躺下,躺到老爷跟前,老爷今天我要……"

"老爷,我不。"杏花扭扭捏捏,"老爷,人家可是黄花闺女噢。"

"黄花闺女才好呢,老爷我会疼你的,快点,快点上来。"

"这可是夫人的地方,我……"

"夫人不在,有什么可怕的。"

"夫人只是回娘家了,过几天回来,知道了还不打死我。"

"叫你躺你就躺下,还要老爷抱你上床不成。你要再不上来,老爷我可就找别人了。"

"老爷的赏赐,杏花怎敢不要,只是杏花名不正言不顺。"杏花大起胆子试着要名分。

"快、快点老爷需要你,只要你伺候好老爷我,我改日把那娘们休了。"

"哎哟哟,老爷我可担待不起,日后你要是后悔了,还不剥了我的皮。"杏花说着,已扭动水蛇腰把衣服脱掉扑在了周家利的怀中。

周家利急不可耐地进入了杏花的体内,杏花先是痛得叫了一声……周家利只管一个劲儿地享受着……一会儿工夫,杏花已淫荡地哼哼起来,她一边哼哼一边扭动着肢体……周家利一阵阵欢娱,这是一座火山,这是一片沼泽地……他只觉得好像有一只黏糊糊的手有力地缠住了他,这只手宛若在拼命地撩拨着他的心肺,想要把他体内的水分全部吸干……这种感觉让周家利一辈子都不会忘记,这是他多少年来接触女人从未有过的感触……这会儿即便让周家利虚脱死在杏花身上,他也心甘情愿……渐渐地潮水退去了,周家利感觉浑身上下舒服透了。

周家利看着赤裸裸地躺在自己怀里的杏花,再一次把她搂得紧紧的:"宝贝,真没想到,你有这么大的本事,能把老爷伺候得这样痛快。

想不到你生来就是窑姐的料儿……"周家利用食指亲昵地点着杏花的鼻子道。

"老爷瞧你说的,我能让老爷高兴,是我杏花的福分。我是老爷的,老爷别那么说人家嘛。"

"好了,好了,老爷我肚子饿了。"

杏花边穿衣服边问:"老爷,那么我?"

"你怎么啦,别给个好脸子就没完没了的。"

杏花听了,眼泪不自主"哗哗哗"地往下掉。

"别这样啊,快去让人给老爷我弄饭,以后我会好好待你的。我的心肝宝贝,去吧。"周家利像哄小孩似的拍拍杏花的肩头。

杏花破涕为笑,赶快出去了。

"傻逼,不过这倒是个好料子,日后哇……"周家利淫笑。

烟瘾过完了,饭也吃好了,该干的事干完了。周家利手提文明棍嘴里哼哼着晋戏,装模作样地来到天一客栈。周家利很想看看周老太是怎么呼天抢地地哭周文琦的。嘿嘿,目的达到,太让我高兴了,让你们瞧瞧我周家利的手腕究竟高不高……周家利正想着,一眼看到周老太精神抖擞满面春光地从院子里走了出来。不会是……一切安然无恙?周家利的心"咯噔",脚底却绊了一下,差点没摔倒。

"哟!是他叔来了。"周老太还是和好多年前一模一样招呼着周家利。

怎么回事,见鬼了?周家利调整着自己的思维,故作镇静:"哦,是嫂子呀,路过这里看看,嫂子近来可好?"

"嗨,托你的福,近来特别好着呢。"周老太话里有话地讽刺着。

周家利假模假样地:"那就好,那就好,我那侄女莲儿呢?"

看到周家利,周老太恨得直咬牙,心里说,害人贼,人模狗样的,亏你也能装出来。要不是汝莲一再吩咐,让我做个样子给你看,让你看上去什么事也没发生的话……真想上去打周家利个大嘴巴。

"我们家莲儿更好,从来就没不好过。"周老太愤然大声说着,"砰"

地关上院门"咚咚咚"颠着小脚回去了。

一阵悠扬的琴声从客栈传了出来……

周家利恨得咬牙切齿,用文明棍捣得地"咚咚"直响。

旋即,汝莲的歌声也传了出来:"楚霸王,汉高皇,龙争虎斗几战场。争弱争强,天丧天亡,成败岂寻常……"歌声清丽却声声激昂,"江山空寂寞,宫殿久荒凉……一枕梦黄粱……"

周家利听得真真切切。哼!都什么年月了,还想用孔孟之道来教化人,文人的伎俩也不过如此,什么狗屁楚霸王,黄粱梦……那么……我指使的人为什么?……周家利心中的疑团怎么也解不开……

两天后,周家利听了家人的禀报,气得暴跳如雷:"可恶的山贼,该死的山贼,抽筋剥皮的山贼,挨枪子的山贼……赚了老子的钱,什么事也没干成!"他骂着骂着,一屁股跌倒在椅子里。

周家利的心在滴血的痛,痛得周家利的骨头都"咯嘣咯嘣"响……现在的人心真是坏透了,不办事,处处死要钱,为这一宅子,我花费了那么大的劲儿……县太爷的贿赂,山贼的讹诈……此刻周家利恨不能一把火把客栈给烧掉……烧掉……那我就什么也没有了,我有我的主见,为了我的宝贝儿子,让我去赴黄泉我也心甘情愿。

秋风萧瑟。

空气仿佛已胶凝冻结,阴霾的天际满是重滞的云堆儿,而这些云堆儿却又动荡不安,阴森森的,给人的感觉好像那些云堆儿就要往下坠落。

一种不祥之兆正弥漫着整座平遥城。有消息传来,卢永祥的队伍很快就要到平遥了。谁都知道这支队伍为了在袁世凯跟前表功卖力,已变得越来越惨无人道。听说他们每到一个地方,都在烧杀掠抢骚扰百姓。

平遥人惶恐不安将城门紧紧关闭,平遥城内的商铺、店面也全部关闭。

天一客栈。

汝莲让东子到外面打听消息。一会儿工夫，东子慌慌张张地跑了回来。一进门神色紧张道："消息是真的，城内店铺全部关闭，人们都处于紧张状态，用不了两日，卢军便到平遥。姐姐，耿文哥，我们该怎么办？"

"东子，别着急，我和你姐正商量这事。"耿文的心在往下沉，大脑在隐隐作痛，人的生存欲都是相同的，自己是过来人……耿文对那种欲绝的悲伤有种刻骨铭心的领悟。他突然想到了汝莲曾经给自己讲过捻军来平遥的故事，他不自主地叩了叩脑门，"有办法了。"

"有什么办法？"汝莲和东子急得发问。

"平遥可有德高望重的绅士？"

"有啊。城西的宋绅士不仅德高望重，而且胆识过人。宋绅士和家父曾有过往来，我小时候还去过他家……"

"请你把他的详细情况介绍给我好吗？"耿文十分认真地对汝莲道。

"好的，宋绅士早年中举，在广东任职……八国联军进犯京城时，任职于武卫军……后来才回到平遥……"汝莲把她所知道的详细情况尽可能地讲给耿文。

"这就好，我得尽快去拜望他。"

"耿文哥，外面乱哄哄的，你人生地不熟，我陪你去好吗？"东子关心地。

"东子，这种场合我们陪着去，恐怕不太合适，这事……"汝莲不无担忧。她不知该说什么才好。

"这事我要亲自出马。"耿文十分自信地，"放心吧，一切着眼于大局。况且，这些天，我对平遥已熟悉了好多，我已经是多半个平遥人了。"耿文幽默地点头笑道。

"也只能这样了。"耿文的自信，感染了汝莲，"人去多了反而会坏事的。"她明白耿文的用心良苦，同时耿文的足智多谋身怀绝技让她稍稍放宽了心。

"这件事关系到平遥人的生死存亡,只有多听取大家的意见,众志成城一致对外,我相信没有过不了的坎。"耿文知道,这事只有让德高望重的人,让众多乡绅们联手出钱出力才可能办成!

平遥城西,宋绅士的住所。

一大早,耿文便奔向这里。

这是一所古老的宅院,远远望去便可看到它的宏伟壮观,走到近前抚摸高大院墙,耿文发现青一色砖中还时不时夹带着铜钱,从这些细微之处便可看出,说平遥富甲一方真的一点也不假。耿文突然想到,当年显赫的"日升昌"票号东家——达蒲李家,连厕所的墙上都用金条压阵,他不禁摇摇头,未免有点太奢侈了……耿文来到近前,只见拴马柱上的雕刻都是那么的精致细微,连上马石上都刻着花纹……门口那对卷发的石狮子,激起了耿文胸中的浪花。左边的雄狮,不但强悍威猛,大有威震八方,不可侵犯之感,右前爪正踏着一绣球,似乎在对雌狮求爱。而右侧的雌狮,则温馨地用左前爪抚摸着小狮子,那种舐犊之情的韵味可爱之极。吉祥,兽之王,勇不可当,避邪……这些人们念白了的词全都从耿文大脑跳了出来,耿文摇摇头,这也太俗了吧? "石"与"实"同音,"狮"者"思"也,思前人创业之艰难,后人守成不易,作为一种警言来理解是不是其寓意更为深刻?

平遥几乎每个院落都有这样的装饰,而宋绅士家的这对狮子却更加特别,富有内涵的雕刻艺术,可见主人的造诣……门槛却很高,看上去必须迈高腿才能进去。门头板上刻着的"锡嘏"鎏金大字,远远望去金光闪闪。周边则是一连串精巧的木雕,有八仙,梅兰竹菊,麻姑献寿,桃榴佛手,富贵不断头围绕着四方……耿文看得有些眼花缭乱了,不由感叹道,仅仅一个门头板内容就如此丰富多彩……若不是事情迫在眉睫,一定要将这些细节用笔录下来。

这时,报信的家人已走了出来。

"先生请。"家人说着做了请的姿势,领着耿文从偏院向里而去。

院中木石廻廊环绕,古雅别致,曲径通幽。耿文随着家人穿堂而过,不知不觉已穿过了三进院落。耿文走着看着,已看出了一些端倪。耿文心里想,这应该是一群体院落,由主院,书房院,花园,车马院,祠堂构成一体……突然一拐弯,又是一座跨山墙的砖雕影壁,影壁的雕刻艺术深深地吸引了耿文。壁心的题材同样是福(蝠)禄(鹿)寿(寿星)然而却是少见的悬浮艺术,耿文竟有些看得出神。家人拽了拽他的衣襟,耿文倏地想到自己前来拜望宋绅士的目的,习惯性的又敲了敲自己的脑门。左转右拐,家人领着他来到另一院落,又是三进院落,只见前檐彩绘与前几进院甚是不同,耿文不敢细看,只见通天柱巍巍直顶大楼……耿文不禁感叹,真乃庭院深深啊……此刻的耿文以为已经走到头了,谁知家人却转了个弯,在正房的檐廊下看似砖墙的地方,出现了一小走道,拐弯抹角进去,却是一侧小院。耿文不禁暗暗惊叹,这种利用空间的布置,如同进入迷魂阵,让人晕头转向。驻足后,恰似幽静恬淡别有洞天之感存放于胸中……后来耿文才知道,这里是宋绅士的小书房兼会好友的地方。

宋绅士刚刚起床。

昨晚,宋绅士一夜翻来覆去没睡好。此刻,宋绅士正在太师椅上喝着茶,耿文刚进门,还没等耿文来得及施礼,他已站起来施礼。

宋绅士的平易近人让耿文感动不已。

"晚辈耿文,前来拜访宋先生。"耿文忙上前还礼。"先生大名,让晚辈深深仰慕,晚辈想和先生聊聊,为平遥百姓……"

"年轻人,不必拘泥太多,虽然你来平遥没多少日子,但,你的为人,老伯我也有耳闻,你的学识和你的年龄极不相称,以后你会有更大的作为。"宋绅士真诚地夸赞着耿文,并热情地自称老伯。

"承蒙老伯夸奖。"

"坐下来说,我知道你会来的,因为你有一颗仁慈善良的心。"宋绅士热情地招呼耿文。

"老伯不也一样？老伯的才华出众，慷慨为人是人所共知的。"

"是你的对簿公堂，让我认识了你。你冒险扶持弱者，真正体现了你的博爱精神。"

耿文听了，对宋绅士竟产生了一种如见到父亲般的感觉，心中不禁荡起无限的暖意。耿文坐了下来，如同和父亲对话一般谈了起来："不瞒老伯，孙中山先生的博爱精神，是我所崇敬的。不知老伯对贫富有何看法。"

"三民主义，我十分赞同。若能真正做到，也是一种社会的进步。"宋绅士没有直接回答耿文所提出的问题。

"虽然我接受过一些新的思潮，但我只想平平安安生活着，其实我只是觉得不论贫与富，人人都做到仁义道德，那便是幸福。孔子曰：'富与贵，是人之所欲也，不以其道得之，不处也。贫与贱是人之所恶也，不以其道得之，不去也。君子去仁，恶乎成名……'"耿文的侃侃而谈深得宋绅士的欣赏。

"对呀，孔老夫子说得极是。"宋绅士捋着胡须喝了口茶插了一句，然后静静地听着耿文的下文。

"发财和当官，不正是人人都渴望的吗？然而用不正当的手段去得到它，那就不是正人君子所干的事了。然而，谁又愿意贫穷呢？若想改变贫穷，只有去努力奋斗，以正当的手段来赚钱，辛苦赚来的钱，才会用得踏实。真正有仁义道德的人，在何时何地都会关心他人，做任何事情都会考虑到他人的利益。不过，我所说的这些，绝不能只挂在嘴边，要有实际行动，那才是真正有仁义有道德之人。"

宋绅士听着抚掌而笑："真乃长江后浪推前浪啊！"

"姜，还是老的辣……"

耿文的话还没说完，宋绅士接过话茬儿道。

"老朽老矣。"

"但您始终不服老，这一点我是深深佩服的。只有老伯的满腹经纶才是真正的博学多才，晚辈只是抛砖引玉，以此斗胆相邀老伯出台。"

"那么,你我心曲相同喽?"宋绅士晒笑着对耿文道,他从心底喜欢上了这个年轻人。

"老伯如此抬举晚辈,小侄真是受宠若惊,实感荣幸,晚辈斗胆前来,是想和您老商量,平遥怎样才能躲过这一劫难。"

"来得正好,我也正为此事伤脑筋呢。"宋绅士出自肺腑之言的谦逊,更让耿文感动不已。

"老伯,恕我直言,以你的名望来召集平遥的乡绅们,以及商铺、店铺东家掌柜来共同商议此事不是很好吗?"

"这事一定要慎重考虑。"

"众人拾柴火焰高,况且,这事不但需要后盾力量,还需要一些资金的。"

"你说得对,看来只有走这步棋了。"

听了耿文的建议,宋绅士马上召集众乡绅和商铺、店铺的东家掌柜们。宋绅士简单地给大家介绍了一下耿文。

人们一听这个年轻人就是和县太爷对簿公堂的人,不由对耿文刮目相看。好多人竖起了大拇指:"年轻人就是了不起,见多识广能办事……"

有人则悄悄议论:"年轻人,要要嘴皮子算什么本事,对卢军不但要有胆量,还待有真本事能带兵打仗……"

耿文听到了,胸怀坦荡地笑笑。

宋绅士对这些议论置若罔闻,非常严肃:"目前,平遥城面临灾难,危在旦夕。卢军一路所作所为,人所共知……卢军若是进城,后果将不堪设想……保护自己的家园,匹夫有责,愿意出钱的出钱,愿意出力的出力。我相信我们平遥人杰地灵,从古到今每当遇到危难时刻,都会化险为夷,这座城仿佛有神灵在福佑着我们。但是,我们必须保持清醒的头脑,可以这么说,我们大家都是'神',只有大家积极行动起来,齐心协力共想对策,才有希望让老百姓安居乐业。目前正是用人之际,大家都是平遥的精英,让平遥古城与我们休戚与共,是大家出力的时候了！"宋绅士铿锵激昂的言辞震撼人心。

"好，我赞同，宋绅士的话，句句在理，我们筹措出钱。"有人举手称道。

"我们钱力俱出……"

"有劳诸位父老，耿文不才，还望各位父老多多指点。我和宋老伯已经商量了一些方案，我们可以虚实并举，一方面让店面商铺汇集一些银两，一方面如此这般……只有这样一搏，才可能保住平遥……卢永祥的情况，我是比较了解的……用智慧来对付卢永祥这样的武夫，应该是没问题的。"耿文提出了自己的建议。

"说得不错，只是具体做起来难度太大。"有人质疑地道。

"鬼谷子有这样一段非常精彩的话，值得我们来借鉴，他是这样说的：'事之危也，圣人知之，独保其用，因化说事，通达计谋，以识细微。经起秋毫之末，挥之于太山之本。'鬼谷子告诉我们……可以通过各种谋略，以观察敌手的一举一动……"耿文说着挥挥手，大有气吞海内之感。

大家点头赞许。

耿文看了看大家，又道："我以为《孙子兵法·虚实篇》，会给我们更大的启发。孙武是这样说的：'……善守者，敌不知其所攻。微乎微乎，至于无形；神乎神乎，至于无声。故能为敌之司令……'我们具体的方案，可以如此这般……这般……"耿文清晰透明地道出了一整套方案……

众人听着，不住地点头。

"到时候我和宋绅士露面，其他事宜只要大家齐心协力，共同携手就行了。"

"这方案挺不错的。"

"不知大家觉得可否？"耿文听有人赞叹自己的方案，紧接着道。

"好，我赞成！"宋绅士第一个站起来响应。

乡绅们一致赞同着通过了。

"太好了，真乃神乎其神。"

"年轻有为，思维就是不一样。"

"承蒙夸奖，晚辈只不过喜欢读书而已，将学来的东西举一反三，

应用一点罢了……"

"我们经商之人呀,只顾做买卖了,即使读点书也是生意上的书,至于说博览群书,那就更谈不上了……"

"大家请别这样说,像雷履泰不就是一代儒商吗?凡事都要有超前意识,要有创新,有创意,总是抱着前人的思路不放,岂不是故步自封。"宋绅士趁机道。"好了,老夫有点走题了,请谅。"

"宋绅士说得极是,平遥商界只有奋发向上,团结一致……"

卢永祥骑着高头大马耀武扬威地向平遥城而来。这会儿卢永祥特别兴奋,一路过来,想想自己是何等威风。

想到平遥,卢永祥更是高兴得手舞足蹈,平遥是个好地方,他早就听说过,平遥买卖人多,有句俗话让他铭记在了心中:"进了平遥城,银子元宝满地滚。"想到这些,卢永祥快马加鞭地催促着手下人向平遥赶路。

卢永祥知道平遥人一向温顺,这一带最好对付的就是平遥人。假若平遥人敢对自己不尊,进行反抗,哼!定当来个血洗平遥城!

夕阳西坠。卢永祥的部队已快要到达平遥城西关了。

远远望去,金色涂满了整个天际。卢永祥想,这正是进城的好机会。温顺的平遥人,会不会打开城门来欢迎自己的到来?

夕阳的余晖渐渐淡落,由紫变灰,由灰变青……忽地,暮色来临。远处,迷迷蒙蒙,整座城池已笼罩在一片迷茫之中。

卢永祥揉揉眼睛,抬头远望。忽见,满城墙上全是身穿盔甲的士兵。卢永祥恍若来到了战国时代……猛地,战鼓声声,震耳欲聋……卢永祥摸摸自己的脑袋,一时竟不知自己处于哪个时代。是时光倒流到了战国时代?

……只见一员武将,从天而降……卢永祥看得竟目瞪口呆,是我穿越了时代?卢永祥心下疑惑不已,心中不禁一阵发毛,自己从戎多少年了,从未见过如此阵势,再看那些士兵们,手中的长矛盾牌却在熠熠发亮……陡然,一阵琴声注入了卢永祥的心扉,那琴音出神入化,时而如同擂响的战鼓,时而犹闻护城河水淙淙的流水,时而听到战旗被风吹得猎猎作响,时而鸟语花香,时而万马奔腾,细细听来却是鬼哭狼嚎……卢永祥对古琴从小就很感兴趣,现在听来却是毛骨悚然……是自己听捻军到平遥的故事听多了,出现幻觉了?还是……

来平遥之前,不但有人给卢永祥讲过平遥是如何的富甲一方,而且还有人给他讲过捻军到平遥的故事……

"这些王八蛋,给老子灌输的满脑子都是……"

忽而,嘹亮的歌声响彻上空,只听得:"琴座梨木制,琴声除敌兵,声声激昂与激愤,一失足铸成千古恨……"歌词中似隐含着:离去、离去、快离去!卢永祥的人与马仿佛定在一个位置上似的,欲罢不能……戛然,琴声断绝,歌声中止。

一支箭飞来,"嗖"地从卢永祥的头顶飞了过去。卢永祥心惊胆战……这个时代哪来的箭?卢永祥豁然明白,是神灵在福佑平遥城,是神灵在保护平遥人。

卢永祥大着胆子仰视上空,只见城的大楼上,武圣关羽正对自己怒目而视……此时,卢永祥的坐骑突然倒退了几步,吓得他差点从马上跌落下来。再睁眼看时,恍若一切已全部隐去。似乎一切又回到现实中来了。

哪里来的神,卢永祥的头脑似乎清醒过来了。不会的!他拿起了望远镜……

只见城门徐徐打开……卢永祥一看正是时机,一挥手,就要向前冲。当卢永祥的马刚刚跃起前蹄时,马蹄却陷下地足足有半尺深……若不是周围的卫兵扶着,卢永祥必定栽个大跟头。

这真是:人惊,马惊,士兵们惊……

卢永祥转动着脑瓜子……真的是神在保护平遥?我身经百战,战无不胜,今天却要栽在平遥人手里……人算不如天算啊,天若不保护你,你就是有天大的本事也无用武之地……卢永祥真正信服了,他决定放弃平遥……

惊魂未定的卢永祥,准备绕道平遥。忽听得有人敲着铜锣向自己而来。卢永祥定睛一看,只见一瘦老头和一年轻人从城内从从容容向他走来。

城门又缓缓闭紧了。

"来人可是卢将军?"只听一个沙哑而有力的声音道。

"正是。"卢永祥下意识地道。

"辛苦,辛苦。"一个洪亮铿锵有力的声音道。"天色已晚,卢将军可否在此安营扎寨?"

卢永祥听了不禁愕然。

"卢将军若在此休息,百姓们定当欢呼卢将军的英明。"

卢永祥听得有些摸不着头脑。

"能在此犒劳三军岂不是百姓们的福分。"

宋绅士与耿文一唱一和地对着卢永祥。

此时,卢军一路而来,肚子早已"咕咕咕"地叫了,饥饿不堪的队伍正是需要用饭的时候。卢永祥想到了刚才那一幕,看着这瘦老头实在是气度不凡,再看看那年轻人,气宇轩昂,竟如同人中之龙。

见好就收!

卢永祥赶忙学着文人,斯斯文文地施礼道:"幸甚,幸甚。"

第十一章

城内乱哄哄的。

张聚财躲在家中,把自己关在一偏房里有条不紊地忙活着,将烟土一包一包地藏在寿棺里,他要乘此机会把这些烟土运出去。一切都准备妥当了,张聚财伸了伸腰,打开只能出入的一门缝,蹑手蹑脚地走了出来,然后又把门锁上了。张聚财一扭脸却看到了张古义正在他的背后。

"爹,听说卢军就要进平遥了,我们该怎么办,我妈还在外婆家没回来。"

"慌什么,慌什么你,天塌下来大家死,该干什么还干什么。"张聚财说着把儿子拉到另一个房间道,"古儿,你是不是我儿子?"

张聚财莫名其妙对张古义说的话,张古义心里马上明白了许多,但父亲的问话无论合适与否,他都得回答,张古义点点头。

"你承认我儿子就好,儿子就应该听老子的,从古至今,儿子不听老子的就叫忤逆不孝,这一点你心里最明白,这一次你可要听好了,你一定要帮我。你觉得我出去一趟容易吗?这是个大好时机,越是动乱越是赚钱的好时候,现在只要我们把这些东西运出去,一脱手……嘿嘿,这就叫运进来,运出去,来来回回,哪里有利,哪里脱手,我们就发大财了,嘿嘿,儿子呀,老子我这就叫有胆有识。"

"爹,你又干缺德事啊。"

"什么缺德不缺德,这年头买卖人都没法干了,你看到了吧,铺面都关了,你不也闲在家里。这人呀就是胆大的福大,财神爷来了你不接也得接。说,你究竟干不干?"

"不干!"张古义坚决地说。

"反了你,瞧你那熊样,人人都在想办法赚钱,我就是要趁势捞他一把,现在都什么时代了,抽大烟哪如料子好吸,料子来得快呀,料子鬼才不管这些呢,他们只要有料子抽就行,所以说他们的钱最好赚。自古道,愿者上钩,我不干还要有人要干的……"

"你这是变相的坑害人呀。"

"这不是我的错,那是他们愿意!"说来说去,张聚财好像理由很充足。

"爹,你不能太自私。"

"自私,人不为己还天诛地灭呢,老子自私,为谁自私,还不是为后辈儿孙自私,你也老大不小了,看看汝莲那边什么意思,明年娶过来算了。我也就省心抱孙子了。不过话又说过来了,这一次的事,你必须听我的,事办成了,就给你……"

"爹,不是儿子不孝不听你的话,你想想我从小到大哪一样不是听你的?只是这事你做得有点过火,不能为了自己的利益去坑害别人。"

"好儿子,爹还不是为了你,咱就干这一回,干完这一回,爹就听你的,咱金盆洗手不干好吧?"张聚财见用硬的对张古义没用了,就干脆来点软的,张聚财以为儿子永远会听他的话。

"爹,你叫我做买卖赚钱,我乐意,我们赚干干净净的钱,赚正正经经的钱,用自己的辛苦赚到钱,良心上没任何谴责,那样才睡得踏实,钱花得才放心……"

"狗屁,这些道理老子睡着也比你懂得多,可是你想了没想,不是老子这样干,钱能来得这么汹涌……"

"爹,你听我说,我最近读了老子的《道德经》,从中明白了许多道理,《道德经》的第九章说得好。"张古义说着竟摇头晃脑地给张聚财念了起来:"'持而盈之,不如其已,揣而锐之,不可长保。金玉……'"

"啪。"张聚财冷不丁一个耳光向张古义甩了过来,"老子要你好好赚钱,你却在这里谈论什么道德经不道德……"

"爹,这一次你一定要听我的,回头是岸……"张古义忍着痛,捂着火辣辣的脸对张聚财道。

"老子要你有何用？你、你给老子滚、滚！"张聚财说着又扯起巴掌向张古义甩了过来。

张古义躲闪着跑了出来。

远处的田野一片空旷,寂静。吹来一阵阵微风,轻轻地翻着耿文的衣襟,戏弄着路边的枯叶。此刻,耿文已走过南门外,在通往东南方向的大路上奔跑……他是凭着直觉一直向这个方向而去的。

耿文心中一阵阵烦乱,红鬃马为什么会挣脱缰绳离他而去？昨天晚上还在庄院马棚内安静地吃着草,今天早晨一会儿工夫就不见了踪影,看那缰绳像是磨断的,着实不像人为的,究竟为什么？红鬃马,你究竟走向何方？

汝莲尾随着,亦步亦趋。出了城,人烟明显稀少了。耿文却消失得无影无踪。

如今汝莲已知道耿文的功夫了。他的脚力,刚才在城内实在是施展不开,这会儿出城了,一定是施展轻功远去了。汝莲心中好不懊丧,看看自己的一双大脚气得直跺地。突然,她心中开始萌生了学习武功的念头,以后一定要让耿文好好教教自己武功……唉！这样的事客栈从未发生过,可今天偏偏让自己遇上了,而且还是耿文心爱的红鬃马,自己的责任重大,无论如何要替耿文将红鬃马找回来。汝莲坚信,耿文是通往东南方向的大道去的,她有一种预感,红鬃马绝对不会丢失,想到这些,她不由得加快了脚步。

耿文一出城廓,便已望见那绵绵延延起起伏伏的山峦,那山似梦似幻,听汝莲说过,平遥的八景之一"麓台山"就在这个方向,或许红鬃马正是向这个方向而去？今日前去看个明白,以解心中之疑。想到这些,耿文四下望了望,只见一片原野四外无人,他便施展开了轻功。

耿文也不知道走了多少里路,忽见石壁千仞,山石嶙峋,苍松翠柏交相辉映,抬头仰望巅峰林木却如小草之状。正在惊叹之中,却闻流水淙淙,折身右望,只见怪石中有一股清粼粼的泉水正顺着山的缝隙向下而去流到深涧,正是那深涧之水发出的声音,探头向下望之,只见那水清澈明亮,却深不可触。远远望去,但见那沟壑深谷的交汇,犹如摆起的八卦阵图,雄浑迷茫,错综复杂。最令人陶醉的是那淡淡的云朵一会儿将阳光挡起来,一会儿又将阳光放送出来,将视野隔断,恍若让数不清的树木在悬崖陡壁中恣意挥霍。远处,一棵油松犹如伸开臂膀向耿文拥抱,迎接他的到来。耿文定定神,寻找极目处的空间,但见那山高拔而险峻,古木参天,远天一色,碧绿如烟……真正不可思议!造物主的笔力竟是如此遒劲优美,如此的激情澎湃,如此的雄壮豪放,又是如此的娴雅娟丽。这样的美景若是夏天而来,鸟语花香,景色会更美丽,更多姿多彩……

耿文边走边欣赏着……心里忽然道,人啊,不能活得太累,活着就要寻找幸福。寻觅这样的安静地,不也是一种幸福?过陶渊明那样的田园生活,建茅草屋住下来……要想明白生命的含义,或许就得明白生命的奥秘……在这五光十色的尘世上,佛门一直为人们讲述着的,不正是生命的秘密么? 可以这么说,释迦牟尼便是探索这个秘密的先贤……赞美大自然如同赞美生命一样……哪怕是短暂的安静……耿文就这么遐想着,继续向前攀登。

须臾,忽闻松波声声,层层叠叠的树浪如波涛,发出一阵阵如海涛拍岸的"哗哗"响声,又如战旗猎猎作响……令人回肠荡气……耿文神思不属,竟有飘然若仙之感……

霍地,耿文仿佛听到红鬃马"嘶嘶嘶"的声音,耿文宁神静气,山那边的沟壑间,耿文真的看到了红鬃马。红鬃马似乎也看到了耿文,开始"嗷嗷嗷"地狂叫起来。

"红鬃马啊,为什么带我到这里来? "耿文高兴地奔向红鬃马。

红鬃马的叫声越来越欢快,好像在说,这里不正是远离尘世的安宁之处么? 我知道你的心累了,带你来这里不是很好吗?

"耿文哥!红鬃马!耿文哥……你们在哪儿……"山谷里回声阵阵。

耿文一惊,汝莲她怎么来了,一出城我就甩开她了呀。这个倔丫头,心眼到底有多少?

"耿文哥~红鬃马~耿文哥……你们在哪儿……"

真的是汝莲来了。

"汝莲,别着急,我在这儿呢,红鬃马找到了。"耿文把手团成话筒状喊,回声又一声声传了回来。

耿文与汝莲终于会合了。汝莲一屁股坐在地下,故意耍着小孩子脾气:"都是你,累死我了,你要再不出现,我可就要哭鼻子了。"

"有本事你哭呀,谁让你自讨苦吃噢。"耿文假装生气地。

"我可真哭了,男人不都有怜香惜玉之心吗? 我哭了你不心疼我吗?"汝莲看着耿文,心里顿觉甜蜜蜜的。

"噢,你瞧这碧波浩荡的灵气,正是大自然神圣的美。"耿文有意识地拐着弯儿,他不愿意惹汝莲不高兴。

汝莲自觉玩笑开得没趣。正不知道说什么才好,听到耿文的话,抬头道:"嗨,这里应该是'麓台山'吧? 你看山顶上那座庙应该就是'麓台庙'了。"汝莲说着便往起站,"哎呀"一下子跌坐到了地上。

"怎么啦?"耿文忙问。

"我的脚崴了。"汝莲沮丧地。

"我的大小姐呀,让我看看你哪里崴了。"

汝莲乖乖地伸出脚来。

"本来一出城,我就甩开了你的跟踪,满以为你看不到我,会自己回去的,谁知你这么倔……你是怎么知道我会来这里的?"

"心有灵犀一点通嘛,是直觉带我到这里来的。"汝莲一脸耿气地道。

"瞧你,崴得还不轻哪,都有淤血了。"

"我不怕,我能走。"汝莲逞强地欲站起来,一阵剧烈的疼痛,再次让她跌坐下来。

"你给我坐下,别动。"耿文以命令的口吻道。"我给你按一按穴位,将淤血顺开,会好点的,然后给你采点药敷上,很快就会好的。"

"嗨,我还有个故事在这儿存放着呢,是关于麓台山的故事。你给我按穴位,我给你讲故事,两不耽误好吧？"

"你还真会利用时间,那我就忙里偷闲听故事喽。"耿文逗着汝莲开心,专门缓解她的疼痛。

"据说这座山原来并不叫'麓台山',是为了纪念一个叫麓泰的小伙子才得名麓台山的。"

"让我想一想,我听明白了,原来麓泰的泰应该是泰山的泰,现在麓台的台应该是台阶的台。"耿文边按穴位边说,"忍着点儿,不会太疼的。"

"真聪明。"汝莲知道耿文的一片苦心,尽力忍着痛为自己分散注意力。

"不是我聪明,是这些天来,我听到平遥人说话发出来的音几乎全是平声,所以我听你说'泰'与'台'很相似,而你说原来这儿不叫'麓台山',是纪念一个叫麓泰的小伙子而改为'麓台山'的。"

"是呀,你来平遥才多少天啊,竟连平遥人说话的声调都研究得头头是道,真了不起。"

"别夸了,夸过头了,可就是奉承了,我可要听你讲故事了。"

"麓泰从小就失去了父亲,是母亲守着寡在清贫中把他带大的。那年,这里遇上了千年不遇的大旱,山上的坡地一道道地龟裂开来,树木几乎全都枯死了,年轻人几乎都外出谋生了。然而麓泰怎么可能抛下老母亲自己去逃活命呢,唯一的办法就是到舅舅家借些粮食,度过这次灾难。麓泰满怀信心地来到了舅舅家,只见舅舅家大院的丫环、长工正忙里忙外,麓泰看到舅舅家的富裕景象,心里想,今年借到粮食渡过难关,明年一定要好好答谢舅舅。"

"这麓泰还没借到粮食就想到还粮食了,真是个好人啊。"耿文打哈哈道。

"请你别打岔。"汝莲笑笑继续道。

"麓泰的舅舅一听麓泰是来借粮食的,马上指着麓泰大骂:不成器的东西,不在家好好侍奉你母亲,却跑到我这里讨饭,我的门风全让你败坏了。麓泰听了本想评一评理,母亲慈善的眼神出现在他眼前,咱人穷,志可不能短!麓泰强压胸中怒火愤然离去。"

"人心叵测,你不借就不借吧,还找个理由。"耿文打趣地。

"听人家说嘛,别再打岔好吧。"

"好好好!"耿文这时已按好几个穴位,知道这会儿汝莲不会疼得太厉害了。

"麓泰回到家,在母亲的追问下只好实话实说。母亲喃喃地:为什么人一有钱心就变了呢?老天啊,睁睁眼睛,我们这靠天吃饭的地方,穷人真的就没活路了。夜里,麓泰梦到了一只狼正叼着母亲而去,他一个激灵跳了起来……此时,麓泰看到母亲正将砒霜往嘴里送,麓泰一把将砒霜夺了下来,哭着跪倒在地祈求母亲:您老人家千万别这样,您老人家若不答应,就让儿陪您一起去。母子俩抱头痛哭一场。母亲为儿子的孝顺感到欣慰,坚强地答应着儿子,一定要渡过难关。麓泰目睹乡亲们度日如年的惨景,想到舅舅为富不仁,他深感苍天不公,他要祈祷,要用自己的虔诚来感化上天。麓泰不顾一切跪在山头的一块大石头上,朝上苍开始了祷告,诉说这一方百姓被大旱折磨得奄奄一息,祈求上天速赐甘霖,解救苍生……他就这么跪着,诉说着,祷告着……整整跪了几天几夜。乡亲们苦苦劝阻,麓泰就是长跪不起,他说这是他力所能及的,一定要用虔诚的心去感动上苍……麓泰以他的信仰与毅力支撑着跪着,当他跪到二十一天时,东南风骤起,乌云滚滚……猛地,一道光芒从天空划来,霹雳一声,倾盆大雨"哗哗哗"地倾泻下来,大雨整整下了七天七夜。久旱的禾苗树木全部得救了,麓泰却不见了。有人看见就在那大雨降临的夜晚,一只美丽的金鹿带着麓泰升天了。而这山里,突然间就长出了许许多多的松柏树,整个山峦绿树成荫。人们为了纪念麓泰,就在麓泰跪过的地方修了一座庙,并把这山称之为麓泰山,并于每年八月初二在这里供奉麓泰,后来这一天就成了这里的庙会,再后来渐渐将麓泰山演变为麓台山。以后的日子,每当天旱无雨,人们便到这庙来祈雨,据说还挺灵验呢。"汝莲越讲越起劲,疼痛仿佛已以她脚上遁去了。

"我给你采点药,然后敷上,肿块很快就会消失。"

"你懂得医理,还认识药材?"汝莲惊讶地睁大了眼睛。

"这儿的药材非常丰富,刚才我还在想,来这儿采药挺不错的。"

清风阵阵,树木摇曳。一只松鼠从丛林中跳了出来,另一只追逐着嬉戏。一只野兔从耿文的脚下滑过。

"真正不可思议,还有什么你不懂的。"汝莲直率地对耿文道。

"这是大自然的赠予,真想在这儿搭个窝不再离去,像陶渊明那样过着田园生活,读着唐诗、宋词和元曲……岂不美哉。"耿文并没直接回答汝莲的问话,只是边沉吟边寻找药材。

"什么都是缘分,是红鬃马带我们来这里的,你说对吧?我也从没来过这里,只是听说,今天可见到真格的了。"汝莲瞅着红鬃马道。

"对,对,是缘分,是红鬃马的功劳。"耿文应对道,满目爱意地看着红鬃马。红鬃马低头吃着草,嘴里却发出了"啾啾啾"的声音,仿佛对他们的谈话表示赞同。

"瞧,我看到土三七了,那黄色的像把小伞似的花便是土三七了,我给你挖出它的根来,乘新鲜捣烂敷上,立马就会好。"耿文说着,开始用手刨挖土三七,"这药正好在这个季节采摘。"

汝莲以感激的目光看着耿文,心却如朝阳般的灿烂。

"这里呀,真的是有着各种各样的药材,你看,这边是党参、黄精,那边是远志、石韦,瞧那边还有黄芩呢,真是太美了。"耿文高兴得东瞅瞅西瞧瞧,跳过来蹦过去仔细观察这些药材。

"这是大自然的恩赐啊。"

"怎么样?敷上好多了吧。"

"确实好多了,才一会儿工夫呀,真神啊。"汝莲试着站了起来。

"你居然还是个先生。"汝莲好奇地以肯定的口吻道。"喂,先生,时间不早了,你是我的客人,我得替你负责。你的肚子不饿吗,我可饿坏了。"汝莲想,出来几乎一整天了,母亲这会儿一定急坏了,肯定又让东子满大街寻找了。

"你看这里的水多纯净,过来尝一口,香甜无比啊,喝这里的水真是一种享受。"耿文用手捧起一掬水,一低头喝了下去。

汝莲学着耿文的样子,捧起一掬水,喝在口中,甜丝丝的沁人肺腑:"真的很好喝噢。"

"我没骗你吧,"耿文乐滋滋地。"今天的收获真大,若是夏季来临,这里的景色,肯定又是另外一番风味。"

天色已晚,风儿一阵阵地吹来,汝莲突然一个接一个地打着寒战。

耿文看着汝莲瑟瑟发抖的样子道:"我知道你想家了。走吧,回家。"耿文将汝莲扶上马背,嘴里却轻轻地,"我还记得你给我念过的那首诗呢,正好和我们今天的心境很相似,"耿文边说边吟道,"拾得白云马上行,千山万壑向孤城。归来夜半寒窗下,犹听松涛作雨声。"

"是啊,'麓台山归'写的就是不错,这是我在父亲的手抄本上找到的,是康熙时一个叫刘思斋的人写的,此人很了不起,据说在西河院讲过学。他的诗文在平遥留有不少呢,回去我再查一查,查到他的诗给你。"

"好的。谢谢你让我了解这么多。"

"别说谢啊,说谢我可就不高兴。嗨,我记得他还有一首'登麓台山',写得挺好,让我想一想念给你听。"汝莲说着停顿了一下,"哦,我想起来了,"她轻轻地念到:"烟树天边度几村,青山万叠麓台尊。下方城市浑无见,一片云飞出雁门。"

"好诗,好诗,我们闲暇再细细研究吧,别把我们汝莲冻坏了。这会儿的任务是——回家!"

"你好坏啊,总编排我。"

耿文不再说话了,跃上马,用脚踝在红鬃马身上轻轻一碰,红鬃马飞也似的奔跑起来。耿文拉着缰绳的手,犹如紧紧地搂抱着汝莲,汝莲依偎在耿文的怀中,一股暖意顿然流遍了全身,她恍若嗅到了一种灿若阳光的气味,暖融融的幸福感让她闭上了眼睛,若能永远都这样下去……汝莲不觉害臊起来,下意识地摸了摸脸,脸发热了,幸好天色已

黑坐在马背上,要不,让耿文看到,真正羞死呢,怎么会有这种想法,不可以的,那么张古义呢……唉!汝莲轻轻叹息了一声……这种想法不是应该有的。

一弯月亮升上了天空。忽然,一阵夜风猛地吹了过来。汝莲坐在红鬃马的背上,尽管有耿文的身体遮挡着,然而刚才的暖意一下子被风儿吹得无影无踪,这会儿只觉得全身都凉凉的,凉意中似乎夹带着无限的惆怅,同时又带来一丝丝奇怪的难以名状的欢愉。

第十二章

刚刚吃完晚饭,天还没黑。

耿文一个人出来散步。出巷子没几步,只听得两个人对面过来打招呼道。

"嗨,老哥,你这是急急忙忙上哪儿去呀?"

"嗨,兄弟,你不知道啊,今天'鹦哥巷'许老大的孙子做满月,白天已请了唱秧歌的,晚上还要请二马子的瞎子说书呢。"

"哎呀,老哥,我怎么不知道哇。"

"嗨,兄弟,你平时可是哪里有热闹去哪里呀,我还当你早知道了呢。"

"倒霉得很,偏偏这两天身子有点不爽,窝在家里养了两天,刚刚觉得有点精神就跑出来了,这不,听到二马子说书,我精神立马就大了。我最爱听二马子的《王婆骂鸡》呢,那可真是越听越有意思。"

"快走吧,晚了就没位置了,咱的个子又低,还得在后面探着脑袋听呢。"

耿文听到"鹦哥巷"三个字,忆及汝莲曾说过这个巷子还有个故事呢,又听到有瞎子说书,很有趣的,忙上前对那俩人施礼道:

"二位哥哥,可否带上小弟我开开眼界?"

"听口音,你是外地人吧?"

"正是。"耿文边说边点了点头。

"走吧,只要有地方放得下,谁都可以去听的。"

"你不知道,这瞎子说书可是通俗易懂,老人小孩子都爱听,深受人们的欢迎。"

耿文跟着他俩一直向北而去,过了市楼到了大十字,走进了一条小巷子。

"请问二位哥哥,这条巷子可是'鹦哥巷'?"

"正是鹦哥巷。"

"我一来平遥就听说鹦哥巷有块石头,里边有一对鹦哥,对吧?"

两个人听了耿文的话,相视一笑。一位看上去年长点的对耿文道:"这位兄弟,你只知其一,不知其二,原来是有这么一块石头的,可是后来里边的鹦哥硬是被人给困死了。"

"怎么回事?请二位哥哥讲讲如何。"

还是那位年长的对另一位说:"兄弟,你给说说怎么样?"

"好吧,这个故事在平遥可是妇孺皆知,不过要细细讲来可就话长了,前面很快就到说书处了,咱们还是长话短说吧。据说,原来有块石头就在前面那个旮旯处。"那人说着用手向前面一个拐弯的地方指了一指。耿文抬头一看,只见那院墙高大无比,看上去是一幢院落的后墙。"每天晚上,路经这里的男人们小便了,就在这里对着那石头尿上一泡,天长日久,石头里竟营育了一对鹦哥。有一天,正好有个南方人来到平遥,路经这里,看到了这块石头……此人可是慧眼识宝,他找到了石头的主人,告诉主人要买这块石头,并放下了订金,但要在一百天之后再来取。石头的主人想,既然人家要买石头,总不能臭烘烘的就卖吧,于是把石头搬到院子里用水冲刷干净了等着南方人来买石头。一百天后,南方人来了,看到搬进院子里的石头大呼可惜,可惜。原来,鹦哥还没完全长成呢,它们的成长全凭了男人尿的阳气养着,结果,一件宝物就这样给毁了……"

三个人说话间,已走到一座院子跟前,在外边就听到了一个洪亮略带颤音的男声唱着"……王婆今年七十二,他的老头早下世……"随后跟着的音乐是三弦、鼓、钗的声音,远远听起来好像有三四个人在演唱。

"你听,你听,是说《王婆骂鸡》吧,哎,紧赶慢赶还是说开了吧。"

"嗨,你这人也是的,这不刚刚开了个头嘛,不算迟。不过,平时可没这么早呀,今晚是不是要开正本呢?"

"请问,什么叫开正本呢?"

"这个你就更不懂了,开了正本要说大半个晚上呢,像《小八义》、《呼延庆打擂》的都叫正本,开了正本有时候能说他个一月四十天呢。"那人急急地对耿文道,"一块儿进去看吧。"

"多谢,多谢。"耿文客气着,跟着他们走进了一家院子里。

此时人们已围成了一个圈子。耿文仔细一看,圈子中央只有一个人在说唱,只见那说书人正摇头晃脑地拉着一把三弦,左腿上绑着两块小木板,右膝盖上绑着一面小钗,右手一会儿弹拨三弦,一会儿敲击着小钗,而左腿却不停地上上下下摆动着木板打起了节拍。

噢,原来是一个人装着三四个人的角色。耿文总算看明白了。

只听得那说书人的声音时而雄厚有力,时而变得温温婉婉,时而又声浪遥远,时而竟是呢喃自语……月光下,说书人方方的脸油光发亮,粗粗眉毛直往上翘,只可惜两只眼睛塌陷下去了,嘴巴却异常的大……这声音真的是从这人嘴里吐出来的吗?耿文竟有些不相信自己的耳朵了……

"……还有两只珍珠戴帽帽的鸡,长腿腿的鸡,短腿腿的鸡,银红毛毛好炸蛋的鸡,还有那朴头仙脑肉轱辘辘的鸡……"

耿文闭上眼睛,闲情逸致地听着……说书人吐字清晰,将地方特色的韵味说唱得十分融洽。

"……这一天,赶会要唱戏,老婆俺一心一意要去一去……担水的偷吃了老娘的鸡,轱辘把他打到水井里去……瞎子偷吃了老娘的鸡,叫他咋地也不咋地……"唱到最后一两句,说书人突然变调了,好像另一个人出台问道:"……为什么不骂没眼的?"说书人然后又返回到老太太的声音上,把嗓门拉得长长地道:"因为他摸摸揣揣逮不住那鸡……"说书人的声调变得相当快,情感宜人,恰到好处。耿文想,无论谁听了这说书,就是有再大的忧愁也会给人一种放松的感觉……怪不得瞎子说书成了平遥人喜闻乐见的一种娱乐形式……

只听人们听着全都"轰"地笑了。然后是不停地拍手叫着好。

又是一个阴天,太阳稍稍露了一下脸,又缩着脑袋回去了,乌云似浸了水的棉絮一堆一堆地沉积在天空。

周家利的院子里。

尽管天气如此不尽如人意。周家利的院子里依然热闹异常,宝贝儿子跟小丫环正在玩投枕包包,两个人相互扔过来扔过去玩得可高兴了。

周家利抽完大烟,然后叼起水烟袋走到院子里,在旁边兴致勃勃地看着儿子玩,儿子不停地喊着:"我赢了!我赢了!"

看儿子兴高采烈的样子,周家利高兴得嘴都合不拢。猛地,周家利像想起什么,跳起来扔下水烟袋急急忙忙出去了。

临出门时,周家利掉过头来对小丫环道:"丫头,一定要照顾好小少爷,别让他玩累了。"

近几天周家利心情特别好,自从那天在城隍庙街闲逛遇到一个朋友后,他的命运来了一个很大的转折。

赌场。周家利正赌在兴头上。这些日子,他赢钱赢上瘾了。周家利正出力地摇着骰子,骰子在骰盒里叮当响,他把骰盒倒扣在桌子上。

"赢大,还是赢小?"

"大、大、大。"周家利满怀信心地喊着。

这一赌,仿佛赢回了周家利的信心。这些天周家利睡梦中都是笑嘻嘻的。

周家利思绪又飘到了那天。那是一个风和日丽的日子。城隍庙街,平遥最热闹的一条街,这里每天如同赶庙会一样。摩肩擦背的人群里,周家利提着文明棍混迹在人群中。

最近周家利有一个习惯,抽足大烟后,总要到人多的地方去挤一挤,转一转,在路两旁各式各样的小摊上摸摸看看,哪怕是烟袋、烟嘴、剪刀、锥子都要揣摩一番,尤其是对古董、玉器更是摩挲着要看个够。看完这些,便寻找吃东西了。醪糟、碗脱,水煎包、油糕、肉火烧都是周家利爱吃的东西。吃饱肚子,便无目的地开始观赏那些走江湖的耍马卖艺人了，东边看看耍猴子的，西边看看变魔术的，然后站在算命、测字人的旁边总要听个够，这些仿佛就是周家利一天之内所要干的事……也就是那一天，正当周家利张着嘴听测字先生测字时，忽然肩头上被人拍了一下。周家利正想发作，一扭头突然眼珠子瞪直了，眼前这个人穿戴阔绰，而且身上的佩戴更是阔气十足，就那颗绿荫荫的帽珠便价值不菲，还有腰带上的那块玉佩……周家利有些不敢相信，这人前些年还穷困潦倒，后来就无音讯了……可如今……银子钱儿有成色，人可真是看不准啊……想到这些，周家利忙道："哟！这不是四哥么。"

"是啊，你认出四哥了？不错不错。"那人说话竟咬着一口京腔。

"四哥，你在哪里发财的？"周家利忙不迭地问。

"就你能认出四哥，四哥我不会亏待你的，告诉你吧，四哥我这几年……"那人把周家利拽到一旁，做了个丢骰子的架势道。

"四哥你开玩笑吧，人说赌场无胜家。"

"嗨，那是一般人的做法，当然是有输有赢了，只有我是常胜将军。"那人说着，在周家利面前自己竖起了大拇指，"你看四哥我如今，告你吧，我在研究奇门遁，只要你听我的，坐在吉位上，保你每次准赢……"

"你为什么要告诉我呢？"周家利有点疑惑地，但看看那人发财的样子，心里还真羡慕呢。

"因为你慧眼识人啊。这次我回到平遥，你是第一个认出我来的人，我这次回来就是想在咱平遥找个有缘分的人传授一下。一切都是造化，你我缘分不浅哪，像你这样能干的人，不赌一下，岂不枉费今生？当下有这样的说法，有本事的人都要去赌，只有那些窝囊废才坐在家中吃祖宗呢。况且四哥教你的这招儿准灵，信不信由你。"那个叫四哥的人说着走了。

"我信，我信。"周家利赶快喊住了那人。

周家利心里说，我就不信这个邪，他能干，我就不能干？我比他更能干得好。果然不出所料，周家利一上场就大赢特赢。每到这个时候，周家利的手就痒痒了。照这样下去，用不了多少天我就要发大财了。

周家利想着手中的骰子已丢了出去。周家利赢到的钱越堆越高了："哈哈哈，我这手呀就是手，瞧我的。"周家利又将骰子抛了出来。

周家利美滋滋地想着：四哥的办法真好，吉位，光赢不输，常胜将军……嘿嘿！一定要多赢些钱，为儿子……这些日子，那黄脸婆老在自己跟前唠唠叨叨，为儿子也得想办法赚钱，照这样下去，坐吃山空，挥霍无度，准要讨饭的……为此自己还打了黄脸婆一巴掌……要不是为了儿子早把她给休了，哼！不过，近来这钱确实紧张，看得出来，最近花钱时那管家总是支支吾吾的……这死管家，不在我跟前说，却在那黄脸婆跟前讲，不过想想自己除了抽大烟就是干点想女人的事……为了宝贝儿子，我得想办法赚点钱……唉！为了周王氏的那幢院子，竟搞得自己丢人败兴……唉……周家利想着……回去让那黄脸婆看看……周家利突然想到了杏花的大腿……这小妖精，骚女人……周家利想着乐得嘴都合不拢。

"哇，又是周家利赢了，"众人喝彩道。

"周家利真是神了。"

"哼！有本事，周家利你就押个大数目呀。"对方激着周家利。

"你当我不敢？"周家利说着，从位子上跳了起来。

对方眼睛都红了，恨恨地道："我让你赢，让你赢，周家利我押我的全部家当，你敢不敢押你的全部家当？"

"有什么不敢，我就押我全部家当。"话出口了，周家利却有些后悔了，万一……没有万一，我是常胜将军……常胜将军的概念已经在周家利的脑子里定格了。哼，瞧我的运气吧，准赢……

"嗨！周家利这一下可输了，连血本都……哈哈哈……"

"哈哈哈……"

"不可能，不可能，不可能的。"周家利嘴里喃喃着，脑袋"嗡"的一声，几乎栽倒在地。"怎么会这样呢？"

"十天后，十天后兑现……"周家利只听得那人道。

赌场的规矩周家利是知道的，若不按规矩办事，说不准会被卸下胳膊卸下腿,有时候还会要了人的命。周家利挪着沉重的步子走出了赌场。他不敢相信这一切是真的,难道上了别人的圈套?然后……周家利不敢往下想了。

周家利的腿如灌了铅似的,一步挪两寸地总算挪回家了。他还没进家门,在街门外就听到家里的号啕大哭声了,周家利气急败坏地甩着门:"哭什么,哭什么,又没死人了,我让你们哭、哭、哭,老子都没哭,你们哭什么呀。"周家利大声喊着,他以为自己赌输了,家里人知道了哭呢。

"老爷,老爷,是少爷他……"

"少爷怎么了?"周家利机械地问,他的思维麻木得难以转动。

众人闪开了一条道,周家利下意识地进了里屋,周家利的眼睛完全直了,宝贝儿子已直挺挺地躺在老婆的怀里断气了,老婆正哭得天昏地暗。

"请先生,赶快给我请先生……"

"老爷,没用了……"

"谁敢给我说没用了……"

"老爷息怒,少爷刚才还玩得好好的,突然喊喉痛,还没来得及请先生就、就……先生来了看了看说是急性缠喉痧,喉咙合在一起,出不上气来,然后就……"杏花赶快上前半遮半掩地对周家利献殷勤道。

"滚开,儿子,我的宝贝儿子,爹爹回来看你了。是谁害死了我儿子?是谁害死了我儿子,我出去时还好好的,一会儿工夫就……哇……儿子……"周家利沙哑的哭嚎声如同母狼丢了狼崽子似的,回荡在屋子的每个角落,让人听了毛骨悚然。周家利突然扒开众人,跳着跑到院子里歇斯底里地:"老天爷你瞎眼了,你欺负人,什么人的命不好要,偏偏要我儿子的命……"周家利喊着,突然浑身发抖,翻着白眼倒在地上。

"快、快抬老爷回去。"杏花指挥着。

众人心知肚明杏花和周家利的这层关系,所以近来她的颐指气使众人也心照不宣地接受了。

"快、快,老爷的烟瘾……"杏花一边指挥众人,一边麻利地给周家利在闷灯上烤着大烟,然后自己猛猛地吸了两口,对着周家利的口吹了几口,只见周家利"哎哟"一声缓过气来了……

周家利的整个院子阴沉沉的,四周紧张的空气仿佛都凝滞了。周家利头脑终于清醒了,整个家业就让他这样输光了,周家利不死心,他想着法子渡难关……儿子的死让周家利悲痛欲绝……可没了儿子这日子也得一天天活呀,儿子再宝贝,自己也不能跟着儿子去死,想开点儿。周家利自己劝导着自己……过几天,赌场的人就要来清点财产了,我周家利是彻彻底底的穷光蛋了,自己就得在大街上过夜了……周家利气得拍打着床沿,这红木雕刻床过些天也是别人的了……周家利越想越觉得活着真没意思。他有心想寻短见,可,自己怎么能下得了手,好死不如赖活着,人们是怎么说的? 能在阳间喝碗水,不在阴间做个鬼,想想阴曹地府的黑暗……城隍庙中下油锅,爬刀山,割鼻子的场景历历在目……不要,不要,我不要做鬼……周家利惊得毛孔都竖起来了,满身淌着汗……想这些干什么,自己不是还活得好好地么……还好,所幸家里人还不知道自己把家业全赌光了……行了,行了,能隐瞒几天算几天,要不自己更不好行动……到时候驱散这些家人们,然后把老婆丫环们卖掉……只把杏花留下来在身边伺候就行了……

"杏花,杏花。"想到这些。周家利急忙把杏花喊了过来。

"老爷。"杏花很快就过来了。

"杏花呀,只有你是我的贴心人了,这件事我只能告诉你……你千万不能告诉任何人……等到迫不得已时,再让她们知道……"

"我听老爷的。托老爷的福,一切会好起来的,老爷别胡思乱想了,有杏花在你身边呢。"杏花不惊不悲,好像她早就预料到有这一天似的。

周家利正准备往开打箱子,突然又想道,万一杏花……目前还不能……

杏花把周家利细微的一切全都看在了眼里。杏花只是站着眨了眨眼,却一句话也没说。

周家利精神彻底垮了,每天靠大烟支撑着。

"老爷,你得想想办法呀,如今我们只剩下空架子了,靠典当过日子也不是一回事呀,如今一大家子,每日里柴米油盐,丫环一大群,是不是该裁几个,尤其是你的料子钱……好好的抽大烟也罢了,又改料子了,那可是无底洞,有多少钱也架不住……何况现在……"自从周家利娶过老婆来,好像还是第一次听到老婆和他如此大着胆子讲道理。

"你知道个屁,管起老子来了,老子把你休了……"其实周家利心里早已打好了主意,对于那几个丫环他早和窑子里谈好,很快就会来领人的,到那时他又不愁钱花了。

杏花在旁边添油加醋地:"老爷享受享受,你也管。哼,真是……"

"杏花你、你……"

自从周家利的儿子死后,杏花的腰杆硬了:"我给老爷生儿子怎么样,你还能生得了吗? 一老妈子似的,哼! "

"你、你、你……"周家利老婆气得话也说不出来。

"过两天老爷东山再起,哼,有你好看的……"杏花肆无忌惮地斥责着周家利的老婆,一边用暧昧的目光瞅着周家利。

周家利嘴角露出了一丝难以让人察觉的会心笑:"别吵了,该干什么干什么去。"

此刻,周家利心里已把老婆也算做进窑子的一分子了。周家利彻彻底底地信任杏花对自己的忠诚了。周家利把一个包裹交到杏花手里:"这些细软是现在家里最值钱的东西,趁赌场还没来人清理,你赶快给我拿出去当掉,然后先在悦来客栈住下,等我把事办完了,咱们远走高飞,出去过快乐日子,好吧? "

杏花很乖地点点头,默默无言退着走了出去。

第十三章

午后，阳光融融。虽说秋天快要结束了，可阳光还是很有韵味，让人垂爱。

周老太沏了一壶茶，提着来到院子的石桌前，摆好几个茶碗，然后站在当院踮起脚尖，蛮有兴致地叫道："耿先生，汝莲，东子，都来啊。这么好的阳光，这么好的茶，快来喝啊，别让我扫兴噢。"周老太近来心情特别好，尤其是武秉德经常来和她聊聊，遇事给她说叨说叨，一种朦朦胧胧的情感在她的身上无形地融化着，她的气色明显比过去好多了。

"干妈，有什么好事啊，我都有点发困了，听你这么一叫，赶快就来了。"东子揉着眼睛第一个来了。

紧接着，耿文、汝莲全都来了。

"我这儿有你秉德叔送来的一包好茶，所以呀，请你们出来喝喝这茶好喝不好喝，再猜猜这究竟是什么茶，这可是人家的一番心意噢，这茶在咱们这儿可是难得啊，你秉德叔也是一个走外的朋友给他带回来的一点，然后……"周老太每当提到武秉德，不免兴奋得有点过头，说话的声音都变得有了颤音。

"有这么好的事，我先喝一口。"东子说着，拿起茶碗一仰脖子，茶已下去了小半碗。

"东子，你糟蹋茶，茶不能那样喝。"周老太有些不高兴地。

东子却不谙风情，啧啧嘴道："喝不出什么味呀，还不如咱们平时喝的茉莉花茶味儿香浓呢。"

周老太把脸放得平平的，别转了头："耿先生，你看……"

汝莲不由得瞪了东子一眼，心里说，你不会说话就别说，惹大人不高兴。

东子吐了一下舌头，知道自己说得不好听，不敢再多嘴了。

"谢谢大妈盛情厚意，我得好好品尝一下。不过大妈呀，我得给您提个意见。"耿文笑意融融地，"大妈，以后您就别先生、先生的叫我好不好，我叨扰您老这么长时间，您老对我犹如儿子一样，直接叫我名字多亲切啊。"

"你是我们的恩人呐，怎么可以对恩人不尊呢。"

"大妈，您不也帮了我的忙了吗？我住在这儿这么长时间您分文不收，而且还待我像儿子似的，您说，是不是我应该叫您老恩人呢。所以呀，恩人这个称呼我们彼此扯平了不更好吗？"

周老太笑眯眯地瞅着耿文，不由得对东子道："看看你耿文哥说话，就是有水平，你要好好向你耿文哥学习学习，同样要说的话，到了他嘴里说出来就让人特别爱听，瞧瞧你呢？说出来的话……"周老太说着停顿了下来，谁都能听得出来，周老太的话尽显一个母亲的慈爱之心。

"遵命！听您老人家的，好好学习。"东子调皮地对着周老太鞠了一躬道。

"瞧这孩子。"

耿文轻轻将茶碗揭开，先用茶盖把浮在上面的茶叶轻轻漂到一边，缓缓地呷了一小口，慢慢下咽，连声道："好茶，好茶，确实是好茶，是上等'碧螺春'。"

"太对了，你秉德叔给我说的就是这个名称。"

汝莲轻轻地喝了一口，只觉清香可口："这茶看似淡淡的，但它的香气清雅，别有一番风味。"

"对，汝莲说得很对，只是碧螺春不需要太沸的水泡，把茶投入水中，茶即会沉底，不到两分钟，就可以看到它像飞舞似的在茶碗下绽放开来，那种细腻的感觉让人无法形容，故而有'春染海底'之称。"

"可以用耐人寻味来比喻吧？"汝莲插了一句道。

"非常恰当，碧螺春的颜色虽然浅碧，却十分新嫩，给人以'清而且纯'之感……"

"妈,我想起来了,小的时候父亲让我喝过这茶。"汝莲一脸正色地。每当提到父亲,那种思念之情让汝莲心中总是痛痛的。"我记得父亲说过这茶出自洞庭湖,具体的我就不知道了。"

"是的,这茶出自洞庭湖的碧螺峰,这茶原名叫'吓煞人香',后来有人进贡此茶给康熙帝,康熙帝觉得此名不雅,故而为其起名叫'碧螺春',取其色泽碧绿,卷曲如螺,又是碧螺峰而产,所以正式命名为'碧螺春'了。"耿文沉思片刻又道:"有人这样赞美它'入山无处不飞翠,碧螺春香百里醉。'"

"是吗?难得百里醉哇。有朝一日,我也去亲自体会体会,那才叫人生难得几回醉呢。"汝莲连连感叹。

"品茶一定要耐得住寂寞,细细观看,它的功力会发挥得更加精到。"耿文并不理会汝莲的感叹,一味地把心放在了论茶上,"现在请你们再看看这茶,是不是形美,色艳,给人一种感染力呢,那么,我们不妨再品尝一下,是不是味醇,香浓呢?"

"没想到,小小的茶,竟让你说出了这么多道理。"周老太看着耿文,心里说,这个耿文肚子里究竟装着多少货?真是无所不知呀。

"大妈,我也是一知半解,只不过是喜欢而已。"耿文谦和地。

"瞧这一知半解都讲得头头是道,要全知道的话可更了不得了。"

"耿文不才,大妈取笑了。"耿文只得笑笑道。

"我妈她是真心真意表扬你呢,只是她表扬的方法你不懂罢了。"汝莲替周老太解释着。

"是吗,我感觉是的,大妈今天高兴,所以我也就和大妈开玩笑了。"

"接着,继续。"

"遵命,所以说这茶不但可以品饮,而且可以观赏,你看那卷曲的叶子如同一朵花似的,漂亮无比吧?"

"真的好漂亮,这会儿我也看出点门道了。"此时,东子正仔细捧着茶碗认真低头观看。

"其实喝茶喝的是一种氛围,喝的是一种情趣。比如说今天咱们喝茶的方式不就很有意韵嘛。午后的阳光如此曼妙,动人。一家人坐在四合院里,围坐在石桌前细细品着上好的茶,聊着天,这不正是人生的一种乐趣吗?"

"乐趣,是乐趣,说的太好了,太让我高兴了。"周老太的心情好得犹如小孩子那样,她拍手叫好。

"汝莲,你还欠我好多故事呢,比如三千门弟子七十二贤人的传说。金井楼下的金马驹。"耿文突然转移了话题。

"想听,想听,姐姐讲啊。"东子首先拍手。

"你们所说的什么七十二贤人的故事,我还真不知道,汝莲她知道的故事太多了,可金马驹的故事,我给你们讲还是可以的。"周老太饶有兴趣地说。

"干妈,金马驹的故事都老掉牙了,东子想……"东子急得想听三千门弟子七十二贤人的故事,阻拦周老太道。

"东子……"汝莲剜了东子一眼,制止东子再说下去。

"姐姐,我明白了。"东子朝汝莲挤了挤眉眼悄悄道,然后抬高嗓门对着周老太道,"干妈讲的故事可好听了,耿文哥我们可要好好听噢。"东子笑嘻嘻地随风转舵。

"小鬼头,好聪明啊,聪明得让干妈都不认识你了。"周老太用指头指着东子的脑门溺爱地。

"干妈,儿子不孝,任凭你打、你骂,儿子承认错误,认真改正,只是别这么挖苦儿子,好吧?"东子笑怡怡地一本正经道。

"就你贫嘴。"

耿文乐呵呵地品着茶,看着这一家子,心里却想着怎么才能宛转地告诉他们自己要离开这里,到别的地方去租房子住呢。

"很早很早以前,市楼当中有一口水井……"耿文听到周老太讲,"那井水清冽,可是呀见不到底……"耿文赶快收回自己的思绪,认真听着。"每天,天还不亮,一个拾粪的老汉总要路过这里。这一天,他刚到市楼前,一个外地人拦住了他,用一口南方味的北方话对拾粪老汉道:老大爷,帮我一个忙。老实的拾粪老汉从肩上卸下粪筐粪叉,走到那人跟前。那人对拾粪老汉又道:我有一件东西掉井里了,得下去捞,你在上面等我,等会儿我一伸手,你拽我一把就行,到时候我会好好答谢你。那人说完就下井了。这时,拾粪老汉只听得井里传来了"哗哗哗"的水声,那声音可大了。突然,拾粪老汉又听到了一阵阵马嘶叫的声音,正当拾粪老汉惊诧时,井里伸出一只大如簸箕的绿手……拾粪老汉吓得晕过去了……天亮了,人们发现了拾粪老汉,抢救过来后,拾粪老汉讲述了这事。这时,走过来一个白胡子老人告诉人们:晋阳大地有三件宝,第一就是这井里的'金马驹',第二是介休的'金车',第三便是大禹治水时,打开灵石口的那块'灵石',要想取走三件宝,首先得先取金马驹,然后套上金车,才能拉走'灵石'。听了白胡子老人的话,人们才明白,原来这人是来取宝的,宝没取成,反倒活生生喂了金马驹,要不怎么连尸体都浮不上来呢。"周老太很有激情地一口气讲完了金马驹的故事。

东子拍拍手:"干妈,了不起啊。"

"小孩子家家的,才知道你干妈会讲故事?"周老太有点掩饰不住内心的喜悦。

"可我在咱们家这么多年,从来没听过您老讲故事……"东子有点不谙事理。

"大妈,讲得太好了。"耿文坦率地。

得到耿文的首肯,周老太高兴得不知该说什么好。周老太心里却道,年轻时我哪里操这些心啊,丈夫周文琦多么有文采啊,可自己总是没心没肺的,跟着丈夫只管心满意足地过日子,后来经见的事情多了,可日子总是不如意。如今年纪大了,有汝莲撑起这个家,日子过得好一点了,才觉得稀里糊涂多没意思,幸亏有个武秉德过来说说话,讲讲这些事,要不自己哪会讲故事?

"妈,你的口才很不错嘛,这个故事不正告诉人们,不是自己的财,就别太贪,贪财会惹火烧身!"汝莲把故事与自己家的经历联系了起来。

"是的,"周老太听了深有感触地,"过去人讲,干了缺德事是远年报,而现在缺了德,是眼前报。我听说了,周家利的儿子没了,听说是得了缠喉痧,一会儿工夫就没了,你们说这是不是现世报?"

耿文听了,心中沉甸甸的,他知道缠喉痧这种病传染性也是相当厉害的,只不过自己现在还……耿文兀自摇了摇头,努力不去想这些。"汝莲,咱们书归正传好吗?"耿文以祈求的目光,阻止她们谈论这些。

"姐姐,我想听三千门弟子七十二贤人的故事。"东子拍手拥护。

"你们讲,我去前面看看,好像有人来了。"周老太急急忙忙到前庭了。

耿文尽管转移着话题,但心还是一直往下沉。耿文犹如落下了病根似的,每当听到死人,心里就觉得不好受,尤其是小孩子突然夭折,心里更是痛痛的。也许是那场鼠疫让耿文心灵深处遭到了创伤?心莲痛苦不堪的影子恍若又在耿文眼前闪动……耿文的灵魂如同出了窍似的,傻呆呆地愣在了那儿。

"好了,好了咱们不谈这些晦气的事了,我要讲故事了,愿意听故事的,请注意听喽。"汝莲忽然抬头看到了耿文神思恍惚,满脸的痛楚,甚至有点恐惧的样子,猜想他肯定想到了不愉快的事。

汝莲急忙以京韵京味评书话转移耿文的思绪:"话说明洪武三年重修平遥城墙,众乡绅官宦们为修城方案争论不休……"

"好听,姐姐的京韵京味听起来就是过瘾,好听,好听!"汝莲刚说了几句,东子宛若明白了她的含义,故弄玄虚地。

"好听,就得好好听喽!"汝莲学着说书人,一拍石桌,一语双关地对着耿文道。

"啊!"耿文的思绪被唤回来了,"我听着呢。"耿文有些不好意思地敲敲脑门。

"你听到什么了?"汝莲故意穷追不舍地用激将法,想让他忘掉不痛快的事。

"我听到明洪武三年重修平遥……"

"我说呀,这人的脑子和脑子就是不一样,瞧我们耿文哥的脑子,那才真叫脑子呢。"汝莲以一对热烈的眼睛看着耿文,用不一样的赞扬方法赞扬着耿文。这会儿周老太不在跟前了,留下几个年轻人,汝莲以夸张性的表演方式,特殊的声调逗得耿文笑了。

"接着来啊!"此时,耿文已摆脱了幻觉。

"话说众人一直争执不下,而此时已是半夜三更。有人突然道:别闭门造车好不好,出去实地勘察一下,或许能得出结论。于是,众人相偕来到城外,远远望去只见城墙在朦朦胧胧的月色下,宛如一条破云穿雾的飞龙……忽然,一股龙卷风袭击而来,随着龙卷风的平息,天空却飘落下两张黄裱来,那黄裱不偏不倚正好落在县太爷脚边。众人好生诧异,有人拾起黄裱递到县太爷手上,只见上面写着一首七言绝句:'十里城墙未置兵,列队三千尽孔门,笑傲武夫总言战,韬略运筹胜兵戎。'"

"好啊,这诗写得太好了,意境真是妙哇。"耿文不由自主地称好。

"当然了,要不怎么说是神呢。"汝莲看着耿文明亮地笑笑。

"对不起,这是情不自禁的打岔,望海涵,请继续。"耿文坦诚地检讨着。

"县太爷看了心中一阵阵感动。接着县太爷又打开了第二张黄裱,只见一张'城'的图呈现在眼前。县太爷按捺不住心中的激情,朝天拜了三拜。原来这是一张十分精致颇有新意的平遥城图,这图既保持了原有旧城的风貌,城的扩大只是向西北方向延伸,这种构建方式使得龟体稍稍倾斜一点,而龟城的形象却更富有立体感,并巧妙地增设了三千个凹字形的垛口,与那七十二个堞楼相映成趣。"

"哇!这数字正好和诗中的'列队三千尽孔门'相得益彰噢。"东子喜不自胜地叫道。

"东子进步真快呀。"耿文心头掠过一阵喜悦,真诚地表扬着东子。

"喂,二位别打岔好不好,再打岔本小姐可就生气了。"汝莲佯装生气,"众人看后,全都跪倒在地,跪拜上天的明示。这一切仿佛都是天意。可是施工中又出现了问题，三千个垛口已修好，可七十二个堞楼怎么数都差一个，众人摊开图纸左数右数只有七十一个，明明孔子是七十二个高足呀，究竟怎么回事？谁也解释不清楚，正当大家质疑不休时。有人来报，说外面来了一儒冠儒服，蓄着三绺长髯的老者求见。众人只好停住争论，请老者进来。来人身材虽然不高，但气度儒雅，来人双手作揖深深向众人打了一躬，一口山东口音道：老朽游学到此，正值构筑城墙，斗胆进一言，然则从之，不然则弃之。众人见来人气度不凡，其中一乡绅道：贵足践敝地，不知有何赐教，望先生不吝教诲，现有一事委决不下，望先生释疑。来人道：太客气了，老朽乃山野村夫，何敢言教诲二字。只是看到这城墙布局、造型、寓意可谓尽善尽美，然而就是缺少一堞楼，不知众位对此有何高见？唉！说来让老朽羞愧，一时糊涂竟误解了冉求，只要大家解析一下'陈蔡之厄'便可知其中缘由。老者的话说得让众人摸不着头脑，正要请老者详细解说时，老者已不见了。

"众人大惊，突然明白，刚才那老者便是孔老夫子了。后来有学问的人详细解读'陈蔡之厄'时，才明白其中的含义。战国时，孔子带着他的门生到各国游学时，从陈国到蔡国途中，曾遇到从未有过的灾情，只见饿殍遍野，哪里还能觅到吃食。众门生四处寻找食物，可是谁都没找到可以果腹的食品，只有冉求找到一碗野菜。冉求正要给老师送去，突然想到，野菜会不会有毒呢？于是，冉求决定自己冒险先尝一尝，他取出一点来，放在嘴里小心地咀嚼着，野菜虽然苦涩，但刚刚下肚，顿感力量倍增。冉求欣喜若狂，赶快给老师送去。孔子看到野菜，如获至宝，很快便将野菜吃下去了，当孔子抬起头时，发现冉求嘴角处留有绿色菜汁，心下有些不悦，随口问道：你吃过了？冉求道：我尝了一口，想试……冉求话还没说完孔子便打断了他的话：你成何体统，众同窗都在挨饿，你却大快朵颐，尔等不谙五伦之人，真该逐出门墙。冉求觉得自己并没做错事，只是老师一时误解罢了，所以并未作任何解释。然而，众门生对冉求却有了偏见。后来，在一个偶然的机会，孔子无意走到冉求的窗下，听得冉求自言自语：冉求蒙受师恩能不殚尽微力尊师乎，此心惟皇天可鉴,然师尊曲解……孔子听到这些才知道自己误解冉求了……

"……如今孔子来此便是为当时自己的错误决定而来。众人理解孔子的一片苦心,对孔子对冉求更是肃然起敬。然而图纸上明明标着是七十一个堞楼,怎样才能想个折中的办法把冉求补上呢?后来有人说,冉求品德如此高尚,尽管老师曲解,却大度豁达,应该给冉求一个更好的位置。正好城的东南角还有一空地,那里风水最好,是每日迎接晨曦最早的地方,而且面对文峰塔,在这里修个奎星楼岂不妙哉。在这里可以寄托对冉求人品的尊重,更有堪舆之说,可以让平遥更多的出人才。于是奎星楼便这样诞生了。"

"好啊,我终于解开这个谜了。"东子直叫好。

"讲得挺好,让人回味无穷。不过,有个问题我想和你切磋一下,平遥城整体建筑离不开阴阳学术,好多地方都和九宫八卦有着联系,街道的格局如此,是不是每所院落的建筑也都这么讲究呢?"

"这个问题你提得太好了,就我们这院落来说吧,虽然不大,但它所体现的不正是如此吗?"

"是的,从一个小小的院落都可以看出古代建筑文化的精妙所在。我以为汉文化的传统思想是重观念轻形式的,认为没有思想性,没有明确的目的性,形式即便有了,也是没根基的,只有追求思想性、目的性,才是最完美的结合。"

"应该是这个道理,前段时间,我在父亲的手抄本上看到他写的一段谈论平遥民居的话,那应该是从老子的《道德经》领悟的:"道生一,一生二,二生三,三生万物。"开始的,他说所谓的'三分法'的观念,认为天地万物无不包含着以三为单位的发展程式或数理规律。"

"哦,由此可知,平遥的传统民居正是以三、五为纲,一般正房都是以三间或五间作为院落的主题最高部位,意为君主。"

"我刚开了个头,你就分析得这么恰到好处?"

"恰到好处不敢当,是你的点睛之笔让我感觉良好。不是自我吹嘘噢,我的功劳真的不小哇,是我实地调查了一番,才在小姐面前发表言论的。"

耿文调节着气氛与情调。"东子你说对不对? 只有东子最了解我了。"

"是啊,是啊,耿文哥为了解平遥的文化内涵,做了大量的实地考察,这个我最清楚了。"

"那么,你对'三才'在建筑上的应用,应该是了如指掌喽?"汝莲看着他俩,心里道,人说三个女人一台戏,现在在我眼里,是你们两个男人同穿一条裤了,我得好好把握自己,凡事都要为女人争气。

"了如指掌谈不上,只能说略知一二。"

"我想听一听你对'三才'在建筑上的解释。"汝莲想只有在探讨中,才可能更进一步发现新问题,更进一步地完善。

"我说不好,只是有点领悟,说得不对请指正。"耿文谦逊地。'三才'在建筑上确实应用很广泛,好像《木经》上有这么几句话:"凡属有三分,自梁以上为上分,地以上为中分,阶以下为下分。从这些来看,是不是象征着卦象中的三爻,即天才为屋顶,人才为墙身、门窗,地才为台基。这样看'三才'是否正确? "

"我认为你分析的应该头头是道吧。"汝莲娇媚地扬了扬眉,她故意刺激着耿文。

"什么叫应该,对就是对,不对就是不对嘛。"耿文不苟言笑地针锋相对,在学术上耿文从不含糊。

"我认为是对的。"对于耿文对学术的认真态度,汝莲不得不佩服。"因为'三'在传统的习惯中乃吉祥数字,平遥的民居处处都透露出圆满和谐的传统哲学思辨和审美观念。除了二进院,三进院外,还有穿堂院,独门院,正偏院。"汝莲韵味迭出地认真讲道。

"然而,阴阳学的风水观念,讲究一个院落的四面八方都要建房,这样便形成了四合院。"耿文严肃的眼睛中逐渐充满了微笑和温情。

"对呀,这样的院,在平遥称之为'宅俱全'。民间有这样的说法: '有东没西,不存老妻,有西没东,不存老公,只建北房,有君无臣'。所以说一座合格的院落,无论是木结构的,还是砖碹窑洞加木廊外檐的,在形式上建筑什么样的都无所谓,但在整体建筑上却必须依据阴阳八卦学术与礼制的规范去修。"

"哇！我听着你们这么说来说去的，脑袋都懵懵懂懂。真没想到平遥人修房子还这么讲究。"东子在旁边听着都有些不耐烦了。

"东子别插嘴好不好，能和耿文哥这样对话，不也是一种福分？能听懂说话也是一门学问，就怕连听都听不懂，还不去认真学，认真听，那不就真正成朽木不可雕了。"汝莲有意识地激励着东子。

"我听姐姐的，把耳朵支起来听。"东子没听出汝莲的用意，不当一回事地开着玩笑。

"是用脑袋，用思想去听。"汝莲把语气加重，有点火。心里却说，怎样才能让东子开了窍，真正学到东西呢。

"其实东子的进步真的很大，一切都要慢慢来，我看你对小弟是恨铁不成钢哪。"耿文坦率地道。

"没人对话才是真正的痛苦呢，没人对话是不是像瞎子拄着拐杖，在空虚中无所适从呢？"汝莲的话诗意融融，却有些任性。

"嗨，我还等着你的宏论呢。"耿文拉长嗓音近似歌咏地。

"你作践我是不是？"汝莲不依不饶地。

"哪里敢，我夸都夸不来呢。"耿文笑容满面地。

"谁要你夸了，只要你能看得起我就行了。"

东子听着他俩玩笑都开得如此上乘，心里羡慕得不得了，不由叹息了一声："看来我得下一番工夫好好学习才是。"

听到东子的感叹，汝莲马上觉得自己刚才有失体统，赶忙道："瞧我，刚才说远了，说得不对，权当我没说啊，我们还是回到原来的讨论上好吧。"

"那么，我先说了，你看说的对还是不对，在中医学中开药方，要分为君、臣、佐、使，应用到建筑学术中，是不是一院之内，正房为尊，两厢为臣，倒座为宾呢？"

"太对了，请讲下去。"

"而且最讲究的是每个院落都要将正房的位置设在中轴线上，无论是三间开，还是五间开。应该是一明两暗，中间为中堂，而堂后多打木隔，里边设家堂……"说到这里，耿文顿了一下，然后道，"实在对不起了，对于家堂，我就不好说了，因为那地方不是谁都能随便进去的地方。"

耿文耸耸肩，做出一副无可奈何的样子。

"可见你还真有自知之明哪。"汝莲看着他的样子，揶揄地笑笑道。

"拿我开心啊。"

"冤枉啊，怎么能说我拿你开心呢。"

"好好好，算你表扬我吧，请解释家堂。"

"家堂是神圣之地。东子应该知道，每当上供时你不是总陪着母亲吗？"

"是的，家堂由我来解释好了，比如说我们家的家堂吧，后堂上悬挂着的是'福禄寿'的中堂画，两旁的对联是：'香烟篆就平安字，烛焰吉辰福寿花。'画的正中放着八仙桌，桌上摆供品，两旁各放一把太师椅，供奉的牌位是'天地三界十方万灵真宰'。平遥的家堂应该每家每户大致都这样，然而细细研究起来，却如同一部厚厚的线装书，值得好好去研读它，细细去品味咀嚼它。"东子一脸严肃非常认真地道。

耿文看了汝莲一眼，仿佛在说，东子的进步不是很快吗？汝莲会意地轻轻点点头。

东子看看耿文再看看汝莲，知道他们在表扬自己。

"我想起来了，还有一个问题，想让你解释。"耿文又道。"上次我到宋绅士家，看到那么高大的门却总是紧闭着，而领我进去时走的却是一个偏门，这究竟什么意思嘛。"

"这个，你真的不懂啊，我看你是没细细思索吧？"汝莲用激将法激着耿文。

"让我想一想，"耿文沉静了片刻，然后一拍大脑道，"哦，我明白了，还是处处离不开风水的问题。按照八卦的方位乾、坎、艮、震、巽、离、坤、兑，坐北朝南的中门，即为'离门'。"

"好！"汝莲激动地为耿文叫着好，"说到点子上了，平遥人最讲究这些了，只有达官贵富的人家才开'离门'，开'离门'的讲究太多了，所以平常'离门'是不允许打开的,'离门'多为象征性的大门,只有家中有了大事,如红白喜事才'打开离门迎嘉宾',平时家里人只能走偏门。而且开离门者,主院是不设影壁的,但中间要有垂花门楼作为过渡性的装饰。"

"噢,怪不得呢。"耿文想起了那天到宋绅士家的情景。

"想当年,我家的老宅院也是开着'离门'……"汝莲有点哀伤地,继而咬了咬唇又道,"不说了,那都是过去的事。一般的普通院落,只要是坐北向南的,门都是开在东南角上,也就是开'巽门',这巽门也挺有讲究的。"汝莲说着朝东子道:"原来咱们一进门的东厢房侧墙壁上不是设有特定的影壁吗?后来因为开客栈才改建成这个样子的。"

"对对对,我一开始还以为这个影壁是特别的设计呢。"

"也算是吧,也有人家另外设的,但是像咱们这种虚设的比较多一些,这样可以把实体充分利用起来。"

"姐姐,我替你说两句,关于影壁,我问过干妈,干妈说修影壁是为了避鬼,因为鬼只能走直线,建一影壁在拐弯处,鬼若进来时脚步就走乱了,也就没办法走进院内了。"

耿文和汝莲听了对望了一眼,不由得"哈哈哈"笑了起来。

"怎么,我说得不对吗?"东子被他们笑得有点不好意思。

"对,其实这也算是一番道理。"

"而影壁自有影壁的实用价值,影壁可以将大街上的视线与各种繁杂的喧嚣隔离开来……"耿文解释着。

"人们有了心理因素的抵御,实质上是一种精神上的安慰,影壁上设的'土地堂'不也是一种精神安慰吗?人不仅需要实体性的墙和房屋来保护自我,更需要精神上的'神'来护佑。土地堂的对联一般都隐含着'土地'两个字,你看那'五行居其末,三才位乎中'。对了,我又想到了,开'离门'一般在门外两侧墙上设着'土地堂'和'门神府',以此来弥补大门无影壁之憾。"

"听你这么一说,我还真明白了一些,然而我觉得平遥的县衙修得有点不同寻常……"

"你不提,我还差点忘了这重要的一环呢,平遥县衙除了'大仙楼'为元代建筑,整体上是明洪武三年重建的。"

"哦,县衙也是明洪武三年建筑,那么和重建平遥城是一个时代了?"

"是的,说到这里我还得补充两句,那时平遥重建城垣,一代名相刘基乃本邑……"

"打住,打住,刘伯温怎么会是平遥人氏?"耿文惊讶地插嘴道。

"他的祖籍是平遥'朱坑'村,先祖为避乱才移居浙江青田。刘伯温对家乡情意深重,亲自过问修城事宜,按照易经学术和风水观,指示平遥的修城格局应依生克互补的原理去建造,根据'西方属金'沙可澄金的理念,将原来城郊的'沙巷街'圈入到城内。后来到了清代平遥的经济鼎盛,一些金融巨商无不在'西街'发迹,是否与风水有关,这就有待进一步研究了。"

"风水观念,有时确实令人费解,或许是我们学艺不精?看来对《易经》确实是要下番功夫的,像孔老夫子那样,'韦编三绝'才是……"

"什么叫"韦编三绝"呢?怎么我越听越糊涂了,刚才你们一会儿说刘基,一会儿说刘伯温,后来我想了半天才搞清了,一个是名,一个是字……这会儿又是什么'韦编三绝',这可是打死我也想不出来了。"东子听了知道这句话很有意思,可惜自己就是搞不懂这个成语的含义。

"对不起,瞧我说着就走题了,"耿文朝着汝莲笑笑,"你瞧,新的问题又出来了。"

"其实那是你对《易经》的偏爱。"

"是啊,《易经》是一辈子都值得研究的一门哲学。"耿文深有感触地道。

"我想听'韦编三绝'嘛,你们俩总得有一个人给我讲嘛。"这会儿,东子的求知欲特别强烈,他竭力要求着。

"耿文哥,这话是出自你口的,这个问题因你而起,所以这个问题必须你来给东子回答。"汝莲有点霸道地。

"好好好,咱们解决了一个问题,再来解决一个问题好吗?总不能把刚才的话做为半截子吧？"

"好，那我先存放起来，听完姐姐说你可得给我讲啊，要不我不给你做好吃的东西了。"东子像小孩子似的撅起嘴要挟着耿文。

"好，算你厉害，这个问题我承包了，迟早会给你讲的。"

东子兀自点点头："这还像个当哥哥说的话。"

"那你不想听姐姐说奇门原理建县衙了？"汝莲专门激东子道。

"哪里，哪里，我知道姐姐肯定要给耿文哥讲的，只要耿文哥听得上，我坐在这儿还怕借不上光吗，而那句'韦编三绝'是你们俩都知道的，那我可就不一定能……"

"东子你什么时候学得油嘴滑舌了，姐姐什么时候不给你讲啊。"

"那姐姐快讲啊，我还在这儿洗耳……等着听呢。"

耿文和汝莲不约而同地笑了一笑。

只听汝莲道："平遥的中心在县衙，它左右着平遥的经济、政治、文化、人文、社会等等。所以对中心的修建绝对不能草率。经过了多方的部署，县衙的重建在紧锣密鼓中开工了。县宰乡绅连同工匠都有一个共同的心愿，把县衙建得既威武壮观又富丽堂皇。而且要符合风水标准。"

"这也太难了。"

"这天工地上来了一个疯疯癫癫的中年汉子，只见他衣冠不整如同乞丐，奇怪的是他手执一对牛骨响器边敲边唱着刘伯温的'烧饼歌'，人们正听得入神，只听他把话音一转又唱道：'平遥县衙好威风，人杰地灵选址精，木旺于春方位东，欣欣向荣建花厅，西南肃杀筑囚牢，西北再供狱神庙，莫谓花子乱哼哼，奇门创自刘伯温，桑梓贤达指迷津，奇门哲理非迷信，若能依言讲风水，平遥不日定繁荣。'随后他又唱着'烧饼歌'疯疯癫癫欲去。管事的拦住问他：这是谁教你唱的？那人道：是一个老汉教的，还给了我一两银子呢。以后的事情还真被他言中了，后来各任县宰鲜有贪官，康熙时县太爷王绶还捐过俸银兴学育人。后来平遥又被誉为'小北京'，经济繁荣市井兴盛。在平遥这方土地上不但孕育着一代巨商，还有多少鸿儒，廉吏，贤师……"

"整个龟城处处都体现了风水观念,而且从大的氛围到小的每一个点,对风水也是颇为讲究。我虽然观察了好多天,但无人解释,总归还是不明事理。今天这么一聊啊,顿开茅塞。所以我今天总结这么一句:'听君一席话,胜读十年书。'"耿文做了一个古人施礼的样子对着汝莲施了一礼。

"你要折煞我呀。"汝莲佯装发怒,做举拳状,然后又将拳头软绵绵地砸在桌子上,笑着道。

"哪里,哪里,骇死我也不敢。"耿文开心地舒放着笑容。

东子控制不住自己,笑得前俯后仰。

"我有那么好笑吗?"

"没、没,有有有。"东子笑得说不上话来,前言不搭后语地。

这时,周老太又提着一壶茶走了过来。

"瞧我,真是没听故事的缘分,刚才你秉德叔小坐了一会儿,不想打扰你们。他说,让年轻人在一块儿自由一些更好,没想到你们笑得这么热闹,瞧我把好事误了吧。噢,光顾说话了,十月初一城隍庙庙会马上就要到了,瞧我差点把庙会的事给忘了,到时候我邀请大伙儿一块赶庙会看大戏去。"周老太兴致勃勃地。

"谢谢大妈的深情厚谊,这些天我还有点别的事,我想搬出去住,让汝莲和东子陪您老去好吧。"耿文实在没招了,只能对周老太把话说得尽量委婉些。

"那怎么能行,住的好好的,这里就是你的家,我不会嫌弃的,汝莲和东子也不会嫌弃,你们说呢。"

"耿文哥,你别走啊,干妈不让你走,我就更不让你走了,你欠我的'韦编三绝'还没讲呢。"东子急得话都说不囵囵了。

汝莲静静地看着耿文,心里虽然着急,但通过这些日子的相处,她非常了解耿文的性格,只要说出口,绝对不可能再留下来。

第十四章

　　城隍庙的戏台上正唱着山西梆子"满床笏"。此刻扮皇帝的须生正唱到："王坐江山非容易,全凭了郭家父子南征北战保住社稷,今日里皇兄寿诞期,论大理王该拜寿去。"须生的嗓门洪亮,而且很有磁性。

　　台下摆着一些桌椅板凳,人们有站着的,有坐着的,有正儿八经看戏的,有在那里边嗑瓜子边聊天边看戏的。

　　尽管唱戏的人嗓门洪亮,还是挡不住戏台两旁卖吃喝的叫卖声声。一个卖醪糟儿的老头儿练就了一副天生的好嗓子:醪糟儿~籼米~醪糟儿来~卖醪糟儿的老头儿喊声悠长有力,惹得小孩子大人净往他的摊前来,他的生意特别红火。

　　卖碗脱子的也不示弱:碗脱子~碗脱子~便宜好吃的碗脱子,声声叫得欢,同时切碗脱子的声音很有节奏地把案板跺得"叭叭叭"直响。

　　好吃的水煎包儿~~~

　　香喷喷的肉火烧喽~~

　　此刻,周老太正坐在台下专心致志地看着戏,嗑着瓜子。周老太的心情好极了,这是她多年来从未有过的。汝莲和东子在旁边陪伴着。这时周老太咳嗽了几声,东子为周老太捶着背。汝莲赶忙道:"妈,我给你端碗醪糟儿来,喝上两口既解渴又热乎乎的。"汝莲说着人已经走开了。

　　武秉德也来看戏了。这时,武秉德正站在城隍庙的台阶上,远远的,静静的,隔一会儿瞅一眼周老太。此刻,武秉德的心又回到了年轻时,他仿佛看到周老太出嫁时的场景……

　　汝莲端来一碗热气腾腾的醪糟,周老太喝了两口,幸福地咂咂嘴,又专心看戏了。

"妈,让东子陪着你,我出去转一下。"汝莲附在周老太耳边道。

周老太点点头悄悄道:"鬼丫头,这么好看的戏也拴不住你,转一转快点过来,妈不放心你一个人转。"

"没关系,我都这么大了,会照顾自己的。"汝莲其实心里一直都在挂念着耿文,他不知道耿文这些天事情究竟安排得怎么样了。

整个城隍庙大街上热闹非凡,熙来攘往的人挨肩擦背地赶着庙会。城隍庙外的摊点一个紧挨一个。一个比较宽阔一点的场地上是一群耍杂技的人,周边围着一些人,为顶碗的小女孩拍手叫好。

影壁前的一个小场地上是一个耍猴儿的,一面铜锣被耍猴人敲得"当当"响。猴子翻了两个跟头,然后做揖、扮鬼脸用一毡壳帽向人们讨钱,那滑稽的样子,逗得人们哈哈大笑,几个穿袍子马褂的小男孩笑得非常开心。

汝莲径直朝城隍庙外走去,快到"九龙壁"了,只见九龙壁的西侧一溜台阶上摆满了各种小吃,有凉粉、灌肠、熏肉、熏鸡、熏蛋、熏鸽子……一大堆小孩子围着直流口水。一个卖凉粉的老汉,撵赶着孩子们:"去去去,找大人要钱去。好吃的多的是。"孩子们呼啦走开了,一会儿孩子们又围了上来。

忽然,一个怪怪的声音传入了汝莲的耳膜。汝莲抬眼望去,只见城隍庙的山门斜对面,炉食铺的隔壁,一大堆人围着一个身穿对襟袄头戴毡帽的卖针人。那是一顶很古怪的毡帽,几乎把卖针人的全脸都掩盖了,只听那人以很特别的嗓门怪怪地唱道:"走南京到北京,二十五个一包针。"

人们听着有人伸手向他讨过亮晶晶的针来看。

这时,卖针人唱得更得劲儿了:"打开一包又一包,包包里边有钢条。"

有人起哄道:"没钢条,你还卖什么针?"

"头号针往下卖,且唱镖打猛虎的黄三泰,黄三泰武艺高,三支金镖一口刀,三支金镖压绿林,一口单刀任纵横。"

人们听着都来劲了,向前挤着,有人向他讨着要买针了。

汝莲觉得这卖针人太奇怪了,好像很熟悉,好像在那儿见过,远远望去,又好像不认识似的。汝莲找了个高一点的台阶,想看看这人究竟要什么花招。这时,只听那人又唱道:"二号针明又亮,赛过罗成的小银枪,白天出征随身带,夜晚插在营门上,到夜晚插在营门上,不用点灯自来亮……"

人们拥拥挤挤哈哈哈笑着,向他讨着针。

卖针人边唱边在一块木板上做着示范动作,把钢针一把把地像扔飞镖般不断扎向木板……

一个穿对襟袄的男人把针拿在手中后,向卖针人递上了钱。

这时卖针人又唱道:"捡起来,包起来,兄弟我再送你两个,"接着又捡起几个针喊着唱道,"再送你两个。"

买针的人显得好高兴。

"我来给老婆买一包二号针。"一个农民模样人边说边掏钱。

卖针人不慌不忙很有节奏地做着生意:"给老婆买?哈哈哈……多送你两个,再送你两个。"

人们瞪大眼睛瞧着,只见卖针人给农民模样的人添着针。

卖针人嘴里还在不停地唱着:"三号针,真小巧,带给姑娘绣荷包,荷包绣进一片心,日夜赶制送情人……"

"哇!妙!妙!妙!"有人打着口哨拍手叫着好。

人们"哗"地围了上去,你一包他一包地买着针……

有两个买好针的人来到汝莲这边,一、二、三、四地数着针,结果数来数去,一包针不多不少刚好是二十五根。

一个人嚷着向另一个道:"眼睁睁地看着他给我添了好几个针嘛,怎么一转眼到自己手上还是二十五个针呢?这不戏弄人吗?不行!我得找他去。"

另外一个拽着他:"老兄,别去,人家明明白白喊着告诉你就是二十五个针呀,人家又没骗你,你找人家干吗?"说着摇摇头,"这人真不简单,有两下子。"

听着他们谈话，汝莲心里感觉这人真是太奇了。汝莲一抬头，只见卖针人已无踪影了。她有些懊恼地，怎么一眨眼工夫这人就没了呢？只能怪自己听那两个人说话听得太专注了。汝莲细细地回想那卖针人的一举一动，忽然笑了。自语道，我说怎么那人动作好熟悉噢……汝莲忆及上次门上出现无尾虎时，耿文说过只要在江湖上走过的人……汝莲还是不放心，她要为耿文求个签。

城隍庙的财神庙里，汝莲正在为耿文求签。

一个道人模样的人拿着竹签，像是犯了牙痛病般给汝莲解释着，"我说是，这个嘛……这个、这个……总之嘛，你要找的这个人目前来说……不过小姐你也别着急，下下签嘛，免不了有点磕碰，不过吉人自有天相。"

东子不知什么时候站在了旁边。

"走，我们走。"汝莲听得不耐烦了，一眼看到东子，拽了东子就要走。

"小姐，你还没放香火钱呢。"道人急急地对汝莲说。

汝莲扭身"啪"地向供桌扔去几枚铜钱走出了财神庙。

"姐姐，怎么你突然想到给耿文哥……"东子欲说却没把话说完。

汝莲嘴里含糊不清地"嗯"了一声。

"姐姐，别担心，像耿文哥那么有本事的人，干什么都能生活得很好。"

"怎么，耿文哥口袋里没钱了？"汝莲猛听东子说耿文干什么都能生活。汝莲忽然想到，耿文自从住到客栈，花钱从不吝啬，原来他是囊中羞涩才离开客栈的。"东子，你为什么不早告诉我，好些日子都没他消息，他在躲着我？"

"我和耿文哥有约在先，"东子有些不好意思地抓着脑袋道。"我不是专门瞒姐姐的。"东子忙解释着，"况且耿文哥说，男子汉大丈夫总不能坐享其成，姐姐放心好了，说不定这会儿他正忙着呢。"

汝莲不再理他了，自语道："但愿如此。"

"姐姐走啊，干妈早就让我找上你了，要不她老人家会着急的。"东

子拽了拽汝莲的衣襟。

城隍庙正对面。

炉食铺里传来了有节奏的"梆梆梆"打烧饼声,声音清脆响亮。

炉食铺外专门设有一个烧饼摊子,一个小伙计在外面照料着。有人过来买烧饼了,小伙计十分热情地:"哎,火烧嘞,请问,要什么样的火烧?"

"给我两个油酥火烧,再给我两个干面火烧。"来人边说边掏着钱。

"好嘞!"小伙计边说边给来人将烧饼包好,将烧饼递了过去。

小伙计不失时机地亮着嗓子,大声地吆喝着当地烧饼的叫法:"火烧~好吃的火烧,火烧~香喷喷的火烧,快来吃,快来买……"烧饼花样众多,有圆圆的油酥火烧,有圆圆的干面火烧,有圆圆的起面火烧,有三角形的枣泥火烧,有半圆形的茴香火烧……

耿文出现了,他悠然自得地拿着两颗铁蛋,随意地在手上转来转去。炉食铺前,耿文的步子停了下来,两眼定定地盯在了烧饼上。

小伙计看到耿文,满脸堆笑:"先生,您来点什么样的火烧?"

"大火烧!"耿文提着嗓门说道。

小伙计猛一愣,继而赔着笑脸道:"先生,我可不会开玩笑啊……"

"今天我就要大火烧!"耿文的话茬硬邦邦的,根本没有一点开玩笑的意思。

"这个……"小伙计连忙举起一个比较大一点的烧饼对耿文道。"先生,您看这样大的如何?"

"今天我就是要大火烧!"耿文将语气加重,非常认真地说,手里的铁球从容不迫地转动着,铁球在他手上夸张性地膨胀着,恍恍惚惚转成了阴阳太极形。小伙计的眼睛不自主地跟着铁球转动,眼珠子定定地仿佛出现了阴阳太极。

"今天我就是要大火烧!"耿文再三强调着。

小伙计突然醒过神来,眼睛又恢复了正常。"我去叫掌柜的来。"

周围人们听到这么异常的对话,好奇地围过来了。

"这不是为天一客栈打官司的那位先生么?"一个穿大褂买卖模样人说。

"可不是嘛,这人绝对是帮天一客栈打官司的人,那天我可目睹了他在县衙与县太爷对簿的场景,据我分析,这人有超常人的本事。"

"怎么回事?"

"那天,他把个县太爷驳得哑口无言,这不,县太爷都逃走了吧。你们可能不知道吧?还有那天,卢永祥的军队路经平遥时,是他和宋绅士共同阻止军队进城的……据我所知,他是那种藏而不露的人,今天这样惹人注目,说不准他预测到了什么……"那人把耿文说得神乎其神。

"是吗?可是你瞧,他今天出的什么洋相,这明摆着刁难人嘛。"

"可别这么说。我认为他是医卜星相样样精通。"

"那也不能这样出洋相嘛。"

"这你可就不懂了,依我看,肯定有什么缘故……"

听到吵吵嚷嚷的声音,掌柜的赶忙从里面走了出来。

"先生,小伙计有什么不周之处,还望先生多多担待。"

"这位先生不知为什么,非要买……"

"大火烧!"还没等小伙计讲完,耿文已经接着说下去了,"我要的大火烧比一幢院子还要大,你有么?"

"先生,这个……火烧怎么能有院子大,先生您不是开玩笑么?"

"玩笑,哈哈哈……我像是开玩笑吗,有这么开玩笑的吗?你不想卖就能拉倒吗?天意,一切都是天意!哈哈哈……"耿文边说边"哈哈哈"地笑着转动着铁球隐没在人群里。

掌柜的摇摇头:"奇怪,这人一定是疯了,要么,八成是中邪了。"然后又摸了摸脑袋道,不对呀,刚才那先生所言,怎么和传说中的'火烧城隍庙'的场景十分相似呢?莫不是……"

"掌柜的,什么叫火烧城隍庙呢?我怎么没听说过。"小伙计好奇地道。

"你怎么会知道。我也是小时候听大人们讲的。"

"掌柜的,给我讲讲好吗?"小伙计几乎是恳求着。

旁边的好多人都道:"掌柜的给我们讲讲吧,我们今天多买些你的

火烧,耽误不了你的买卖。"

"那倒不必,平时多照顾我就行了。"掌柜的说着坐在凳子上慢条斯理地讲开了:"据说很早以前,平遥的城隍爷豪爽侠义,既广交好友,又能洞察人间善恶。他积极为老百姓办事,一直在民间传为佳话。农历五月二十七是城隍爷的生日,人们为了给城隍爷祝福,慢慢地将这一天演变成为期一个月的城隍庙会了。"

"这个我们谁都知道,开正本吧。"有人嫌掌柜的卖关子,急着要他说故事。

"这不就开正本了吗,总得有个前提呀,我都不着急,你们着什么急呀。"

"说吧,我们听你的。"

"谁都记不清究竟是哪一年了,总之,一年一度的庙会又来到了。似乎是上天安排好的,每当庙会的这些天,天空总是湛蓝湛蓝的,而且总飘着几朵白白的云,阳光十分轻柔,多么美好啊!"掌柜的说着,闭上了眼睛,好似一种享受。

小伙计和周围的人们只好耐心地等着。

须臾,掌柜的睁开了眼睛,接着道:"有这样的气氛衬托,庙会更是热闹异常,喧哗声,讨价还价声此起彼伏⋯⋯正午时分到了,这个时间是人群鼎沸的高峰⋯⋯突然,一件奇特的事发生了。一个白胡子老人推着一辆独轮车晃悠悠地朝人们走来,人们纷纷为其让路,只见独轮车上推着一个比磨盘还要大的火烧,那白胡子老人'呼啦啦'地边走边吆喝:大火烧了,卖大火烧喽!谁都知道,咱们平遥的方言称烧饼为火烧。"掌柜的生怕人们没理解透,专门解释道。"白胡子老人的叫卖声犹如来自遥远的空间:明天还有大火烧喽!震得整座城隍庙好像都在颤抖。人们只是感觉这事蹊跷,但谁都没在意什么,只是为老人充满底气的嗓门而喝彩,同时又为老人疯疯癫癫的举止摇头⋯⋯当天傍晚,多姿多彩的晚霞瑰丽别致地映红了整座城隍庙,连那城隍庙琉璃瓦上驻足的白鸽都被染得红红的。一切似乎是天意!第二天正午,人们还在热热闹闹赶庙会时,城隍庙内莫名其妙地就着火了,那火苗'呼呼呼'地直往上蹿。一会儿工夫,整座城隍庙已被烧得一片枯焦!说来也怪,那火只是一股劲儿朝着城隍庙内烧,赶庙会的人与摊点,反而没有半点损伤,为此人们惊叹不已。"

"哦,我明白了,城隍爷为了福佑地方平安,不惜一切代价将自己的住地烧掉了……"

"可这城隍庙现在看来完好无损呀。"

掌柜的话刚刚停顿了一下,便有人议论道。

"你们别急着议论好不好,我的故事还没讲完呢。"

众人听了掌柜的话,马上安静了下来。

掌柜的接着道:"后来,人们听到了这样的故事;在城隍庙发生火灾的前一天晚上,去往汾州府的水路上,平遥左家堡渡口的船老大正睡得迷迷糊糊时,来了一队打着平遥县正堂旗号衙署的人浩浩荡荡地抬着轿子,簇拥着县太爷要渡船,船老大恭恭敬敬地将一队人马顺顺利利送过了河。当船老大返回岸上时,不经意地朝那些人望了一眼,这一望不要紧,惊得船老大差点丢了魂!他真真切切地看到了城隍爷的真面目!第二天,船老大病倒了。后来听人讲城隍庙被大火烧掉了,他豁然明白是怎么回事了……船老大把自己看到的事讲给人们听,人们才知道,原来城隍爷早就算到要有一场难以避免的天灾要降临,所以化作卖'大火烧'的老人点化老百姓,然后将灾祸包揽,宁肯烧掉自己的寝宫,也不让老百姓遭殃。咱们现在看到的城隍庙,听说是在原来的基础上重新修建的。"

近来耿文不知为什么,心中总有一种异样的感觉。感觉城隍庙周围的某个巷子要有一场大火降临……耿文不停地为自己没来由的想法挣扎着,辩白着……

然而,每晚耿文都做着同样大火烧的梦境,这让耿文恐慌不安,他仿佛有一种预感……况且现实中,好多人家都堆放着过多的柴草……这样,和近来气候异常干燥相结合……耿文疑心重重……宁可信其有!这样的思维不停地在耿文的脑子里涌动着。他苦思冥想着,如何才能给人们警示一下呢! 耿文陡然想到了汝莲曾给他讲过城隍庙被大火烧的故事,所以借用了民间传说中的那种感受,在城隍庙街的烧饼铺出演了刚才那一幕。

张古义带回了周家利儿子夭折的消息。

张聚财听了对张古义道:"活该,那是他缺德,坑了人家,前世报应……"

"爹,什么叫前世报应?"张古义故意把张聚财往这方面引,他想就此诱导父亲改过自新。

"你没听说过'鸡蹬瓦'的故事吧?"

"没有,请父亲给儿子说叨说叨。"读了《道德经》的张古义仿佛明白了许多做人的道理。

"从前有一大户人家,娶了几房老婆都没生一个小孩,这人天天烧香拜佛,求菩萨保佑,求送子娘娘给他送一儿子,他几乎把挣下的钱都用在修庙补路做善事上。这人的所作所为感动了菩萨,菩萨实在不忍看他没儿子的痛苦,对佛祖道:看在这人如此虔诚的份儿上,就给他送个儿子吧。佛祖笑笑道:真是菩萨心肠,但是,这人前世作孽太深,命中根本无儿。菩萨道:那怎么办呢? 如今他既有悔改之意就应该拉他一把。佛祖想了想道:虽然我佛慈悲,但也只能哄一哄让他高兴一时,你可如此这般……那不是哄人家吗? 菩萨说。佛祖道:那也只能这样了。菩萨依照佛祖之意,果然给这人送去一儿子,这人高兴极了,把全身心都投到儿子身上,转眼,儿子已满三岁了。这天,这人张灯结彩地给儿子过三岁生日,亲戚朋友都来了,他把儿子从家中抱出来时,一只大公鸡扑腾腾地飞上了房顶,只见一片瓦从房顶飞了下来,不偏不倚正好掉在孩子头顶上,瞬间,孩子咽气了。这人气愤不过,到阎罗殿找到阎罗王评理,阎罗王气的蹬了一脚道:你还胆敢来评理! 你前世杀人放火罪孽深重,本来今世是下地狱的身子,谁知你钻空子来到人世,佛祖菩萨怜你今生有悔改之意,常烧香念佛,行善学好,才给你送去个儿子,如今事已至此,好生回去悔改,修你的来世才为正事……"张聚财丝毫没觉察中了儿子的圈套,滔滔不绝地说给张古义听。

"爹,既然您知道今生来世的事,为什么不为自己打算打算呢,你贩卖这些也是缺德呀。"张古义见父亲思维方式和从前有所转变,忙对张聚财道。

"噢,老子明白了,你让老子讲这些,原来是想套老子? 你小子不错啊,会拐着弯用脑子了。"张聚财虽然还是老子长老子短的教训张古义,但说话的口吻和从前大不相同。

张古义欣喜地叫了一声:"爹,儿子还不是为了咱家。"

"老子还不是为了你,就这次,这次可是个大买卖。其实古儿呀,我也是扛着脑袋干呀,干完这次我就收摊,收摊,好吧? 儿子。"

"爹,其实你认识到这点,就应该当机立断……"

"别说了,没有什么应该不应该,谁都知道'人为财死,鸟为食亡'的道理。可,谁又能逃脱酒、色、财、气呢。而其中这财,才是最重要的,为什么你爷爷偏偏要给我起个聚财呢,还不是这个意思。"张聚财强词夺理为张古义解释道。

"爹,我看咱们还是将那些东西毁掉。"张古义坚持劝解着。

"疯了你,越说越来劲了,给你个杆你就往上爬,给老子滚,站你的槛柜做你的生意去。"张聚财真生气了。

"爹,近来世事混乱,好多铺子都在倒闭,如今我在的铺子也是摇摇欲坠。我想自己做点小生意,然后再滚雪球地滚大,这样比较活动一些,好好的正儿八经地赚钱孝敬二老,爹,你看怎么样? "

张古义自从上次受了汝莲的抢白后,心里窝着一肚子火,总想找耿文出这口气,后来在一次偶然的机会接触到了老子的《道德经》,让他彻底明白了自己的心胸是何等的狭窄,他要实实在在干出点事来让汝莲看看,我张古义干事究竟动不动脑子。

"嗬,我古儿长大了,有出息了。"张聚财转怒为喜。

"谁说古儿不行啊,这事他早和我说了,只是怕你不同意,才拖到现在……"张古义的母亲闻听过来道。

第十五章

"东子,你上次去了'三界寺'是不是还没还愿呢?"正在客厅擦桌子的周老太突然朝着厨房喊道。

正在厨房收拾碗筷的东子忙应声道:"是啊。"

"你早就应该去了呀。"周老太着急地道,她好像想起了什么似的。

"干妈,怎么你想起这些了,最近咱们不是老没工夫吗,况且前些日子世局乱哄哄的,这不刚刚好一些,过两天我就去,好吧?"东子忙擦着手上的水,跑出来对周老太说。

"明天去吧,趁天气还没冷,赶快把这事给办了,我这心呀就放开了,重要的是你一定要为耿文求个签,这孩子好多天都没音讯,说走就走掉了,也不知他怎么样了,我让你找他几次都没找到,这孩子真是的。"周老太念叨着,她一直为耿文担心,怕他在平遥人生地不熟受人欺负。

"干妈,你别担心,耿文哥的本事你又不是不知道,保证不会有事的。"东子笑盈盈地。其实东子心里最明白耿文离开客栈的原因。

"妈,明天我和东子一块去吧,三界寺我早就想去了,只是老没时间,好在最近什么事都安顿好了,我想出去散散心。"

"我看你还是别去了吧。"

"妈,你就让我和东子一块儿去吧。"

"你一个姑娘家家的,总是疯跑过来疯跑过去的,永远都长不大。上次一个人跑了,没把我吓死……"

"妈,我不是着急去找红鬃马吗,后来人家还不是和耿文哥一块儿安安全全回来了吗?这次你就别拦我了,我一定要去的。"汝莲在周老太跟前撒着娇。

"好好好,我知道下面要说的话是,时代不同了,男女都一样……"

"是啊,妈都说了,省得我再说了。那我明天和东子一块儿去了啊。"

"好啊,让东子雇一辆马车,你才能去,说好了,不雇车子,我可是不准你去的噢。"周老太故意撇撇嘴道。

"好嘞,那就让东子去雇一辆车,他赶车,我坐车,这下可以了吧,我的妈耶。"汝莲看着周老太对着东子说着俏皮话。

"调皮。"周老太说着指着汝莲的鼻子道,这就算是答应了。

东子在旁边看着汝莲,高兴得简直要跳起来了,他想到汝莲常说的一句话,"近朱者赤,近墨者黑",能和姐姐一块儿出去,该是多么高兴的事啊。

第二天,天刚刚亮,一辆马车已出发了。东子坐在车辕上,一声"驾",马儿已"哒哒哒"地跑开了。刚出城,汝莲便从车子里钻了出来。汝莲从东子手中拿过鞭子道:"你休息一会儿,我来赶。"马儿不听汝莲的使唤,走得磕磕绊绊。

东子接过鞭子,马儿走得稳稳当当。

汝莲又把鞭子夺到手:"我就不信,我指挥不了你。"汝莲举起鞭子学着东子的样子,将鞭子在空中扬了一下,鞭梢儿轻轻地打在马背上,马儿"哒哒哒"地撒开腿跑起来了。

"姐姐别着急,赶车切忌着急,你越着急马儿越不听使唤,像刚才那样悠着点儿,你不就赶得很好了吗。"

汝莲不说话专注地赶着车。一会儿时间,她已经赶得挺娴熟了。

"瞧,还是姐姐,什么事都不让须眉哇。"

"东子什么时候学得油腔滑调的,从哪里学的不让须眉这句话啊?"

"姐姐,难道我用词不当吗?"

"不是,是你说得太好了。"

"其实啊,这句话我是从耿文哥那里贩卖过来的,她说你事事处处都不让须眉,要是能走出去干一番事业,说不准是个巾帼英雄。"

"这是耿文哥说的?"

"是啊，他就是这么跟我聊起来说的呀。"

汝莲陷入了沉思，任由马儿随意走着。东子从她手中接过鞭子，汝莲下意识地退到了车子中去……"驾、驾，"马儿在东子的指挥下，飞快地跑了起来。

汝莲自从接触到耿文，仿佛接受了不少新鲜东西，然而却是朦朦胧胧不知所云……这是好事，还是……什么三民主义啦，解放思想，男女平等，国家兴亡，匹夫有责……全都从汝莲的脑子里跳了出来，如同一锅粥让她理也理不清，这些问题她曾问过耿文，耿文告诉她，自己也是闯江湖时，听的多一些，知道一些皮毛，具体的耿文也是含混不清……

"哇，前面就到'三界寺'了。"东子故意大声嚷嚷。

此时，日头已缓缓向南移去。

汝莲的思维一下子被打断了，她探出了脑袋。

"哇，外面的空气好新鲜噢。"

汝莲一下子跳下了车。

"姐姐，你看那山上的古寺，那就是'三界寺'了，上次我来时，不熟悉路子，所以来得很晚，今天你瞧太阳……我们今天赶回去是没问题的。"

汝莲四下瞧瞧，只见那山，秀美而险峻；那壁，陡峭犹如雄兵挺立；那石，怪诞峥嵘，透着一股灵气；那塔，高矗临涧而立，显得恢宏而壮观；那沟，曲径通幽，荆棘丛生野藤缠绕；那松，碧波浩荡，四季常青，一股清泉潺潺不息。汝莲对东子道："真美啊，若逢夏日，情趣会更浓，一定是飞虹滴翠，鸟语花香啊。"

"姐姐的譬喻真是恰如其分。"

"东子又拍我了是不是？"

"小弟不敢，小弟满嘴都是大实话，姐姐若不信，小弟敢和你打赌……"

"算了算了，如此美妙的景致不去好好享受领略，打什么赌哇，这是大自然释放的一种美，是纯洁神圣的美。"汝莲边往寺庙去边说着。

"姐姐，前面路不好走，我拉着你。"

"东子，我们是不是如在画中游啊，你瞧，而那寺庙却在画中留。"

"姐姐不是我夸你,你实在是让人值得夸。"东子看着汝莲由衷地。

"东子,你又来了,你使劲夸我,小心我飘起来啊。"此刻汝莲的脸被太阳晒得红红的,如同红苹果般越发惹人喜爱,东子看得迟钝木讷了,不知该说什么好。

汝莲无意中瞟了一眼东子,眼光却与他接触了,那是一对燃烧着火焰的目光……汝莲赶快把目光移开来,心中却感到一阵慌乱……汝莲只觉得东子满手都在浸着汗,握自己的手越来越紧,汝莲不好意思甩开东子的手,她怕伤害到东子。寺庙已在眼前,汝莲的心定了下来,心里道,这孩子长大了,真的是男女有别吗,真的像有些人所说的男人与女人之间只有卿卿我我,没有友情吗?不是的!我和东子的关系只是一种亲情:"东子你看寺庙到了。"汝莲借说话的当儿松开了东子的手。

"哦,是的,到了。"东子恍若在梦游中……东子突然感觉到自己的失态,对姐姐怎么会这样,东子自责着自己,恨不得打自己个耳光。"姐姐,小弟我有不对的地方请姐姐别和我见怪,小弟永远是你的小弟,小弟永远是你的保护神,无论何时何地只要姐姐用得着小弟,哪怕赴汤蹈火,小弟也在所不惜……"

汝莲听着"扑哧"笑了:"小孩子家家的胡说八道什么呀,真是莫名其妙。"

东子听了,心中马上踏实了,不由得朝汝莲扮了个鬼脸。

"还是抓紧时间进寺庙还愿吧,我也要许愿呢。"

进了寺庙,东子领着汝莲径直来到大雄宝殿。一进殿门,东子跪倒便拜。汝莲只觉得一股神秘肃穆的气氛充溢着整个殿宇,只见香烟袅袅,烛光熠熠。佛祖仿佛在微笑着对汝莲道,欢迎你的到来……一个老和尚敲着木鱼,口里诵着佛经。汝莲赶忙跪倒,像东子那样虔诚地拜了起来……

原来这慈眉善目的老和尚便是庙中的方丈。末了,汝莲便和方丈聊了起来。

"请问方丈,听说平遥龟城构筑的灵秀以及龙脉皆取于这山之宝塔为源,咱们这三峰山的'永寿寺'……"

"姐姐……"东子悄悄拽了一下汝莲示意,"这里是'三界寺',而不是'永寿寺'。"

方丈听了道:"阿弥陀佛。"

汝莲知道方丈在为东子的知识浅薄感叹。汝莲只好看着东子浅浅一笑,继续道,"阿弥陀佛,敢问方丈,这'永寿寺'缘山而筑,构于山峰之中,万松簇拥,是三峰山其中一道神奇而亮丽的风景了,那么寺庙的叫法应该有缘由吧?"汝莲巧妙地询问着老和尚。

东子在旁边听了,不好意思地拽着耳朵,恨不能打自己个大嘴巴,肚子里无墨水,还要多嘴胡说八道。

"阿弥陀佛,施主问的太好了,我佛慈悲,佛赐给了人间这么好的美景,佛让这一方风调雨顺,让百姓安居乐业,说起来还真有个故事呢。"

"阿弥陀佛,请方丈赐教。"

"阿弥陀佛,广布福音,是老衲分内之事。施主,这边请。"方丈说着领汝莲和东子来到禅房。

汝莲看到禅房很简单,一张八仙桌靠墙放着,八仙桌上供着的是一尊尺余高的铜制渡海观音菩萨,墙的正中挂着佛祖像,两侧是文殊菩萨、普贤菩萨的坐像。窗户这边有一土炕,炕头摆着一炕桌。

"二位请坐。"方丈对着炕向汝莲和东子道。

汝莲和东子分别在炕桌的左右坐了下来。

一个小童提了一只小铜壶走了进来,向他俩点点头,将两个粗瓷碗左右一放,分别给两人沏了茶放在桌上。

汝莲连连道谢,然后将茶轻轻呷了一口,只觉清爽异常,甘甜无比,一股馨香绕鼻而来,满口津液顿生,款款下咽,顿感腹中舒坦极了。

"请问方丈,这是什么茶? 如此清香可口。"

东子也许是口渴了,竟开怀畅饮了两碗,一股股沁人肺腑之感在他身上顿然荡漾开来,只听他连声道:"好茶,好茶。"

"阿弥陀佛,这哪里是什么好茶,只不过是山里的冬凌草罢了,这冬凌草既是药材又可为茶,若是用普通水冲开,也不过就是清利咽喉罢了,然而得了这里的山泉水,却大不相同了,这水为龙泉之水,你看那山,这水就是从那里而来,这泉水越高水的味越是香甜,又用了松木作柴,铜壶煮水,然后再将沸水凉了开来,缓缓冲茶,这样的茶喝到口中自然不同寻常了。老衲招待两位用的还是粗瓷笨碗,若是用了景德镇的瓷器,那可就又是一个档次了。"

"噢!怪不得与平日里的茶迥然不同了。"

"平日里你们喝的茶无非是种植而来,而这茶,这泉水却是沾了这山中的灵气……故而……"方丈笑笑止住了话题。

"谢谢方丈赐茶,那么,请方丈赐予我们故事听,如何?"汝莲轻轻呷着茶,心里却想到了方丈刚才说到有故事听。

"这是个鲜为人知的故事,这山这水,都与这故事有关,请二位施主听了广为传播便是。"

汝莲和东子连连点头称是。

"从前,这里是漳河边上的一个小村庄,村子里住着一对姓许年过花甲的夫妻,夫妻俩为人忠厚老实,一生吃斋念佛,广积善事,可就是有一件憾事,一生无儿无女。老两口相信命运,是上天的安排。就这样过了一年又一年。有一天,村里来了一个行乞的小男孩,男孩长得虎头虎脑,力大过人。许老汉许老婆看见这孩子感觉特别有缘分,于是对孩子说:孩子,做我们的儿子好吗?小男孩闻听,赶忙下跪叩见爹娘。许老汉高兴万分:我佛慈悲,上苍显灵,送上门来的儿子,岂不大喜。遂为义子起名天喜。

"天喜与生俱来的孝顺,乐得许老夫妇人前人后夸着天喜。生性活泼好动的天喜玩耍时,总在河边用泥和草挡水玩,天长日久,河心便筑起一条小小的泥坝,河水被储蓄下来,渐渐河床涨满了,河水溢向河边的农田、小路,然后漫进了村庄。人们纷纷向许老汉告状:你家小子拦水筑坝,调皮得过了头……许老汉赶快跑到河边,他要看个明白。这时天喜正认真地营造他的泥坝……此情此景,许老汉看得真真切切,人们所说一点也不假……

"许老汉气得火冒三丈,上前一把抓住天喜的头发:你小子干的好事,你要淹了村庄害死人呀。小天喜忍着疼痛瞅着许老汉,笑呵呵地:爹爹,我是在干大事……胡说,小孩子能干什么大事。许老汉根本不理解天喜的用意。爹爹你要相信我,我真的不是玩耍,我确实是在干一件大事。许老汉气愤地:越说越玄乎,不给你点颜色看看,都不知天有多高,地有多厚,都是我平时夸你,把你给惯坏了。听话,赶快把坝给我推倒!再不听话,老子真的要打你了。天喜恳求着:爹爹,请相信孩儿,这坝确实有大用,你纵然真的打我,这坝也不能推。许老汉哪里肯相信一个小孩子的话,指着天喜道:小孩子,吹牛说大话,拦个坝有什么用,你不给我推,我来推。倔强的天喜道:那你推吧。天喜说着闪开了坝根。许老汉用力推了几推,谁知那坝纹丝不动。

"许老汉请来了邻人,一起来推,还是纹丝不动,人们又扛来了镢头,"嘣"一下把镢头给震断了……许老汉真生气:老子养你个祸种,还死不认账。滚!老子权当没你这个儿子。许老汉抬手狠狠给了天喜一个耳光。顿时,天喜嘴鼻流血。天喜忙跪在许老汉脚旁:请爹爹息怒,孩儿真的不是贪玩惹祸,这坝真的有用!爹爹若不听孩儿的,日后会后悔。许老汉绝情绝意地道:我没你这样的儿子,推倒坝,走你的路吧。天喜看看实在拗不过许老汉了,只好道:好吧,就依您老的,不过,日后有难,别来求我!天喜用话激着许老汉。可许老汉还是执迷不悟:老子求你有何用。许老汉边说边推天喜拆坝。

天喜自语道:一切都是天意。然后再次跪在许老汉面前,磕了个响头:多谢爹爹的养育之恩。众人见状也不好上前打劝。只见天喜朝泥坝一挥手,"哗"一声,修筑好的长坝瞬间即逝,只听得河水又恢复了原来的样子,汩汩地急速顺流而下。天喜泪流满面再次向许老汉行了个礼:爹爹保重。人影已无。人们愣怔了半响,突然有人道:天喜绝非凡人。许老汉突然间就后悔了,然而一切为之晚矣。抚养了好多年的孩子就这么犹如一阵风无影无踪了。许老婆埋怨着许老汉,两个人想儿子想得快疯了。嘴里不停地念叨:回来吧儿子,回来吧儿子……

"再说天喜离开许家后,一直向南行去,当他来到大山时,顿感身清气爽,奇花异草令他陶醉不已,他爬啊爬,爬上了山顶,低头向崖底一探,不由得缩了缩脖子:好险哪。就在这一刹那,他望到了崖底粼光闪闪,潺潺的水正欢快地流淌着。好一湾水,这可是个好地方,我就在此落脚吧。当天喜的意念刚刚形成,崖下便出现有着石桌、石凳的石洞,天喜欣喜地朝天拜了几拜,便在石洞落了脚。

"天喜离开村子已经好几个月了,本来这几个月正是庄稼生长最旺盛的季节,可是天公不作美,几个月就是不下一滴雨,地,旱得都龟裂了,人畜连吃的水也快没有了,人们已在做逃荒的准备。这天,许老汉做了一个梦,梦见天喜对他说,他本是佛派下来解救这一方灾难的,谁知人们肉眼凡胎不识其中缘由,今日灾难来临,若要免去这场灾难,可来找我,但要付出血的代价……许老汉醒了,对老婆道:阿弥陀佛,只要这把老骨头能救活全村人,死也值得。村人们知道了这事,大家痛哭流涕。一些老者自愿去求天喜救村人。出发的那天,村人们已将老者们的灵棺、寿衣备置村口,村人们哭声连天,把老者们送上了路。

"天喜终于等来了村里人,他一眼看到顶着瓦罐走在最前面的许老汉,再也忍不住,跪下喊着:爹爹,爹爹。一步步向许老汉挪去……许老汉终于认出了无时无刻不在思念的儿子天喜。哭道:我的孩子……哭着,哭着竟昏了过去。天喜紧紧抱着许老汉,泪水滴在了许老汉脸上,许老汉渐渐醒过来了,看到抱着他的儿子,忙挣脱倒地便拜:阿弥陀佛,求神灵保佑,不要和无知者见怪,救救全村人吧,要罚就罚我一人吧。老者们全都跪下求天喜相助。天喜被他们感动了,他与许老汉对跪着:儿不会怪爹爹的,您老人家的养育之恩儿会报答的。天喜说完,用手连击三下,老者们眼前出现了三口大锅。天喜在沟中汲取了三罐水倒入锅中。天喜一抬手,灶内便燃起了火,一会儿水开沸了。天喜又一抬手在空中一扬,空中飘下三碗黄澄澄的米粒,米刚一入锅,三锅稀饭已熬成了。

"天喜招呼老者们开锅喝米汤,大家确实又累又饿,放开肚子喝了个痛快。天喜又让老者们把各自的瓦罐全装满,锅里正好还剩下三碗,天喜将三碗稀饭扬手洒向老者们来的方向,老者们见状,连呼可惜。天喜笑笑催促他们赶快上路。父子俩又要分手了,许老汉和天喜抱在一处痛哭,哭着却不见了天喜的影子。倏忽,天空飘来天喜的声音:爹爹请回吧,回吧……说来也奇怪,回家的路没走多远就到村子了。这时,老者们才想起还没向天喜求雨呢,回去可怎么交代一村的人呢。许老汉说:这事全怪我,见了天喜把什么都忘了,现在说什么也晚了,先把这些米汤让人们喝了再说。

"说话间许老汉他们已踏进村的地界,老者们惊异地发现,这里刚刚下过一场大雨,大雨里还夹杂着许多米粒,大家豁然明白天喜的一片苦心了。老者们兴奋极了,欣喜若狂地如孩童般哈哈大笑着,笑着,笑着安详地走过了自己的一生。村里人们安葬了祈雨的老者们后,便商议要在天喜落脚的地方修一座庙。全村男女老少都出动了,人们不顾日复一日的疲劳,拼命地干着,庙的进展还是不大。人们的虔诚感动了天喜,于是,他调动了几十里外家家户户的牲畜家禽都赶来运料驮砖了……第二天当人们醒来时,一座依山傍水的寺庙已耸立在了三峰山上。这天正好是四月初四,人们便把这天作为祭祀的日子,并命名为'三界寺'又称作'永寿寺'。人们将天喜落脚的峭壁之巅称为'缩脖台',攀过的峭壁称为'舍身崖'。久而久之,当地的谐音称之为'显神崖'。多少年来,这里香火从没断过。"

方丈以铿锵有力的声音一口气讲完了"三界寺"的缘由。汝莲却沉浸在故事里难以自拔,不由得自语道:"这故事太感人了。"

猛地又听方丈道:"二位施主,你们回去时,可将这里的水带回去一些,让家里人和周围的人们喝一喝,这里的水不仅仅沏的茶馨香甘甜好喝,而且还有特别的功用,喝了这里的水可以消除百病。"

四更天是正常人一天最弱的时候。

最近,警察局对料子馆查得很紧,料子鬼们只得偷偷摸摸地去抽。

惨淡的月光下,周家利刚从烟馆抽足了料子出来,他把身上最后的钱全都抽了料子,把料子吸得足足地,他要干一件大事。当然了,除了买火种外。

周家利自从儿子死后，院落家当全都被赌场收去，仅存的一点细软也被丫环杏花骗取。周家利真正成了无家可归的人了，只好把老婆也卖掉……周家利要最后一搏，要把耿文和周老太一家烧为灰烬……

天一客栈的庄院里，周家利鬼鬼祟祟地来到马棚。

马棚内却不像周家利想象的那样。怎么没有红鬃马的影子？周家利大吃一惊，马儿不在，说明耿文也不在，这小子神出鬼没……周家利气得咬牙切齿，都是这小子害的……周家利把近来所发生的一切都归结到了耿文身上。

复仇的欲望在周家利身体内燃烧着。

今晚，居然让这小子逃脱了，不过，这小子要在，恐怕自己还没能耐烧得了这幢院子呢。这人太厉害了，县太爷竟然都惧怕他三分，连山贼都被他制服了……最好还是别招惹他。周家利突然胆怯了，然而复仇的怒火让他失去了理智。追根究底还是这死老太婆一家子的事，周家利自己给自己找台阶下。既然来了，无论如何今晚要人不知鬼不觉地把客栈烧他个干净利索。对！先把庄院点着，然后再把正院也引着，看你死老太婆一家子……哼，我一家子活不成，让你死老太婆一家子也别想活着。

耿文离开天一客栈已经好多天了。

他独自一人隐蔽着，住在一个破败的小房子里，忍痛先把红鬃马寄送到了马料场。耿文要立足平遥，要把平遥作为自己的起点，把平遥作为自己的根基。但耿文不愿给任何人添麻烦。前段时间，宋绅士一直想帮他找份事做，他一口拒绝了。周老太和汝莲的深情厚谊，耿文更是婉言谢绝了。耿文认为只有靠自己创业才是最好的理由。细细回想起来，自从来了平遥，虽然给周老太助了一点威，但毕竟种下了祸根，周家利不依不饶派人来找麻烦，上次所幸自己有所准备，不然的话，将酿成大错。保护客栈，保护周老太和汝莲仿佛已经成为他永远卸不掉的责任。现在耿文住的这个地方虽然离客栈偏远了一点，但，站在屋顶随

时可以观察到客栈的动静。

今晚,耿文总觉得一阵阵的心浮气躁,隔一会儿上房顶对着客栈观察一下,客栈安安静静,客栈的四周连同城隍庙都安安静静的没有一点动静……莫非是自己想得太多了?已经将近四更天了,耿文一点睡意都没有,他强迫自己哪怕睡一会儿也行,明天还有事情要干呢。

耿文和衣躺了下来,刚刚合上眼,梦境又出现了,整座城隍庙在晚霞的映衬下显得美丽辉煌,琉璃瓦被晚霞照得红彤彤犹如着了火似的,琉璃瓦上飞来了一群鸽子,鸽子们同样被晚霞照得红彤彤的,漂亮极了……忽而,城隍庙被熊熊大火燃烧起来了……火光中的城隍爷与城隍奶奶带领一帮人向西逃难了,临行时城隍爷对耿文说:有劳大驾,日后还得兄弟来帮我,兄弟我告辞了,来日方长……说话间,城隍爷突然变成了东子,东子搀扶着周老太已冲出了火海,而汝莲却被大火拦截在门里……耿文摆动着脑袋,可是怎么也醒不来,耿文感觉自己给梦魇了,他使劲摆动着身体还是醒不来,眼看汝莲在大火中跳跃着……马上就要被大火吞噬了,汝莲凄厉的一声尖叫……耿文哥……耿文猛地一个激灵……一下子蹦了起来……

耿文一个箭步冲出房门,一下子跃上了房顶……果然在城隍庙的西北方向有火光,那个方向正是客栈的所在……还好,火苗刚刚往上蹿,此时应无大碍……然而,火借着风一会儿就是熊熊大火……后果不堪设想……糟糕!预感真的这么准?耿文急急施展轻功向客栈而去……

周围的邻居们还在睡梦中。耿文的叫声惊动了东子。东子的叫喊声惊动了巷子周围的邻居。邻居们全来了,人们齐心协力终于把火给扑灭了。

·　"这火要不是发现得早,扑灭得及时,借着风劲乱窜开,恐怕这条巷子都要倒大霉了。"

"这火究竟是怎么回事?怎么好好的会起火呢?"

"你们看,这儿还有点火的工具呢。"有人拿来了一个点火的取灯棒。

"是谁缺德,干这种事啊。"

邻居们你一句我一句地议论着。

"呜呜呜,是谁丧尽天良干的缺德事哇!"周老太气得捶胸顿足,"往后的日子可怎么活呀。"

"妈,别这样好不好,身子是要紧的,哭坏了可就麻烦了。"

"她大妈,别哭了,事情都过去了。"武秉德闻讯赶来了。

"客栈所幸没事,只是庄院有点损失。"

耿文心里明白,汝莲心里明白,他们彼此心照不宣。

好心的邻居们帮助收拾着庄院的残局。

突然有人道:"这不是周家利吗? 他怎么会躺在这儿。"

墙角处,人们发现了蜷缩着的周家利。周家利那样子像是睡着了,两条腿不时地抽搐着,佝偻的身躯显得更加矮小,手里却拿着半截点火的曲灯棒。实际上,周家利的身子早已被料子掏空了,又加上这些天又气又饿。来客栈纵火,周家利完全是借着复仇的一股力量而来的。来客栈之前,周家利服上了双倍的料子。周家利刚刚点上火,兴奋得整个人简直就要发狂了⋯⋯忽然,腿脚软得连步子也迈不开了⋯⋯周家利一头栽倒在一墙旮旯里⋯⋯

"原来是周家利干的好事,该死的家伙。"东子气愤地上前踢了周家利一脚,周家利一动不动,只有出气没有入气。

"太缺德了,心比蛇蝎都狠毒的人,才干这种人不干的事。"

"料子鬼,赌博鬼,坑蒙拐骗的人,什么事干不出来? 这种人生在世上真是白糟蹋五谷。"一个了解他的邻居上去对着周家利的屁股又是两脚。

周家利终于睁开了眼睛,随着面部痛苦的痉挛,口中白沫喷涌,一下子又晕过去了。

"八成是烟瘾又发作了。"有人看到他痛苦的样子,分析着。

汝莲看着周家利,心里恨得直咬牙,真想上前狠狠踢他两脚解解恨。

耿文知道周家利这是中毒太深,若不及时抢救,便有生命危险。他对旁边的汝莲道:"你去端碗米汤过来喂他两口,我给他扎上两针。"

耿文说的话,正好让闻声过来的周老太听到了。

"什么,你还要救他? 他这是自作自受哇。"周老太哭着数叨着,发恨地，"谁也不能理他！谁要给我理了他，谁就是我的仇人。"

"大妈，无论他干了什么坏事，有国家法律来制裁他，人活着多难哪，我们现在面对的毕竟是一条人命。大妈，救人一命，胜造七级浮屠。"耿文委委婉婉地劝解着周老太。

"我报警去。"东子突然想到这事应该报警。

"慢，"耿文忙拉住东子，"你看他都那样了，现在去报警，还不是等于送了他的命。"

"那也得报警啊，不能就这么便宜了他！"有人建议。

"耿文哥你这是怎么啦？他可是犯了法呀，就这样让他逍遥法外？"耿文的话让东子惊诧不已。

"东子，你听我解释，对于一个即将离开人世的人，进警察局意味着什么？"

"耿先生说得也对。"有人附和着。

"你看他现在那样子还能干什么？让他死在警察局里，还不等于我们送他去死吗？"

"这种人确实可恨，但，她大妈，你要想开点，耿先生说的对，是条人命呀，我们不能看着不救，何况你经常吃斋念佛，这点你还能不明白，明白人哪能干糊涂事呢。"武秉德和风细雨般地劝说着周老太。

这边，耿文已给周家利扎上了针，一会儿工夫，周家利"哼哼"着醒了过来。

"我真的有点想不通，周家利这么狠毒，三番五次加害于我们，你还救他，唉！真是菩萨心肠。"周老太叹了口气对耿文道。"你们说，这样做对吗？"周老太转向邻里们。

"有什么对不对，说来说去还不是你们自己家的事。"

"好歹没惹下什么大祸，若是惹下大祸，谁也包庇不了他。"众人七嘴八舌地。

"谢谢众位大爷大妈叔叔婶子的帮忙。"一直没说话的汝莲过来哑声地道。汝莲对周家利堆积起来的仇恨仿佛要爆炸了。听着耿文的话，汝莲先是哀怨地瞅着耿文,继而又是微愠地对着耿文,后来却对耿文的话沉思起来,仔细想想她又觉得耿文说的也不无道理。所以她站出来为母亲圆着场。

"既然汝莲小姐都这么说了,我们散了吧。"众邻居走开了。

"大妈,人与人之间为什么要有仇,我认为即便有仇了,也是宜解不宜结,何况他现在无家可归……"耿文恻然不忍。

耿文的话,此刻在汝莲听来,飘逸如一绺风,柔柔像一泓水。汝莲仿佛没有理由反驳他。

"你说得也对,佛经上也是这么说的,可我,心里总是个疙瘩,恐怕你救了他,到时他也不领情,反过来倒打你一耙。"

耿文接过汝莲端来的米汤,喂了周家利几口,周家利的脸色逐渐缓过来一些。

"东子,来,帮我一下。"耿文一边喊着东子,一边把周家利架在自己身上,欲往客栈放。

"嗨,嗨嗨,耿文哥,你想干什么?"东子急得对耿文大声嚷嚷道。

"扶他进去呀。"耿文直率地。

"耿文哥,也许你是对的,但农人和蛇的故事,你或许比我们更清楚。但愿他能悔过自新,痛改前非,不过,我对他实在是没信心。"汝莲虽然不反对耿文的做法,但对周家利确实心有余悸。

"汝莲,"耿文不自主地把嗓门拉长了,低沉地,"我们还没争取他,怎么会知道他改不好,我们一定要争取他,争取让他有一颗平常人的心。汝莲,我想给他采几味药让他戒烟,稍好一点便让他离开这里。"耿文以超然的态度道。

"这倒好,他纵火有功了,反倒有地方收留他了。耿文哥你好心好也太过头了吧。"东子不冷不热地。

"东子,我们得饶人处且饶人,好吗?"耿文对东子朝着周老太努嘴,意思是,大妈都同意了,你还多嘴什么。

东子只好和耿文一起扶拽着哈欠连连的周家利进了客栈。

第十六章

为了给周家利治病,耿文又住到了客栈。耿文这些天除了给周家利治病外,脑子里筹划着怎样才能悬壶于市,开一家药店,坐堂为人诊断治疗。耿文根据中医学术的五运六气,推算出了平遥这一带今、明两年要有大的瘟疫漫延。这会儿,耿文的大脑不停地思索着,来来回回在房间里踱着步,样子却显得很休闲。

"耿文哥,你在干什么呀。"汝莲来到窗前瞧了瞧道。

"我没干什么。"耿文应和着。

汝莲的到来彻底打断了耿文的思索,耿文干脆不去想它了,届时会有办法的。一旦有了这种想法,真的倒清闲起来了。

"看你那样子,今天好休闲噢,我们去'文庙'看看怎么样?"汝莲说着开开门,探进了脑袋。

"文庙,好啊,这么好的天气,我早就想去了,早就想好好品味品味文庙之文了,只是可惜呀,没人给我讲解……"耿文故意摊摊手,做出一副悲天悯人的样子。

"什么呀,说话别带刺儿好不好,本小姐答应你的事,能忘记吗?今天这不请你了嘛。"

"那么,本公子就谢谢了,请小姐前面带路。"耿文喜笑颜开地做了个开步的动作。

"哇!你们俩要到文庙去,这会儿我的事也正好干完了,我也要去。"东子突然跳出来嚷嚷着。

"好了,好了,别耽误时间了,我们三个人一块儿去。"耿文说着人已走到了院门口,东子随后跟了去,汝莲愣了一下,赶快追了上去。

东子一手挽着耿文，一手挽着汝莲喜气洋洋地："哇! 太幸福了，一边挽着哥哥，一边挽着姐姐，瞧我东子。"

"是啊，东子确实很幸福。"

"哎，我发觉东子说话一点结巴都没了。"汝莲像发现了什么似的。"东子，你还吃着药吗? "

"早就不吃了，自从上次耿文哥让我吃了两副药，又帮助我矫正发音，我说话就再也不结巴了。耿文哥说我的结巴是肝风内动，小时候惊骇受风引起的，唉! 姐姐你说我小时候一路逃难能不受惊骇吗?真是一言难尽……"

"东子，不说了，咱再也不提这些不痛快的事了，过去的事就过去了，你刚才不是说你挺幸福吗? "

"是啊，多亏了干妈和姐姐……"

"这个也不说了……"

"嗨，我想起来了，好长时间没看到张古义了，他最近怎么样啊? "耿文突然道。

"提他干什么，他就想着赚钱，人都钻钱眼里去了。"汝莲有些恼怒。

"赚钱好啊，只要赚得有来头，赚得正义，谁不想着赚钱? 自从雷履泰创建了平遥票号，平遥人赚钱的机会更多了。"

"哼，古人有句话'跟好人，道好人，跟上巫婆，就顶神'，跟上他那父亲能好到哪里去。"汝莲气愤地。

"汝莲，你不会还在生张古义的气吧，其实从骨子里讲，他是个好青年，有经商头脑，将来肯定是个经商的好手，况且他对你一片真诚……"

"耿文哥，请你别谈他好不好，一谈他我就烦。"

"耿文哥，今天别跟姐姐说这些了，再说我就对你有意见了，让姐姐高兴点好吗? "

"瞧，还是我们东子懂事。"汝莲听了东子的话，心里舒坦多了。

"小生给你赔礼了。"耿文也感觉到自己刚才说的太没趣了，很想让汝莲高兴起来，故意作了一个戏剧里面的动作。

汝莲忍不住"扑哧"一声笑了,却使着性子假装不理耿文。不知不觉已看到高高的牌楼上写着的"文庙"两个字了。汝莲扭过头去对东子道:"东子你抬头看看牌楼上那两个字认识吗? 你给我念念怎么样? "

东子不假思索:"是'文朝',姐姐我念的没错吧? "东子沾沾自喜地。

"东子,你是不是该挨板子啊,怎么一点脑子都不动啊。"汝莲有些生气。

"姐姐,我哪个字错了? "

"东子,你忘了,我们今天说好要到哪里去呢? "耿文笑笑提示着东子。

"到'文庙'去呀。"

"那你怎么还念'文朝'呢。"

"我看那字明明是'朝'字嘛,只不过外面加个'广'字嘛。"东子发犟地。

"真是的,认字认半个,真拿你没办法。"汝莲也笑了。汝莲很想说,你这是"一瓶不满,半瓶混沌"。话已到汝莲嘴边了,汝莲又强行咽了下去,她怕伤了东子的自尊心,最终没说出来。

说着话,三个人已进了文庙。

"我们今天是从'云路巷'而来,进的是文庙正门,由南向北而去,正好出去是'城隍庙'街,这样看文庙,是对圣人的尊重。"汝莲解释着。

"真没想到,平遥文庙的建筑结构竟这么恢宏壮观。"耿文抬头望望,感叹道。

"文庙即孔庙。"汝莲对东子道。

"哦,文庙就是孔庙哇,我可得好好学习学习了。"东子认真地道。

汝莲看了耿文一眼,耿文明白了汝莲的意思,接着汝莲的话茬道:"孔庙原是祭祀孔子的家庙,唐玄宗开元二十七年封孔子为文宣王。因此孔庙为文宣王庙,明代因与武庙对应,即改为文庙。"

"哇! 耿文哥你知道这么多,汝莲姐还没给你讲……"

"东子,这是历史知识,只要学过了,谁都知道。"耿文说着对汝莲示意"下面该你了……"

"好,本小姐当仁不让了。"

"洗耳恭听。"

"平遥文庙重建于金大定三年。整体曾在康熙十四年重修。平遥的文庙建筑有着严谨的格局规定。你们看,我们走过的玉带石桥,名曰'泮桥',石桥两旁的两个大池子,名'泮池',人们俗称'研水池'。泮池之南为'棂星门',门前建有屏墙,两侧围墙,站在这里,可以清楚地看到庙前的'云路天衢'坊。前院有'明伦堂'、'贤侯祠'和'忠孝堂祠'、'尊经阁'等。东西院有'时习斋'、'日新斋'等。我们直接到大成殿吧,这样可以节约点时间,还可以给你们穿插着讲点故事,这样听起来更会有趣。耿文哥,你说是不是?"

耿文笑着点点头。耿文知道汝莲对东子的用心良苦。

一路走来,大成殿已在眼前。只见那大成殿建在高高的方形台基址上,来到月台中央镶有寿字锦底纹的拜石前,耿文和汝莲开始参拜孔圣人,东子见状赶快学着他俩的样子也参拜起来。

参拜毕。汝莲道:"知道吗?平遥大成殿之所以构建奇特、用料异常,是因为其中有两件宝呢。"

"什么宝?"东子惊讶得瞪大了眼睛。

"一曰'杞木梁',二曰'木渣柱'。"汝莲挺神秘地。

"愿闻其详。"

"我们边进去看,边给你们讲。"三人说着脚已踏进了大成殿。"据说,'杞木梁'来源于平遥城南的'高林村',古时高林村可是树木成林的,自从砍伐了杞木为大成殿成梁后,高林村的树便逐渐减少了,后来树林全部没有了。这'杞木梁'和'木渣柱'到目前为止还是个谜。""也就是金元时代吧,一些有识之士张罗着重建文庙。一经号召,捐资捐工者接踵而至。没多长时间,大成殿即将落架了。就在这时却出现了问题,一根横梁和一根柱子就差那么一点儿,但是怎么也搭配不上。人们便北上幽燕,南下江浙两广,东到白山黑水,西至夷族山乡。好多地方全都跑遍了,都是一无所获。当人们一筹莫展时,一道士忽然出现了,那道士对着众人道:无量佛,各位檀越辛苦了,此番义举真乃千秋万代功不可没,贫道钦佩之至。人们哪有心思与他闲聊,全都苦着脸不想跟他搭腔。只见那道士又道:世上无难事,只怕有心人。人们抬眼看了看他,还是没人开口多说话。那道士又道:眼看一件功德无量的好事被搁浅了,怎么会高兴呢。有人白了他一眼。道士又道:不就缺一梁一柱嘛,区区小事,这有何难……听到道士狂妄的口吻,有人生气地抢白着道:说得轻巧,一梁一柱你能找到合适的吗?道士并不生气,和颜悦色地:这一梁一柱并非难事,常言道,'精诚所至,金石为开',各位檀越精神感人,贫道焉能袖手旁观。有人一听接话道:君子一言,驷马难追。道士道:绝无戏言,用枸杞木作梁如何?有人接着不恭地道:道长开玩笑了吧?请让我们知道你的底细,再说大话也不迟。

只听道士严肃地道:贫道居无定处,四海云游,前日路经贵地,暂栖于'清虚观',今日见此处有一股祥瑞之气竟被一些怨气冲淡,故贫道不揣冒昧,毛遂自荐。

众人听了面面相觑,有些不好意思起来。那道士顿了一顿继续道:各位知道,山林中的柳松柏俱为凡品,不适合至圣先师大殿之用,若用枸杞木做梁,可取其水火既济之意,日后会使邑地文人代出……人们听道士讲得头头是道,对他肃然起敬:谈何容易,一般合适的松柳都难觅到,怎敢奢望枸杞木。道士听后哈哈大笑:这有何难,远在天边,近在眼前,高林村取材便是,请各位师傅将铆楔按原尺寸做好,再准备二十七万块木屑,要大小不一,三天后贫道夜间来此,定与各位一个交代。道士倏忽不见了。众人惊诧万分,省悟到这道士定有来历。赶快按照道士说的各自紧张地工作开了。夜间,二更过后,骤然刮起一阵狂风,狂风后,人们听得殿里'叭叭叭'直响,过了一阵子殿内静了下来,可人们谁也不敢进到殿内去。第二天,天刚闪亮,人们拥进大殿时,奇迹出现了,只见一根硕粗的杞木梁已与原铆楔合缝,融为一体,人们惊叹不已,真是神了。当第三天黄昏来临时,道士如期而至,只见他一言不发来到殿内,手拿拂尘对着堆得像小山的木屑拂了一拂,那些木屑犹如有人托起似的晃晃悠悠飘到道士面前,只见他念诵着:三百块一个年轮,七十二道年轮,共需木屑二万一千六百块。说着用拂尘向上一扬,向木屑四方吐了四口,一根粗壮笔直的柱子訇然竖了起来,与凿好的铆楔一丝不差地合缝了。人们一个个惊得目瞪口呆,却早已不见了道士的踪影。人们想到道士说过在'清虚观'栖息,第二天一大早,人们备好丰厚礼品前往清虚观答谢这位云游道长。清虚观的观主却说没有这样一位客座道人。人们一再解释,并将十分奇异修大成殿的事说了一遍。观主沉思一番,突然道:前日从南方塑回一尊出巡的吕祖神像在前殿供奉,难道是吕祖显灵了……人们听了,忙来到前殿,只见那尊塑像与他们见到的道士一模一样,人们突然明白是吕祖显灵了,大家跪倒便拜……"

"哇!这么神啊!我一定要到清虚观拜拜吕祖去。"东子神经质地大声道。

"东子,别这么大呼小叫的,我刚才讲的是民间传说。"汝莲忙给东子解释。

"我明白了,可吕祖庙我还是要去的,你们要陪我去啊。"东子坚持着。

汝莲笑笑又道:"杞木梁是怎样飞来的?木渣柱又是怎样形成的呢?总不会成为千古之谜吧?"

"不会的,等到哪一天社会稳定了,也就是国泰民安的那一天,我相信有人会在考古学上下工夫详细研究这些问题的。"耿文对汝莲说着,自己竟表现得有些忧国忧民。

"一切会好的,这是自然规律,经过一番动乱后,总会出人才来治理国家的,孙中山先生不正是顶天立地的人才?"汝莲看耿文一副忧愁的样子,反过来为他解释到。

"汝莲,真没想到你的话挺有思想性的。"耿文喜形于色地。

"姐姐一向是不让须眉。"东子插嘴夸着汝莲。

"就你知道得多。"

"本来嘛。"

"汝莲,东子说你不让须眉,非常正确,一点也没夸大,我可是从心底佩服你的,对平遥了解得如此……"耿文简直不敢相信,一个年轻女子对平遥的历史,平遥的风土人情,平遥的民间传说了解得这么详细,真是令人佩服至极。

"耿文哥,你可别夸我,这都是从家父的手抄本得来的,我只不过是顺手拿来罢了。"汝莲听到耿文夸她,赶忙解释到。

"那也得学习呀,你要不学习的话,伯父就是留下多少财富,那也是白费心机,只要你去学习研究了,然后和自己知道的东西融合起来,不就真正成为自己的东西了。"

"耿文哥,真佩服你说话的技巧,让人听了好欢喜。"汝莲听了耿文的话,一脸阳光地对东子道。"东子,好好向耿文哥学习噢。"

"姐姐,我时刻都在学着呢,可是人和人的脑子,总是不一样的,我就是每天不睡觉,不吃饭学习,也赶不上耿文哥那脑子呀。"东子既是玩笑,又是出自内心。

汝莲听了东子的话,确实有所感触,人跟人有时就是不能比。是和从小的教育有关?还是天生的?想到这儿她对耿文说:"耿文哥,你说人的脑子,为什么就不一样呢?为什么有的人怎么教都笨的不行,为什么有的人只要那么一点,就什么都知道呢?"

"这个问题,我也想过,基因当然是最根本的,但秉赋这东西有时又说不清。不过,从小的环境影响是重要的。当然了,更重要的还是后天教育是否得当。《论语》说:'性相近也,习相远也',以及'孟母三迁',正说明了其中的道理。"

"噢,有道理。"

"一部只有数千言的《论语》作为儒家经典,可以说是真正当之无愧呀。"耿文把话题转了过来。

"确实如此。"

"《论语》不仅仅囊括了孔子思想的精华,而且处处体现了他通彻人生的大智大慧。"

"说得对极了。"

"整个文庙所贯穿的气息,氛围、内涵和底蕴不但时时牵动着文人们的情怀,而且使整个社会都有着更积极的追求。所以无论走到何地,我都要到文庙拜上一拜,每当来到孔圣的像前,宛若在聆听他的教诲,领悟他的思想精髓,恍若穿越到两千年的时光隧道之中……"

汝莲一边专注地听着耿文对孔子至高至上的崇拜,一边注意着他的眼睛。此时耿文的眼睛像被阳光彻照一样熠熠闪光……姿势俊逸洒脱……汝莲突然想,这样的男人,是不是每个女孩都梦寐以求呢……

"汝莲,孔圣的'敏而好学,不耻下问,学而时习之,温故而知新'是不是应该让人们广泛学习,时时都印在每个人的脑海里呢?"

耿文的问话让汝莲的思维马上转了回来,她急忙掩饰着自己的失态,对东子道:"东子听到了吧,这才是今天我们到文庙的最好收获。"

三个人说着已走出了文庙,来到城隍庙街。

"看到'太子寺'了吧?"

"看到了,太子寺与文庙几乎是遥遥相对,这样的布局好像在别的地方没注意到。"

"是啊,正因为这样,平遥的太子寺与文庙还有一段很滑稽的笑话呢。据说明崇祯时,有一任县太爷上任了,祭拜孔庙后说:文庙隔街背对着太子寺,太子贵为君,而孔子再高贵也属臣僚之列,臣庙居于君寺之前,有悖礼制,大不敬也!县太爷便强令互换,将文庙改作太子寺。县太爷的下属明知此事荒唐,然而谁敢与其争辩,哭笑不得也得从之。从此,成为平遥人茶余饭后的'糊涂官办糊涂事'的滑稽笑话。"

"姐姐请原谅我的笨拙,听了半天我都没听明白,太子寺是……"

"听不明白,你不就是糊涂又糊涂了吗?"汝莲故意逗东子。"让耿文哥给你解释。"汝莲笑容可掬地对着耿文道。

"能不能解释得来,我都得遵命喽。"耿文故作矜持状玩弄着文字道。

"对呀,快解释吧,我都等着听呢。"汝莲不理会这些,仍不停地笑着,她知道这个问题绝对难不住耿文,她有意要考考耿文。

"遵命!"耿文夸张地做了一个立正状,然后对东子道,"东子听着,其实太子寺是佛教寺院,因佛祖释迦牟尼出家前是古印度迦毗罗卫国的太子,因此而得名,所以说这'太子寺'与儒家之'文庙'是风马牛不相及。"耿文以特别的声调将最后几个字加重了语气,他的意思是让东子便于记牢固。

"那后来呢?"东子听了急猴猴地问着。

"数十年后,也就是到了康熙帝时,知县魏裔恝上任后,询问原因,经过实地考察,给平遥的'糊涂官办的糊涂事'作一终结,恢复其本来面目。"

昨晚,张古义一夜都没睡好。刚刚躺下便进入梦境:一会儿梦到一只巨大的蝙蝠遮天蔽日地向他扑来,一会儿又是一团浓黑的乌云向他压来,一会儿一只比山峰还大的老鹰飞来了,猛地将他的眼珠给啄去……黑暗从空洞的眼眶里涌进了张古义的身体……顿时,张古义的身体被割成了无数块,飘飘袅袅在原野上……一会儿血淋淋的躯体又被合拢,漫无边际飞了起来,四处撞击着,一会儿撞在大树上,一会儿撞在墙壁上……突然,一个魔鬼出现了,用魔爪一指,张古义也变成了一个青面獠牙的魔鬼……然后汝莲笑吟吟地出现了,汝莲的笑虽然使魔鬼惊恐万状,但魔鬼还在指挥着失去意识的张古义去噬咬汝莲……汝莲被张古义咬得血肉模糊,大声疾呼救命……救命……

张古义意识复苏了……张古义终于摆脱了梦幻,醒了。他用手撕拽着头痛如裂的脑袋。时间好像不早了,太阳已经晒上了窗棂。张古义竭力疏理着梦境。这是什么梦啊,活这么大从来都没这么做过梦。梦中汝莲惊恐的声音仿佛楔进了张古义的意识里,那声音酸楚悲苦骇人。难道汝莲出什么事了?自从那天两个人闹了点不愉快后,好多天没看到汝莲的影子了。这梦会不会给汝莲带来噩运?张古义心抽搐着,不敢多想……

忽然,张古义听到院子里乱哄哄的,有人叫骂着。

"你他妈的,张聚财,知不知道犯法了?"

"我知罪,知罪。"

张古义一下子跃起,奔到了院子里。

警察们要带张聚财到警察局去。张古义知道父亲贩大烟的事东窗事发了,他上前欲替父亲说话,却被一个警察将他控制到一个房间。

警察把张聚财家搜了个底儿朝天,将毒品全部没收,气势汹汹地把张聚财带走了……张古义心里干着急,一时没了主意,不知道该怎么说,怎么做,只有跟在父亲后面来到警察局。一进警察局,警察们什么话也不说,咋咋呼呼把张聚财关进黑屋子里。张古义浑身筛糠,急得嘴唇直哆嗦,话都说不出来了。

只听一个警察道:"你老子犯的可是国法,我们也没办法……"

"请长官高抬贵手……"张古义嚅嗫着,可怜巴巴地求着。

"什么贵手不贵手,不过……"警察斜睨着眼睛,暧昧地对张古义道。

"请长官指点迷津。"张古义竭力稳定自己的情绪。心里说,怕什么,千万不能怕,越怕越坏事。可心里就是忐忐忑忑静不下来。

"你老子的命可是攥在你的手里啊,你得好好意思意思……"一个警察做出一副指点江山的样子。

"我真的不明白,怎么能说攥在我手里……"此时张古义脑袋却像被糨糊黏住一样,怎么也听不明白他说的是什么。

"你小子是真不懂呢,还是装不懂呢。"警察火了,大声训斥道。

"我看这小子是爱钱如命,在这儿假惺惺的不出血,只是给他老子做做样子罢了。"另一个警察说着,做了个点钱的样子。

"不是,不是,我是实心实意救我父亲的。"张古义被他一训,脑袋好像开了点窍。

"那你还愣在这儿干嘛。"警察催促着他。

"请给我一点时间,我就是卖房卖地也要救我父亲。"懵懂着的张古义听到他们说钱,又看到他点钱的架势,总算弄明白他们狮子大开口要钱了。

"回去吧。现在你就是说什么也没用,回去自己好好掂量掂量,看哪头重要。"一个警察说话的声音软了下来,用劝说的口吻对张古义道。

"晚了你就是拿座金山也赶不上了。"张古义临出警察局,一个警察直截了当地向他摊牌。

这时,耿文、汝莲、东子急急走在路上。张聚财被警察局抓起来的事,马上在城内嚷的沸沸扬扬了。

"人在最困难的时候,最需要的是安慰、帮助,我们一定要想办法帮一把。"耿文非常冷静沉稳地道。

汝莲默默不语,她的心在哭泣,在紧紧抽搐。

"姐姐,这事关系到你的将来……"东子不看汝莲的脸色傻乎乎地。

"东子……"耿文阻止东子说下去。

汝莲心碎地摇摇头,一会儿,张古义儿时的形象在她眼前晃动。一会儿,张古义怕他父亲的懦弱样子也浮现出来……汝莲突然颠颤了一下,差点摔倒。耿文忙扶住她,看到汝莲的眼前却是一片迷茫。

"别着急,一定会逢凶化吉的。"耿文这时只能拣好听的劝说汝莲。

张古义家。

张古义的母亲正捶胸顿足地哭着:"古儿呀,你爹要是有个三长两短我们可怎么活呀,你爹是一棵大树,我们就是倾家荡产也要救你爹出来呀。"

"妈,你说我们怎么办呢?"张古义主意全无,问母亲道。

"古儿呀,都到节骨眼上了,你还这样少主没意,我一个女流之辈能怎么样? 还是你拿主意吧。"

"我、我……"张古义真不知该怎么办。

"呜呜呜,我这是什么命啊,有夫从夫,无夫从子呀,儿子,我要儿子干什么呀。呜呜呜……"

汝莲他们一进门就听到张古义母亲凄惨的哭喊声。

张古义却在地下不停地转着圈,像热锅上的蚂蚁不知如何是好:

"这可是一大笔钱呀,少了救不下父亲,多了又拿不出来,延迟日子,父亲的性命就难保,这该如何是好?如何是好?"张古义不停地独语着。男人无主一场空!男人无主一场空!张聚财的话如空谷的回声,响在了张古义耳边。

"伯母别这样,别哭坏身子,我们会帮古义想办法的。"汝莲一进门就劝说张古义的母亲了。

看着张古义急得竟没有一点办法,耿文一时竟不知用什么样的办法来劝导帮助他。用常理劝说,在张古义来说,是不会起到作用的。那么用什么样的办法来激一激他呢?耿文猛地想到听东子说过,张古义最近在学习《道德经》。"好了,有了。"耿文叩了叩脑门自语地。

耿文用悠长的声音念着《道德经》的第七章:"……天地所以能长且久者,以其不自生,故能长生。是以圣人后其身而身先;外其身而身存。非以其无私耶?故能成其私。"

听着耿文对《道德经》如此熟悉,张古义呆呆的眼神有了些活络,他定定地望着耿文,似乎领略到了其中的一些含义。只听得耿文又悠悠地对众人解释道:"天地所以能够长久,是因为它们不去强求一种非其不可的状况维持,所以能够长久。因此,圣人把自己的切身利益置后,反而成了人群的首领;把自己的身家性命置之度外,反而更好地保护了自己的身家性命。这些不正是因为他对自己很无所谓吗?这样反而可以更好地成就他自己。"

张古义听着细细地咀嚼着其中的奥妙,思维豁然开朗。

当铺。

张古义跑街时,最不愿意看到的就是当铺。平遥人有句俗语:"冤死不告状,穷死不典当"。可,今天张古义却跑了好几处当铺,张古义心里十分明白,当铺是靠对物品的贬损贬低来从中盘利的……他不停地想着,踌躇着,最后还是下了决心,迈进了"和顺当",或许这家能……

张古义将一对玉手镯递进了柜台,这是母亲刚刚从手上褪下来的。母亲说这是家里最值钱的一件饰物了。警察们搜家时,将值钱的东西能拿的都顺手牵羊拿走了。张古义希望这家当铺能给个差不多的价钱。

掌柜的将镯子拿在手上细细揣摩了一番,然后"当当当"敲了两下,便给张古义递了出来,冷冰冰地道:"赝品!"

张古义真的傻眼了,一家当铺说赝品自己可以不信,两家当铺说赝品还可以不信,然而……听母亲说,这可是当年父亲亲自给母亲戴在手上的,父亲说过,这对手镯可是花了大价钱买的。

"掌柜的,不可能。"张古义嘴里说着心里却底虚得厉害,难道父亲真的连母亲也哄骗不成。

"年轻人,这对手镯仿制得确实不错,但想在我这里瞒天过海,那是不可能的。"

张古义傻呆呆地愣怔了半晌,突然想到自己口袋里还有汝莲从头上取下来的金镶玉簪子。

本来张古义是不想动用汝莲的东西,因为这是汝莲唯一一件像样的首饰,可是汝莲一再说救人要紧,他才收下的。

"嗯,这件绝对是真的。"听到当铺掌柜的话,张古义的心稍稍稳定了一些。继而又听掌柜的道:"不过,这也不是什么值钱的东西,只能典当八块大洋。"

"这么好的首饰,才给这么点钱?"

"当则当,不当则拉倒。这年头给你这些钱也算不错了。"掌柜的口气特别生硬。

"这个不当!你再看看这个。"张古义的口气也硬朗起来,他把最后的杀手锏——一块玉佩轻轻递了过去。张古义想,反正那几个钱也办不了事,还不如给汝莲保存着,哪个女孩不爱美呢,自己没东西送汝莲,反倒让一个女孩为自己……

张古义真正羞愧难当……听东子说,当伯母知道父亲遭难时,对汝莲道:亲家有事,我不能袖手旁观。并把自己手上的戒指摘下来,交到汝莲手上让送了过来。当时,汝莲对母亲说,这可是父亲留给你最后的一点东西了。伯母却说,为了救人,这算不了什么,人都老了,戴不戴首饰都无所谓,本来打算给你戴的,如今亲家都这样了,大家帮衬帮衬能凑多少算多少……张古义越想心中越不好受,尤其是耿文,和自己一不沾亲,二不带故,自己平时对人家又是那样,可是在最困难的时候,耿文却自出慨然把祖传的玉佩送到自己手上……

"这个还有点意思,"掌柜的把玩在手上,灯下,掌柜的用放大镜细细地看了半晌,然后又走出柜台,在外面对着阳光又是一番观看。"年轻人,我看你是急用钱,我当铺一向是童叟无欺,我给你开个最好的价,四十块大洋可以了吧?这年头能解你燃眉之急就不错了。"

张古义咬咬牙想,我一定要赚了钱赎回来还给耿文哥的。

"成交。"

张古义把当掉玉佩的钱如数拿到了警察局。

"这点钱就想糊弄我们,没门。"一个管事的警官跷着二郎腿,用小拇指抠着鼻孔眼道。

"长官,我已经……"

"哼,这点钱,看你父亲一眼还差不多,我说你看都别看了,赶快回去找钱去吧,越快越好,晚了可就……"警官根本不和张古义多搭腔,只是催促他赶快找钱去。

张古义气得干瞪眼,说不出话来。出门时,听得那几个警察哈哈大笑着,断断续续听到他们道:"那么大一宅院阔得很哪……不义之财……死抠门……还想救老子命……"

张古义下了大决心,决定把宅院卖掉,无论如何也要把父亲救出来。

当张古义再次拿着钱去救父亲时,张聚财早已被打得遍体鳞伤,只游移着一丝丝气息了。张古义和警察局的人评理:"即使我父亲犯了国法,也不能让你们这样糟蹋呀。"

警官数着钱,对张古义吼着:"你走不走啊,再不走送进大牢里,你就是摆下金山也救不了你老子。"

"咱们评评理,我花上钱,你们总不能把人打成这样啊。"

"没见过你这种死心眼的人,不打成这样,你能来得快吗?"

"走不走啊,再多嘴,小心老子们把你也逮进来。"警察们你一句我一句的羞辱着张古义。

和张古义一起去接张聚财的耿文一看这阵势,知道眼下时局这么纷乱,这里根本不是说理的地方。耿文拽了拽张古义的袖子,示意他快点走……

张聚财的身体经过耿文用中草药内服外敷细心调治,慢慢恢复了。大劫大难后的张聚财却整个变了一个人似的。

"他爹,喝药吧。"张古义的母亲端过煎好的药,对张聚财道。

"老婆,你说,人活着是不是为了财?可财到手了,却没命了,值不值啊。"张聚财手里拿着一本《金刚经》道。

"爹,你说那些干什么。"

"一切有为法,如梦幻泡影,如露亦如电,应作如是观。"张聚财打开了《金刚经》一字一句地念着。

"他爹,别想太多了,喝药吧,养好身体是第一,你可是我们的靠山。"

张聚财抬头看着窗外苍茫的夜,抬眼环绕着屋子的四壁瞧瞧,然后摇摇头,低低地叹息一声:"一切如同镜中之花,只是浮世中的幻梦而已。"

张古义马上明白了父亲的意思:"爹,别想的太多,这房子是破旧了一些,但,遮风挡雨还是没问题的,我们可以东山再起。铺子里我是不能去了,我准备自己干,跑天津去卖烟,然后再拿回来批出去,只要辛苦一点……"

"什么?什么?"张聚财听到个"烟'字,突然从梦幻中走了出来,敏感地睁大了眼睛。

"爹,此烟非彼烟也,况且我们要生活,每天开门的柴米油盐……"

"什么此烟彼烟的,无论怎么生活,犯法的事咱可是不干啊!你看佛经上怎么说……"

"爹,这烟和那种烟是两回事,这是当下风行的香烟,做香烟生意是公开的,绝对不是犯法的事。"

"即便是这样,我也不准你学会抽烟……"张聚财爱抚地看着儿子,觉得他成熟了好多。

"我不会抽的,无论怎么说,这烟还是有害身体的,但可以解乏……"

"无论怎样,你都不能给我抽烟……"

"爹,这主意是耿文哥给我出的,耿文哥说要想尽早还债,就得想法子赚钱,咱们这儿很少有人跑这行买卖……"经过张聚财事件后,张古义真正认识到耿文的为人,耿文对他的帮助,给了他无限的力量。

"哦,这倒是桩好买卖。"

"是的,爹,你猜怎么着,耿文哥还教会我如何闻烟,只要用鼻子闻一闻,就能闻出烟的好与坏……其实你不知道,这些天我都跑好几趟了,我要把雪球滚大,然后开个烟行……"

"你小子,长大了……这个耿文呀,不!应该叫他耿先生,比你也大不了几岁,可你看看人家,了不起呀……日后,我们可得好好谢谢耿先生哪。"

"笃笃笃。"

"有人敲门了,快去看看。"

"噢,是东子,快、快进来。"张古义亲热地拉着东子进来。

"古义哥,我不进去了,时间不早了,我回去还有事,把这个拿回去,趁热让伯父喝着养养身子。"东子把一个黑釉瓷罐交到张古义手上道。

"什么呀,这是?"

"今天耿文哥割了块羊肉,让我炖好了送过来,对啦,本来耿文哥也要过来的,突然间有点事不能过来了,让我代问大伯好。"

"谢谢你啊,东子。"

"谢什么呀,我这不是借花献佛嘛。"

第十七章

晚秋的早晨。微风吹拂,朝阳透过薄雾给大地涂上了一层金黄色。

耿文骑坐在红鬃马上,不急不忙地出了城,向东南方向而去。路两旁的杨柳树叶已枯黄,田野上,农人们正忙着收割最后的庄稼。没走几里路,路两旁已突显黄土高坡的风韵,高高矮矮的沟壑全都呈现出来了,给人却是另一番感触,路两旁的土崖一会儿看上去整齐有序,没走多远又是参差不齐,却是热热闹闹拥挤不堪,再走几步,那土崖就更有意思了,有些似古罗马的战场,有些恰似骑着战马的士兵,令人遐想万千。耿文越看越有兴致,远处,一个高耸独立的土崖竟像一只欲飞的雄鹰,那两只羽翅宛若正向天空冲刺……"大鹏一日同风起,扶摇直上九万里,"李白的诗句突然从耿文的心里涌了出来的。另一边的土崖上却是另一番味道,土崖的半悬空上长满了枸杞树和酸枣树。枸杞与酸枣大部分已被风吹落,所剩下的果实红得有些发紫,已被风烘得瘪瘦瘪瘦,星星点点地挂在枝丫上很是滑稽……耿文想,这些可都是上好的药材,拿竹竿打下,用簸箕把杂质扇掉便可以做药材了,然后再把枸杞的根刨下……一个声音突然响在耿文的耳边。

"耿文哥,等等我们。"汝莲的声音"嗡嗡嗡"地从遥远处传过来了。

耿文皱了皱眉头,心里说,这个汝莲呀就是犟得没法说,只要她想做的事,再怎么劝也没用,真拿她没办法。

一会儿马车的响声已近了。一辆马车飞跑着,车辕上坐着的是东子,他正使劲赶着马车,车辕的另一头坐着汝莲。

"你们俩怎么来了,家里需要人照顾的……"耿文不自主地埋怨道。客栈的人几乎都出来了,耿文确实有些不放心。

"耿文哥,放心好了,家里一切都安排妥当了,不会有什么事的。"此时的汝莲显得娇滴滴的,那是一种惹人怜爱的姿态。

耿文反倒什么话也不能多说了。

"耿文哥,听姐姐说你出来采药了,这种事你一个人能忙得过来吗?你出来也不邀我们,我对你都有意见了。"东子撅撅嘴,做出一副生气状。

"好了,好了,既然出来了,那就既来之,则安之,你俩看秋风飒飒,白露已过,这个时候正当采药季节,我想在农村多住几天,一边收集药材,一边考虑我下一步的路子,好不好?"

"太好了,你能尽快悬壶于市是我们大家的福气……"

"没说三句话,又夸上我了,我可不是戴高帽子长大的。"耿文知道再不阻止,后面又是一大堆夸自己的话。

自从用药治好东子的口吃,用针灸救活周家利,用中药为张聚财内服外敷好伤口,汝莲和东子更是催促耿文早点悬壶于市。

"我们可不是夸你,我们是实话实说噢。"

"好好好,我知道你们是真心真意为我好,原本打算定做个串铃,自由自在做个走访郎中足矣。没想到竟让你们掇使着悬壶于市,这样也好,我有个定处,省得人们寻我时跑来跑去找不着,不过,这样给你们添的麻烦就太多了……"

"我们早就是好朋友了,你还这么客气,再客气就没朋友味了。"汝莲嘟起嘴道。

"算我的错,好吧。"耿文沉寂了一下,"一场瘟疫即将来临……"耿文说着,眼睛竟显出了瞬间即逝的恐惧。

汝莲一抬眼无意中便捕捉到了耿文的那一丝恐惧,她不由得心中一阵慌乱:"什么?瘟疫?"汝莲虽然不懂得什么是瘟疫,但从耿文的眼神中她读到了"惊恐"两个字。

"瘟疫不应该是什么太大病吧,好像我在逃荒的路上听说过……"

汝莲瞪了东子一眼，让他别开口。

"东子说得也对，是我太敏感了，马上想到别的地方了……"

"耿文哥，这么说来今明两年应该没什么大碍吧？"

"这病会传染，缠喉痧比较厉害，但，只要预防好，应该是没什么大问题的。"

"耿文哥，你的中医术语我们搞不懂，你说需要我们干什么，我们就帮你干什么好吧？"

"我需要大量的荷叶，用荷叶来清肝疏肝，肝木才不克脾土。不然的话，子病及母，便离不开莲子来养心。所以说，不但要大量收集荷叶，还要收集一些莲子，收集这些东西又必须得先找到荷塘才……"

"这个容易，耿文哥走的路线是对的……"汝莲一听这病有办法处理，心霎时舒展开了。

"我一出城就打听好了，我们平遥只有'梁村'可以找得到，所以我是顺着这条路向前去……"

"耿文哥好聪明噢。"

"瞧瞧又开始了……"

"我不说还不行吗？"

"不过，我不但可以帮你采到药，而且我还可以领着你欣赏到八景之一的'源池泉涌'呢。"汝莲的得意之色挂在了脸上。

"车子里我早已备好了袋子，只要采到药，你想装多少就装多少。"东子心里美滋滋的，真高兴自己的先见之明。

"有这么好的事吗？"

"这就叫一石二鸟。"

"还是我们汝莲聪明嘛。"

"你给我戴高帽子。"

"没有，没有，我哪敢给你戴高帽子呢。"

"这就对了，我才不要人戴高帽子呢。"

"是啊，你们听说过给关老爷戴高帽子的故事吗？"

"这个,还真没有。"

"耿文哥,快给我们讲讲吧。"

"这个故事我本来不想讲的,讲了我怕你们……"

"怕我们怎么,我才不怕呢。耿文哥讲吧。"东子几乎是求耿文了。

"好吧,看来我不讲还真对不起东子呢。"耿文揶揄地。

东子却不解其意,一股劲催促着。

汝莲默默不语地想着耿文说话的用意,知道这话中肯定有文章,但她还没想出什么道理来时,只听得耿文已讲开了:"话说有一天哪,玉皇大帝邀请各路神仙去聚会。可这聚会,有一规定,进南天门时,每人必须得戴一顶高帽子,才能进到凌霄宝殿去。各路神仙高高兴兴领了高帽子戴上,全都进到凌霄宝殿赴会了。这时伏魔大帝关羽关圣来了,南天门守门神仙欲给关羽戴高帽子。关羽一看生气地:你们看错人了,我是戴高帽子的人吗?躲一边去,别碍我的事。守门神仙赶忙道:关圣人就是与众不同嘛,我们哪敢给您戴高帽子呢。关羽听了高兴地对守门神仙道:这就对了。说着兴高采烈地进到凌霄宝殿了,看着众神仙全都戴着高帽子,心里十分好笑,瞧你们一个个像什么样子。关羽心里想着,手却不自主地摸到了自己的头上,咦,什么时候我也戴上高帽子了!"

"耿文哥,我知道你就是现编故事欺负人嘛。"

"哇,冤枉哪!"耿文故意叫着屈,"这可是我们家乡讲了多少年的老故事了,我怎么可能现编呢。"

"那我则是孤陋寡闻了。"

"你呀,有些时候是大大咧咧的,有些时候还真有点养尊处优呢,我给你提个意见,你可要接受啊。人无完人,金无足赤,其实这也是给我自己敲警钟呢。谁不爱听好听的话呢,可是,恭维话听得太多了,有时候自己也不知道自己有多少分量了,所以我们还是要自己懂得自己。'不知命,无以为君子也;不知礼,无以立也;不知言,无以知人也。'孔圣讲得真是太好了。作为一个人,只要掌握好这些,对自己对别人大有益处。"耿文像大哥哥般对汝莲道。

"我倒不觉得姐姐是这样子的。"东子替汝莲辩解着。

"东子,耿文哥说得很对,我这人有时候就是挺偏激的,有时候又是非常小鸟依人的……"汝莲说着先自己笑了起来。

"这是谁说的?"耿文将话音放开来,像一个撩拨的乐句。

"瞧我,有时候就是人不知己过嘛,一不小心就自己表扬自己了。"汝莲幽幽柔柔地道。

"拿杆秤,称一称不就知道自己有多重了。"耿文嬉笑着故意逗着汝莲。这会儿耿文的心情特别好,田园风光如此旖旎,东子是那么的青春年少,汝莲又是那么可人如玉,他们俩在耿文眼里恰似一对金童玉女,耿文心里倏然产生了和他俩开玩笑的念头。

"耿文哥,你今天究竟怎么了,老拿人家开涮,我被你凭空就扔进了深渊哪……"汝莲充满野性而又含蓄文雅。此时的汝莲有些心旌摇荡,她知道自己从心底喜欢上了耿文的一言一行,哪怕是他皱起眉头的一瞬间,还有他偶尔发呆的样子,汝莲仿佛已被这种感情攫住了,一边在意识中替自己百般辩解,一边又让另一种情感放任自流……

"那我呢?"东子憨态可掬地。

"那你就是迷途的羔羊了,在旷野里'咩咩咩',这样叫好吗?"耿文说着把手放在头上,做了个羊角的样子。

"我才不要呢。"东子并没懂了耿文的含义,稀里糊涂地,"不要,不要。"

"这可不是你的作风噢。"汝莲有些奇怪耿文今天的一反常态。

"是吗?人总不能绷着一副面孔啊。好了,好了,你们俩别不依不饶的。谈谈我要找的药材好吗?"玩笑开过了,耿文郑重其事地道。

"怎么谈啊,我们对药材可是一窍不通噢。"

"这个好办,像芦根、车前草、马齿苋这一类,只要我给你们个样本,照着我的样本去采就可以了,只是荷叶,莲子我们只得找老乡去收集了。"

"荷叶不用你发愁,刚才不是说好,到梁村去收集吗。"汝莲接过耿文的话茬,然后又把话锋一转。"说正经的,这些日子,我看你对平遥特别感兴趣,这回可是真正要在平遥扎老营了吧?"

"是啊。"

"那么你就是平遥人了。"

"是啊,我是平遥人了,我是平遥人!"耿文一脸自豪地爬上一个土崖对着天空大声喊道,"我是平遥人!我是平遥人!"

东子也随耿文爬了上去,学着耿文的样子:"我是平遥人!"

汝莲也跟着爬了上去,这是一块极其平坦的土崖,崖上长着各种各样的绿草,虽然枯黄了,坐上去却毛茸茸的挺舒服。

"瞧你们俩疯疯癫癫的,谁说你们不是平遥人了,你们肯定是平遥人噢。"汝莲粲然一笑。"我们可以坐在这儿休息一会儿说说话了。"汝莲对耿文和东子道。

"是的,今天权当我们出来郊游吧。"

"那么,平遥的方言你知道不少了?"

"哪能呢,知道一点儿。比如你们常说的'第米',我知道这是说'明天'。"

"可以呀,那么继续。"

"平遥人说的'夜来',是指'昨天'。说的'年时',便是说'去年'了。还有'气闷心'我也知道,可以理解为'没本事'的人,对吧?"

"那么你知道'没点点'是什么意思吗?"东子笑着问道。

耿文摇摇头:"这个我还真不理解。"

"东子,你给耿文哥把这句话说全了,他肯定会理解的。"

"你看那人尽干些'没点点'的事情,尽说那些'没点点的'话。"

"我明白了,说那个人尽做些'没体面'的事,尽说些'不体面'的话。"

"那'半贼不米'呢?"东子抓耳挠腮地想着,专门找难度大的给耿文说。

"这个我可就真搞不清楚了。"

"哇!耿文哥你也有搞不清的地方了?"东子诡秘地笑着。东子今天有意识把自己释放开了,这种场合可以让他得意忘形,可以让他充满活力,可以让他任达不拘。

"我又不是万事通。甘拜下风,拜你为师好吧?"耿文有意揶揄着东子。

"哇,我也能当一回老师,真不简单哪,不过,老老师还在那里坐着呢。"东子自美自得地笑着,然后兀自笑的捂着肚子爬在草丛里打着滚。

"耿文哥,聪明的反义词是什么意思呀?"汝莲嫣然一笑道。

"噢,我明白了。瞧我糊涂的。"

"此糊涂和彼糊涂是两回事。"

"'半贼不米'是指与生俱来的'糊涂'。"

"你刚才说的糊涂是指一时的糊涂。明白了吧?"

"平遥的方言特别有意思,有时候仅一个字不同,意思就大不相同,比如说'偏疙瘩'和'木疙瘩'吧,'偏疙瘩'是指和人相处不和睦的人,而'木疙瘩'则是指头脑愚钝不开窍的那种人。"

"很有意思,让我慢慢来吧,不懂得平遥方言哪能成为一个真正的平遥人?"耿文谦逊地。

"东子,你给耿文哥讲讲'茄子气'的故事好不好。"

"好啊,老师在此发话哪有不讲之理。"

"瞧我们东子,俨然老师了。"

"什么像个老师,在这一点上我就是老师啊。"

"请老师开讲。"耿文赶忙站起来,一本正经地作了个揖。

汝莲"扑哧"一声笑了,耿文憋不住那股劲也"扑哧"笑了,三个人在草地上笑着爬起来躺下,躺下又爬起来……

"让我猜猜你们说的'茄子气'。"耿文笑着坐起来道,"茄子是吃的蔬菜,茄子怎么会有'气'呢,是与老气横秋同日而语,还是……"

"茄子可是深秋还有的蔬菜……"汝莲止住了笑,有意往这方面引导着。

"深秋的蔬菜已经差劲了,啊,我敢断定是指'软弱、不中用'而言。"

"瞧瞧,老师,我的学生怎么样?"东子听了耿文的解释忙对汝莲道。

"老老师,我的水平怎么样?"耿文接着东子的话茬儿笑呵呵地对汝莲道。

汝莲笑得更厉害了,话也说不出,用一个指头指指耿文,又指指东子,笑得半晌才缓过气来:"你们俩……今天是吃上什么了,笑掉大牙……"

"好姐姐,好不容易有这样机会,让我们一块儿好好疯一疯吧。"

"好好好,我们今天就好好疯一回。"汝莲俨然总指挥。"让我来告诉你们,我们现在所处的位置正是'小城村',这是一片土崖,那一片是酸枣树、枸杞树,还有前面那一片枣树林,都是小城村特有的风貌……"

"是啊,是个好地方,我已经把它寄存在心里了,这土崖上的药材挺多的……"

汝莲突然像想起什么似的一拍脑门道:"对啦,还有个重要的问题没给你俩解释过呢。这'小城村',在平遥人嘴里读的可是'小世村',你们要想找'小城村'只有我这样的人会给你们说,当地人可是不和你们咬京腔的!"汝莲故作得意之色,然后忍不住又"扑哧"一声笑了。

"谨听老老师教诲。"看着汝莲开心得不得了的样子,耿文故意做作地叫着。

"教诲不敢当,讲方言给你们听,本小姐还是绰绰有余。"汝莲越发笑的得意了。"这个'城'字的方言确实比较特别,应该是特定的一个字,在城内人们就管它叫'城',比如说,在城内你必须说,'平遥城',绝对不能说'平遥世',你要说'平遥世'就闹笑话了。而在城门以外,念'城'时,读音就是'世',比如说'城壕'两个字,城壕本来就是城墙以外的地方,所以就是'世壕'。那么,让我分析,这'小城村'与'小世村'的叫法也是这个原因。"

"刚才听了这么多方言,我的感觉是,平遥的方言不但语言丰富,多姿多彩,而且还有声有色,动词、形容词用的都挺有韵味。比如说喝凉水撂筷子——陪衬。其中就有动词、有名词、有形容词。还有锅子(罗锅)睡在墓子上——尖对尖。瞎子打了卖碗的——白打。眼皮赛过糠壳

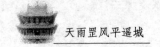

子……等等。这些细细研究起来，很有嚼头……"

"耿文哥，你来平遥才几天，比我还知道得多啊。"东子有些妒忌。

"东子，你不想想，耿文哥是什么人哪，有几个人能跟他比！"汝莲夸着耿文，却忘记了东子的感受。

东子点点头，不得不承认，耿文的语出惊人早在他心目中占有重要位置，而且连汝莲都甘拜下风，自己今天却心里有点不舒服。噢，有了妒忌才会有进步。那我这是不是进步的开始呢，东子突然为自己的生性愚鲁有点伤感起来，木呆呆地坐在那儿不说一句话了。

汝莲不停地夸奖，耿文也有点受不了啦。汝莲看着两个人都不吭声了，吐了一下舌头，知道自己话说得有点过头了，一阵沉默。

为了调节气氛，耿文站起身来，做了个伸懒腰的动作，然后睃视远方笑笑道："汝莲，你的'茄子气'故事呢？"

"好好好，我'茄子气'，我糊涂，你们俩聪明伶俐。"汝莲把话茬接过来，有意识地想挑起东子的话。

"啊，你变相地贬我们，讨我们的便宜啊。"耿文故弄玄虚地接着汝莲的话。

这下东子可就真糊涂了："耿文哥，刚才姐姐明明说我们俩聪明伶俐，你怎么能说她是变相的贬我们呢？"东子睁大眼睛不解地问。

耿文听了笑着蹲在了地下，指着汝莲道："她把我们比做了太子，而把她比作皇上，你说这是不是讨我们的便宜哇。"

"我这是失之东隅，收之桑榆。是你们先讨了我的便宜，我以其人之道，还治其人之身。"

"你们俩咬文嚼字的，越说我越不懂了，那我就是真糊涂了。"东子知道只有谦虚地好好学习，才能弥补自己先天和后天的不足。

"真糊涂才好呢，谁能真正做到这一点呢，我们三个人中只有耿文哥才是难得糊涂呢，东子，其实那才是真正的大智若愚。"汝莲收敛了笑容认真地道。汝莲有一个原则，好就是好，不好就是不好，绝不会浮夸。

"瞧瞧高帽子顺手又来了。我现在可是真想听'茄子气'的故事了。"耿文伸了伸腰,一屁股坐在了草地上。

"东子你来。"汝莲以鼓励的目光点点头。

"话说康熙时,平遥来了一位新上任的知县,"东子一边说一边坐了下来。东子知道汝莲让他练习口才,是给他好好学习的机会,东子对汝莲点点头,心里说,看我的:"这县太爷呀是南方人,个头不高,瘦瘦的,而皮肤却是白白的,说话呢绵绵的,给人的第一眼感觉便是弱不禁风。"东子有意地拉长了声调,把能重叠的字全都重叠起来,东子自我感觉这样能增加语言上的厚度。"县太爷上任不久的一天,准备审理一桩案子,衙役们喝了堂威后,看到坐在大堂上的县太爷还是抖不起一点架子来以显威风。当时围观的人群中有个爱开玩笑的人,知道新来的知县是异地做官,见此情景便与旁边看热闹的人道:这老爷蔫不拉叽的,说不准是个'茄子气'。那玩笑人的声音虽然很小,但还是被坐在大堂上的县太爷断断续续听到了一些。"

"是啊,刚来平遥的人肯定听不懂。"耿文深有感触地说。

"对不起,请听我说。"东子一脸郑重地。

"县太爷察言观色,似乎从人们的脸色上看出了这议论肯定和自己有关系。便俯身悄悄问旁边的幕臣:刚才我听那人说本官是什么'茄子气',你快给本官解释一下。这幕臣真不愧是地地道道混迹于官场的老手,朝着那玩笑人狠狠瞪了一眼,来了个急转弯,不慌不忙对县太爷道:回大人话,这'茄子气'是平遥的一句方言,在我们这儿称之为'大有作为'之意。大人初来乍到能让百姓们称道,真乃可喜可贺。噢,原来如此。县太爷高兴得嘴都合不上了,大声对众人道:本官上任前已听说平遥这地方不错,果然平遥这地方人杰地灵,连普通老百姓都会这么理解人,看来平遥真是本官的用武之地。大家今天说老爷我'茄子气',老爷我今后更要'茄子气',只有'茄子气',才可以答谢众乡亲们的鼓励之意……众人忍俊不禁,但又不敢把话说破。就这样,让玩笑人讨了知县个大便宜。"

"东子,我也要在这里借用一句'可喜可贺',你的进步真大呀。"听了东子讲的笑话既流畅,又有感染力,耿文不由得称赞着。

"是的,我也借用刚才故事里的一句话来表扬我们东子,东子今后一定要'茄子气'的'大有作为'啊。"汝莲说着已笑得站起来又蹲下,蹲下又站起来,笑得直拿手帕擦眼泪。

"那我以后就得好好听姐姐的,学着'茄子气'喽。"东子听了,心里却有点酸酸的,有些怏怏悻悻地翻了翻眼皮道。

汝莲听了突然止住了笑,自知自己玩笑开得没趣:"好了,好了。东子别生气,算我没说,原谅我开'没点点'玩笑。"

"东子永远都不会生姐姐的气,东子连个玩笑都受不了,以后还能'大有作为'?"东子说着自己也笑了。

耿文看着他俩玩笑开过头了,赶快岔开话题:"平遥的方言真是有意思啊,我前些日子听了瞎子说书《王婆骂鸡》中,有这么一句'朴头仙脑',到现在还没弄懂是什么意思。"

"'朴头仙脑'这句话是平遥人的一句褒扬之词,一般是指胖乎乎的,脑袋圆圆的,看上去很壮实,讨人喜欢、让人亲近的小孩子,人们见着总是爱夸着这么说的。"

"我听懂了。其实说'瞎子说书',我觉得这么称呼,是不是有点对盲人不尊。"耿文为盲人们鸣不平。

"你说的对,我也有这种感觉,认为这种叫法既不雅,更是对盲人的不尊。不过,这是平遥老百姓最直接的一种叫法,在平遥来说,并无贬义,但在外地人听来,却觉得带有贬义了。"

"我却认为'瞎子说书'更为直接一点,也就是担的什么卖什么,何必要遮遮掩掩。"东子插嘴说着自己的观点。

"其实'瞎子说书'的学名是'平遥弦子书',或者是'平遥鼓书',然而对老百姓来说,你要猛然对他们说'弦子书',或许好多人还搞不懂呢。"

"你们看太阳都快顶在头上了,我们是不是该行动了。"

"走嘞。"三个人拍拍土,起来向前去。

耿文骑着马缓缓向前,汝莲和东子还是坐在车辕上,三个人的谈话好像意犹未尽似的。

"我们今天路经的这些村子,也就是小城、尹回和岳壁了,偏一点东是梁村,偏一点西是黎基,再往东南走一走便是源祠了。黎基、岳壁村子离平遥城也就十几里远,而他们说话的口音可就更有意思了。"汝莲坐在车辕上边说边看着耿文,秋波情不自禁地流入眉间……

"姐姐,这些我都知道,我来解释吧,比如我们说的'鸡儿鸡蛋鸡娃娃',到了他们嘴里就成了'资儿资蛋资娃娃'了,对吧?"

"对,"汝莲飞快地调节着自己高涨的情绪,"东子说的这些,听起来没什么太大的问题……可是另外一句'不想洗'演绎过来就成了'不想死'。那才真叫有意思呢。"

"让姐姐给你讲吧,笑话从姐姐嘴里讲出来绝对没得说。"东子一脸真诚地。

"此地一个姑娘嫁到外地,清早起来,把洗脸水给丈夫准备好了,然后对着丈夫说,起来吧,起来你'(洗)死'吧,你先'(洗)死'了,我再'(洗)死'……丈夫一听,火冒三丈,我刚刚娶到你,日子还没好好过呢,就教我'死',还说我'死'了,你再'死',什么意思,什么人哪……

耿文再也忍俊不禁了,骑在马上笑得前仰后合。红鬃马打了一个喷嚏,仿佛它也笑得岔了气似的。东子坐在车辕上,笑得连鞭子都快握不住。

"今天不谈这个了,再谈东子就要滚下车去了,再谈红鬃马对我可就有意见了……"

"姐姐,你讨我便宜哇。"东子笑着快要爬在马屁股上了。

"东子小心,马屁股可不是好惹的,惹恼了,金蛋蛋可就要喷出来了。"

"哇,你们两个大的,合伙欺负我小弟哇。"

"我们不闹了呵,笑也笑够了,疯也疯过了,说正经的,平遥的方言太多了。但细细研究起来好多和京腔有着联系呢。以后闲暇一点可要

好好挖掘整理才是。"

"是的。只有挖掘出它的内涵,才能真正感受到它深厚的文化底蕴。"耿文严肃地。

汝莲刚把话打住,突然又道:"你俩看,前面那一大湾水,不就是荷塘吗?"汝莲用手指着前方道。顺着汝莲手指的方向,耿文远远望去,水面静得出奇,只见水面上飘浮着少许残败枯黄的荷叶。

耿文有些遗憾地道:"可惜我们来晚了,看不到'接天莲叶无穷碧,映日荷花别样红了'。"

"不晚,耿文哥,你是不是忘记我们今天要干什么了?"

"没忘,我们是到村子里收集药材,荷花明年还可以来看的。"耿文自我安慰着。

"是呀,我们现在马上就可以进村了,往左拐稍偏东可以去到'梁村',而一直向东南一点便是'源祠'了,其实'源池泉涌'的'神池'说是在'源祠',真正受益的却是'梁村',那泉水顺流而下让梁村形成了一大片荷塘与稻田。"

"咱们不急着走好吧,我想在此打个尖,看看远景,好好感受一下这里的氛围。"耿文说着"得儿"一声,红鬃马已站稳了。

"这个提议我同意。"东子首先赞同。

"三个人两票,我不同意也没办法了,这样也好,正好……"汝莲说了半截子话跳下马车,身子半靠在马车上对耿文道,"还记得东子给你讲的'平遥龟城'的故事吧?"

"那当然,那么精彩的故事怎么会忘记呢。"

"可以这么告诉你啊,那可是我奶奶的奶奶演绎的民间故事噢。"汝莲很认真地道。

"我知道。好多民间故事不就是人们美好的向往嘛。但是我觉得平遥龟城的故事却是很有考究价值的。"

"你说得非常有道理,其实这些故事,是有历史考究的,平遥是尧的发祥地,尧初封于此时,号曰陶唐氏。平遥,祁县交界处麓台山下的大丘陵处,就是现在平遥城东南三十里地的'婴溪村'了。"

"这个我们不都实地考察过了?"

"是的,但是细细研究,这些学术性的东西跟民间传说又是非常吻合的,很有历史价值,值得探讨。陶乃制瓦器出名的地方。这些家父的手抄本上都记录着,我经常翻阅着。最早瓦器的文字是'坶',意为杵研捣时下部的器皿,《说文解字》渐渐规范为'缶'义瓦器。蔺相如让秦王敲击奏的应该就是它,陶字的旁为'匋',会意为'缶'放置在包之中,然斜下方有开口之状,意为将瓦器装入窑内烧制,开口之状示窑下部留的火道。陶本义是'有烧窑的地方'。尧的封地有大量的碎陶片堆积,说明原始时代那里是大陶场。那时,因晋阳湖水长期被困,因此淤泥特别细腻,是制作陶器的上等材料,所以我们的祖先在这里繁衍生息,并出产陶器,后来湖水治理好成为平川,所以说尧为王时是在平川上的。"汝莲娓娓而谈。

"'尧'的古字为'堯',堯的上部'垚',意为高高的土冈,下部为'兀',兀指凳子,平遥地区却叫凳子为'兀兀',将较高的方凳叫'椅兀兀'其字义就是坐在凳子上从高处土冈上来的那个人,坐凳子的首领即是尧。而名为陶唐之丘的大丘陵的'垚',正是丘陵的本名,它的本义即为高冈。尧虽然在平原做了帝王,然而他对百姓的那份情,对这里的黄土高坡土仍是念念不忘,百姓对他的拥戴更是永远的难忘,所以在他的名字上留下了无限的怀念,古人读'尧'即'陶'的谐音,这样让子孙后代都会记住'陶',怀念'陶'。后来秦始皇暴政,神经敏感,见'陶',便联想到'逃',于是下令将'陶'改为'平陶',结合地势平展之特征,以示'平定叛逃'之意,现在想来都觉得,真乃用心良苦。'平陶'沿袭了好多年,到了北魏时,平陶竟犯了太武帝拓跋焘的名讳,便改为'平遥',这样平遥便沿用至今。"

耿文凝神听着:"伯父真是博古通今啊。"

"是的,家父喜欢多读多听多思索,他的手抄本有这么一摞呢。"汝莲用手比划着,"这些年来,我和母亲遭了不少难,受了不少罪,别的东西可以典当,唯独家父的手抄本是守着不放,母亲虽然没文化,但她视父亲的手笔为宝贝,所以说父亲给我留下了一笔最宝贵的遗产……"

"书香门第,就是不一样,真正让我眼馋死了。"东子羡慕地说着。

"其实舜也在我们这里活动过。《韩非子》有这样的记载'东夷之陶者苦窳,舜往陶焉……'"

"这么说舜也是制陶能手了?"耿文忍不住插嘴道。

"当然了,明代诗人李瀚的五言律诗《登麓台》,就足以让我们知晓噢。"

"我明白了,前日我读过这首诗。"耿文有些得意地读到:'谁谓云霄远,跻攀有路通。山川皆禹迹,勤俭属唐风。佛屋洪崖半,人家遂谷中。重华耕稼处,翘首见遗宫。'我只是知道诗中的'重华'即舜名。故而臆断,不知对否?"

"了不起,非常对。"

"谢罪,谢罪,我只不过是拿来者罢了。"耿文半开玩笑半郑重地。"前日无事,在你书房无意看到的。"耿文顿了一下又道,"其实要想了解古平遥,就得耐着性子,用心去触摸,读古城如同读《论语》,读《周易》,必须细细去咀嚼,去品味,去思索,才能寻找到它的动人之处,真正将它注入心中。它的那份古朴、古色、古风、古味才会让人感动,才会得以启发,才会真正领悟,那里面的意趣会让人享乐不尽。"

"是啊,有时候我想呐喊,现在世风日下,铜臭味满大街都是,谁还顾及这些老祖宗们留下的东西。"汝莲愤愤不平地,然后话锋一转对耿文道,"像你这样做学问的人能有几个? 真正佩服你,来了平遥没多少日子……"

"还不是在你的栽培下。"耿文笑意融融地。

"你又逗我吧。"

耿文想说,其实自己浪迹江湖,意在寻找一片净土,若能像陶渊明那样,采菊东篱下……不过他嘴唇动了动,却又停下来了。

"要想真正了解平遥,就得不耻下问,我注定要拜你为师了。"耿文一脸谦虚地道。

"是吗？那你先拜吧，拜过了，我再拜你为师。"汝莲盈盈然，故意兜圈子。

"我拜你为师，你再拜我为师，什么意思嘛。"耿文被汝莲兜圈子兜得有些懵了。

"在了解平遥这个问题上，我是比你多了解一些，我就当仁不让了。可是在别的方面，我可就太差劲了，所以我就得拜你为师噢。"汝莲笑吟吟地解释着。

"你们俩拜来拜去拜师，真正要拜师的恰恰是我。"东子看着他们滑稽的拜师场景，笑呵呵地道。"我可是真心诚意的。"

汝莲并没搭理东子，接着对耿文道："有时我又以为，懂得太多，也是一件苦恼的事，没人对话是不是也是一种痛苦。耿文哥，你有没有这种感觉？"

"我倒是认为人人都可对话的，譬如和老农对话，我们可以学到他的很多自然常识，和商人对话，可以学到他的经商才华……哪怕和没有一点文化的人对话，在他身上也可能学到某些他擅长的东西。俗话说，开卷有益，其实和任何人对话，不也如同读书吗？"

汝莲有所醒悟地点点头。

耿文接着道："有这样一个故事。齐桓公任用管仲进行改革后，成为春秋的第一位霸主。这时齐桓公想到自己应该广集贤士才对。于是在宫廷前燃烧起明亮的火炬，准备日夜来接待各地前来觐见的人才。可是，不知什么原因，火炬烧了整整一年，都没人上门求见。齐桓公心里很不是滋味。就在他快要丧失信心时，一个乡下人来求见，这人声称自己有念算术口诀的才能。齐桓公听了，觉得很好笑。派人告诉他：九九算术是最普通不过的了，根本不配拿来见国王。乡下人却道：我听说宫前火炬燃了一年都没人上门，这是因为国王虽然有雄才大略，但高高在上，所以各地贤士哪敢登门？我的小九九确实微不足道，但国王能以礼相待，还怕那些有真才实学的人不来吗？泰山所以大是因为它不排斥每一块小石头，江海如此深是因为它积聚着每一条小溪流。诗经中云:古代的英明君王有事,都去请教砍柴打草的农夫。只有这样才能集思广益。桓公听了,连连点头称赞,立即隆重地接待了这个乡下人。果然没过多久,四方的贤人纷纷前来投奔齐桓公了。"

"听了你讲的故事,我真有点羞赧,不过给我也敲响了警钟,自命清高确实要不得。"

"你一个女孩子能走到这一步,已经很不容易了。应该表扬你才是,不过,我讲这些是因为你有这样的能量,干什么都可以干好。所以用故事激励你,让你更好地发挥你的能量。"

"我是不是真的有点像井底之蛙那样?是不是只有走出去才能……"

"你完全领会错喽。重新调整一下思维,慢慢领会好吧。"

"走嘞。前面是个岔口,我们先到源祠村看八景中'源池泉涌'的'神池'呢?还是先到梁村采集荷叶呢?"

"当然是先到'源池泉涌'看'神池'了,然后再到梁村住下来,慢慢采集药材也不迟。"

"好嘞。那我们就先难后易,先去看'源池泉涌'了。"

"怎么讲先难后易?"

"当然了,源祠在上面一点,要爬坡的。梁村在下面一点,显而易见,那不就是先难后易了。"

马车停在了崖壁下面,把红鬃马拴在树上,三个人只身上到源祠'神池'处。

水,清澈见底,倒影将三个人映得真真切切,东子抢先蹲了下,捧起一掬水,喝在口中:"哇,太美了,清凉可口。"

耿文也像东子那样,将水掬在手中,连连喝了几口:"真乃甘甜清爽,怪不得称之为'神水'……"

"是吧,这'神水'却是有渊源的。"汝莲很自豪。

"渊源肯定得老老师讲了。"耿文笑着又打哈哈。

"哪里,哪里,这个故事我的学生也可以讲的。你说是吧?东子。"

东子正把手伸在水中全神贯注撩着玩,突然听到汝莲问,含混地

"嗯嗯"着。然后又抬起头："姐姐你说什么呀？瞧我都迷上这泓水了，大有流连忘返之慨。"

"是吗？那就把你留在这儿吧，这里的姑娘们可一个个都是水灵灵的，白里透红啊，用人面桃花来形容一点也不夸大。"

"姐姐拿我开涮，取笑我啊。"东子赶快站了起来，不知所措地把手里的水甩干了。

"姐姐并没取笑你的意思啊，据说，这里的水洗脸确实能让人皮肤光滑细腻红润，所以平遥人有句俗话，'要娶水色的源祠、梁村的……"

耿文凝视神池之水，一种恍若隔世感涌了上来，心莲如从水中冉冉升起……文哥～～文哥～～好好活着，等着我……高高低低的叫声犹如在天空中漫溢开来，那是发自心灵深处的呐喊，那是狂热和悲壮的呼喊……耿文陡然打了个冷战……

"耿文哥，故事还是由我来讲好了。"汝莲一声呼唤，惊醒了耿文，他习惯地叩了叩脑门，缓过神来了。

"噢，听故事，我们一起听故事。"耿文重复着话语，掩饰着刚才的走神。

说不清是哪一年，一个和风煦丽的阳春三月，大地一片新绿，枝头的桃花争相开放，惹得蜂蝶穿梭忙碌。一位年轻人，肩扛着铁锹走在田间小路上，要去春浇小麦。走到村东，年轻人被眼前的景象震慑了。一位鹤发童颜的老者手执一个水瓢，肩上却挑着满满当当一担水，晃晃悠悠走在前面，水看上去就要被老者晃悠晃悠晃荡出来了，然而却任老者怎么晃悠一点也洒不出来……年轻人越看越觉奇怪，忙上前客气地：请问老人家何方人氏？为何挑着一担水走来走去，不肯放下歇歇脚？老人家若是累了先到我家歇息，随便用点粗茶淡饭，等歇过身子来，再赶路也不迟。老者抬眼看了看小伙子，把担子放在地下道：老朽四海为家，居无定处，常年以卖水为生，这担水说沉也不沉，说轻也不轻，不过老朽常年挑着到处兜售，倒也不觉得累，只是别人不识此货。年轻人，恐怕你也担不动它。小伙子撇了撇嘴，心想，这老人未免太小瞧人了，就这么两只桶，充其量也百八十斤，这样的担子我挑两担也不成问题。便对老者道：老人家这回你卖水卖错地方了，我们这儿从来不缺水，所以你这担水是不好脱手的。老者对小伙子道：若要逢上天旱无雨呢？你们不也依靠那条从山上流下来的小溪吗，若上游水干枯，能说不缺水吗？听话听音，从老者的话中似乎能听出这担水非得在这儿卖掉不可。小伙子忙道：老人家，这儿风调雨顺，从我生下来还没见过缺水的日子，您老歇歇脚还是赶快到别的地方去卖吧，况且您这一担水能济得了多少事。小伙子说罢，过去想帮老人挑起水带回家去歇一歇，谁知，他用足了劲那担水却像落地生根般动也不动，小伙子脸都涨红了。

　　老者轻闲地捋着胡须哂笑道：小伙子，怎么样，不听老人言，吃亏在眼前吧，我看你还是买了这担水吧。小伙子尴尬万分，不知说什么才好，只是觉得奇怪，一个老人都能挑起的一担水，自己今天却怎么也挑不起来。年轻人有点羞愧地道：老人家，请恕我少不更事，只可惜我没钱买您老的水。不管怎么说，您先到我家歇歇……老者却生气地道：难道你就没别的想法吗？小伙子懵懂了，我也没惹你呀，我好心好意让你歇歇，你倒……心想，这老人说不来有点怪癖，还是干自己的事去吧……他欲转身离去，只见老者，将一桶水轻飘飘地提了起来，像玩耍似的向对面的一片凹地泼去，小伙子愣怔着，脑子还没转过来，只见老者又将第二桶水也向凹地泼去了……突然奇迹出现了，那凹地中竟出现了一个冲天的泉眼，白花花的水直往上冒……小伙子再看那老者，早已无踪影了。刚才放水桶的地方却变得朦朦胧胧起来，雾霭中隐隐约约小伙子看到了一尊端坐着的神像正向自己微微而笑……小伙子豁然明白了，自己遇上水王爷了。刚才是神仙在点化自己，小伙子纳头便拜。

　　回到村子里，小伙子把刚才遇神仙的事说给了村人，村人们捐资在端坐神像的地方建起了一座庙，起名"源神庙"，又在凹地处泉涌的地方修了一池子，名"神池"。我们抬眼看到的就是源神庙了。

　　汝莲说着用手一指："从此源祠神池的水常年泉涌，周边村庄受益匪浅,尤其是梁村,从神池流出来的水直接就到梁村了,梁村栽上了水稻,那美丽的荷塘已成为梁村的一大美景,每到夏日,那可真是'接天莲叶无穷碧'哪。"汝莲的故事讲完了,抬眼却看到耿文有些心神恍惚,猜想他想到什么难以忘怀的事了……不知该对他说什么才好。突然想到父亲读过的一首写"神池"的小诗,于是,轻轻念到:"水经不注讶天工,郁气山川泄此中。暗浸海波源自远,全浮地轴脉能通。鸥猜孤影徐徐下,日射重轮晃晃同。鉴我须眉尤古澹,新沙堤柳共春风。"

"姐姐,故事挺有意思的,诗我可就不懂了,让耿文哥……"东子话刚一出口,猛地看到耿文模样,忙止住了话,朝汝莲挤了挤眼,示意她来说话。

"哦,对不起,我有点走神了,"耿文尴尬地忙道,"咱们到梁村歇脚吃饭怎么样?"

不知不觉已来到了梁村。

"耿文哥,我的肚子可是饿了,找个老乡家先安顿下来,慢慢聊好吧。"

"这村子应该有寺庙吧,我想在寺庙里住。"耿文幽幽地道。

"前面就是古堡,不但有寺庙,而且庙里还有住持呢。"

一进了梁村的村子,耿文就被梁村的院落迷住了。这是一座真正的古堡。一排排的青堂瓦舍掩不住的古色古香……耿文道:"太好了,在这里住下,一边详细了解民风民俗,一边采撷药材,不也是一种缘分

......"

第十八章

这是一个静谧的夜,窗外连虫声都没有,月亮也隐藏到云层里了。

天一客栈。

一个黑影蹑手蹑脚从外面用小刀一点一点地划开了周老太房间的门闩。门轻轻地打开了。屋内黑咕隆咚,没有别的声音,只能听到周老太轻微的鼾声。

这黑影正是周家利。

周家利心里不停地发笑,你们救了我,让我在客栈养病,教育我让我痛改前非……嘿嘿,我真的想改呀,可这怎么能改得了,那腾云驾雾的感觉,说改就能改得了?我只能在你们面前装装样子,让你们相信我改得很好罢了……周家利想到自己的"表演",实在是不同寻常,很快就博得众人的信赖。

场景历历在目:周家利痛哭流涕地跪在地下:"嫂子,是我错了,是我财迷心窍,我不是人。"周家利说着左右开弓打着自己耳光。周老太别转了脸,周家利这样过激的话,反而让周老太反感,觉得他在装模作样演戏。"嫂子,我这条命是你们给我的,我来世做牛做马也报答不了您的恩。今后您让我走东我决不走西,今后您让我干什么我就干什么,我这条命都是您给的,我还能有什么话说。"

毕竟是一家子,一个周字划不出两个姓来。周老太经过了许多事情,近来更是吃斋念佛,事事处处行着善事,像佛经上说的那样慈悲为怀,她真希望周家利好好做人:"好了,好了,起来吧。"周老太宽容地。

"多亏这位贤侄的抢救。"周家利磕头捣蒜地朝着耿文道。

"起来吧。只要你诚心诚意改过,好日子在后头呢。"耿文扶着他站了起来。

"我侄女呢,我那位侄儿呢,我得感谢他们的宽宏大量。"周家利嘴上像抹了油般越说越好听,心里却发狠地:既在矮檐下,怎能不低头,君子报仇十年不晚。我周家利……哼……让你们救我,日后没你们的好果子吃。我周家利的忍辱,为的是扬眉吐气的一天……

正是天赐良机。周家利心里笑得简直就要开花了,那个耿文竟然说什么今明两年内瘟疫要盛行……要上山去采药,而那个傻逼汝莲也鼓动东子非要跟着去……周家利想着,已慢慢地摸索到了炕上的小柜柜处。这些天来,他早已留意着看好了……此刻,周家利的手已伸进了柜子里,一下子就摸到了一个金漆盒子,他知道这是周老太的全部积蓄……

正当他得手时,周老太嘴里"哐吧"着翻了个身……

周家利一惊,事情就要败露了!

这时周家利正好摸索到了周老太的裤带。借着一丝丝亮光,他看到周老太似乎还在睡梦中……周家利急忙捂住周老太的嘴,将裤带往周老太脖子上一吊,枕头正好掉下来套上裤带,周老太如同上吊一样,出不上气来……

周家利悄悄地退了出去,将金漆盒子埋在了庄院的废墟中,然后悄悄又摸回到自己屋里睡下了。周家利心里美滋滋的,神不知鬼不觉就消灭了周老太,等机会成熟,我一个一个处理你们。哼,等你们回来,我佯装不知,大家一定以为是周老太不小心自己把自己勒死的……

寺院,淡淡的月光透过窗户照在禅房的炕上,耿文正在睡梦中。只见寺庙门楼全都摇摇晃晃动了起来。寺院的门开了,心莲向耿文缓缓而来……耿文惊喜万分,跳起来欲抱心莲……倏忽,心莲不见了……耿文正在迷惑,心莲又出现了,一脸的哀怨,手里却提着一把剑欲引颈自刎……耿文一下子被惊醒了,浑身水渍渍的,这到底是怎么了?梦中的心莲怎么好端端的引颈自刎……心莲不是跳崖了么,耿文的心一阵痉挛,猛地抽搐起来,奇怪的梦,难道是日有所思夜有所梦……白天也没这么想过心莲要自杀呀……

红鬃马突然"嗷嗷"地叫了两声。一种不祥感仿佛在耿文身体里漫延着。

天还没亮,耿文骑着红鬃马已赶回天一客栈了。巷子里寂静无声,人们正在睡梦中。

天一客栈的门紧紧地闭着。耿文从马背上一下子跃上了房顶,然后轻轻落到了院子里。耿文屏气凝神,一阵细微的"呼噜噜、呼噜噜"声传入了他的耳膜……

耿文心说,不好!周老太的房门已被耿文踢了开来。这时,周老太的舌头已吐出了半截,耿文知道再不救周老太马上就要断气了。耿文慢慢用牙一点一点地往开咬着绳子。耿文非常清楚,这种情况千万不能着急,他知道只有这样慢慢将绳子解开来,周老太或许还有一线希望。若是急着用剪刀之类剪断绳子,那么就是有再大的本事,人也是必死无疑……时间一点点地过去了……周老太"呼噜噜"的声音越响越大……绳子终于解开了,耿文采取紧急措施,一边对周老太帮着进行呼吸,一边对准穴位以指代针掐着按摩,周老太"哇"的一声哭了出来……

这边,周家利万万没想到事情会搞砸,耿文会在最紧要的关头赶回来。周家利最终被关进了大牢。

耿文不停地内疚着,那种负疚感沉重得让他连气都喘不过来。他已经有三天三夜没睡觉了,一直守候在周老太身旁。一向豁达大度的耿文突然间变得迟钝木讷了,他感觉自己从没这样难堪过,自己的身心宛若被大海的暗礁撞来撞去,现在已被撞得血肉纷飞。

汝莲和东子不停地劝解着让他去休息一会儿,耿文却执拗地不听劝阻。汝莲端着一碗粥进来了,她看到坐在炕边的耿文脸色虽然还是那样的凝重,目光却是那样的茫然……像个迷失方向的孩子……

"耿文哥。"汝莲的心一阵揪痛,放下手中的碗,紧紧地抱住了耿文……

一个激灵,耿文那随风飘荡的灵魂被拽了回来……耿文不好意思地推开了汝莲……

汝莲下意识地把粥端给了耿文。

耿文从汝莲手里机械般地接过了粥,手却不停地抖动着,心里总是放不下,为了自己一时间的善意,差点丢掉老人家的命。

周老太摆着头,醒来了:"我睡得好香啊,我做了好多好多梦,从来都没这么舒坦过,佛给我讲了一个又一个故事。"周老太说着坐了起来喝了几口粥,脸色马上红润起来,然后定定地看了耿文一小会儿。耿文像做错了事的孩子一样,难以抬起头来。"孩子,我知道你很难过,你一直在自责,你的善心是对的,佛教给人最初的修习方法就是'孝亲尊师'……试想连这些都不懂的人,怎么会有大慈大悲心。救人的目的本身就是善意,错的是周家利的心被'魔'蒙尘。从古到今,世间有着种种灾难,加之无法避免的老、病、死,所以才会有悲苦。但追究其源,乃因有执著,才有悲苦,周家利不正是为财而执著吗?人只要脱离执著,则一切苦恼尽消除。所以说,行善者,于现世因行善而快乐,于来世则受其善报而更加快乐。行恶者,于现世将因作恶而受苦,于来世则受其恶报而更苦。而我呢,命中注定,这一生要有一大劫难。这下好了,大劫大难过去了。孩子,别难过了,将来你会得道正果的,这一点你应该自己明白……"

"妈,你感觉大好了吗?"汝莲觉得母亲刚刚好,说这么多话会影响身体,赶忙插嘴道。

"我这不是大好了嘛。"周老太说着竟要下地,汝莲忙搀扶她。周老太说着已固执地自己走下了地,"你们看看,我是不是大好了?"周老太说着将小脚在地下"咚咚咚"了几下。

汝莲惊呼:"妈,干什么呀!刚刚好,使这么大的劲!"

"大妈,您说的话,我会明白的,刚刚好,别太累了。"耿文被周老太的行动所感动了,忙不迭地站起来道。

"你还没明白呢,我给你说叨说叨,再给你讲个佛渡众生的故事,你就会大彻大悟。"周老太执拗地道。"我佛在彼岸呼唤着沉沦苦海的众生,只是世人不解罢了。有些事只要看开了,什么事都没有了。就像你秉德叔那样,说看得开,马上就看得开了,几天前他已经出家在'白云寺'了。临行前他对我说,这是他的归宿。你秉德叔走的路子是对的。不过我以为,无论出家还是做居士都是一样的,只要有善心,就是有佛心,佛就会保佑。你们说,我是不是差那么一点就没命了,可是耿文却赶回来了,这不是佛的保佑又是什么呢?"周老太说着两眼似乎放出了光芒,直直地对着耿文道,"我隐约听得有人问你,是什么促使你回来的?你只是说心血来潮。人真能有那么多的心血来潮吗?这是佛在呼唤你,佛让你来救我的!"周老太把语气放的特别重,瞅瞅耿文又瞅瞅汝莲继续道,"佛书上有这么个故事:有一位长者出门了,当他回到家时远远看到家中失火了,他大声喊着:孩子们,着火了,快出来吧。然而孩子们正在房中玩得开心,根本不知道着了火,也听不到父亲的喊声。这时父亲又对孩子们喊道:孩子们,快出来啊,外面有好玩的玩具呢,赶快出来拿吧! 这一下,孩子们都听了,立刻从失火的房中跑了出来……"周老太说到这里,顿然停了下来。用眼睛瞅着耿文,那是一种期待的眼神。

耿文从老人的眼神里马上读懂了老人的用心所在,忙道:"大妈,谢谢您让我懂得什么叫大彻大悟。其实人世间犹如一火宅,然而人们却不知自己正处在燃烧着的家中,更不知道即将被大火吞噬后的恐怖之情,是佛的大慈大悲,以各种各样的方式来救渡众生,只有大彻大悟,才可解除痛苦,免去灾难……"

"对呀,明白这些就对了呀。孩子,不可以再自责了。"

"大妈,我没有。"耿文细细咀嚼品味着周老太的话,心中的乌云慢慢散了。

"还说没有呢,瞧瞧这几天,人都瘦一圈了,这事瞒不过大妈的。"

汝莲高兴的拍拍手,然后搂着周老太道:"我的妈呀,好厉害的演说噢,我活这么大还是第一次听您这么讲呢,女儿好为您老骄傲噢。"汝莲撒娇地为周老太喝彩着。

"我的好女儿,别瞎掰了,老妈的话还没讲完呢。"

"妈,您今天说得够多了,休息一会儿吧。"汝莲娇纵地对周老太道。

"莲儿啊,你让妈把话说完好不好。这个故事可以告诉你们好多做人的道理呢。"显而易见周老太不把话说完是决不罢休的。

看着母女俩这么温馨,耿文的快乐也逐渐涌了上来。耿文朝汝莲挤挤眼睛,示意汝莲别再拦着周老太了。一边对周老太做了个请的动作道:"大妈,请继续。"

"有这么一人家,家里突然来了一位打扮得十分华丽的美女来访,告诉这一家的主人:我是予人富贵的财神。主人很高兴地请她进到家里来。并殷勤地款待她。紧接着,来了一个服装简陋的丑女人:我是使人贫穷的穷神。主人惊恐万状,欲把她赶走,丑女人道:刚才来的财神是我姐姐,我们姐妹从未分离过,你若把我赶走,姐姐也要走。果然,她走了以后,美丽的财神也消失了。这个故事说明什么呢。人有生就有死,有幸福就有灾祸,有善事就有恶事,人们应该明白这个道理,而愚痴的人,厌恶灾祸只求幸福,但求道的人应超越此二者,不可执着其任何一边。"周老太一口气把故事讲完,好像人的生与死,险恶与慈悲之间的因果关系全都被她解释清楚了,顿觉一股积压在胸中的污浊被彻底解除了。她长长吐了一口气,什么话也不再多说了。

耿文和汝莲听了,默默对峙着,整个屋子里却是那样的沉重和寂静。

一大早,汝莲一个人来到城隍庙。她要去财神庙为母亲带点香烛回去。

最近,周老太香烧得更勤了,自从救下周家利后,周老太从原来的初一、十五,成为每天的早、晚香必烧,经必念。再后来被周家利害得差点要了命,活过来后,对佛的信仰更是虔诚不已。求菩萨保佑,仿佛已成为周老太生命中不可缺少的事了。

站在城隍庙的殿前,汝莲眼前突然出现了漫天的燕子,它们快乐地飞舞着,正穿梭于寺庙的前庭,它们时而高昂,时而低回,冲向蓝天,飞向白云。忽儿,一只燕子却再也无力飞翔,倒在了殿外供桌的桌裙边。汝莲赶快上前救起了它,轻轻把它放在手绢里。燕子用恐惧的目光看着汝莲。汝莲心中突然一惊,这是为什么?是被抛弃,还是为情所累。还是受伤、生病?汝莲突然想到,好多人都说,燕子的肚量是世界上最窄的……难道真是这样?她不敢多想,可她一心一意想救这只燕子回家,燕子却把眼睛闭得紧紧的。汝莲的心一阵抽搐,它是在拒绝我救它吗?母亲常讲佛的"慈悲心",说佛对于一切众生,大慈大悲,这种慈爱是平等的……

汝莲猛地忆及,自己小的时候,曾救过的一只燕子。那场景又浮在她的眼前,也是一只掉落在地的燕子,当汝莲双手把它捧回家时,汝莲满以为它会为自己的恩赐而感动,好好吃食,恢复自己,可是汝莲想错了,燕子竟然拒绝吃食,它顽强地绝着食,终于……后来流着泪把小燕子埋在土里,为此自己好几天都不想吃饭……母亲告诉自己,"慈悲为本,方便为门",难道自己没有为燕子创造条件吗?为什么燕子却不领这个情呢?后来母亲又对自己说,佛说"慈悲多祸害,方便出下流"。这句和前面的教诲却是两回事呀,那时母亲也讲不清楚,只是这么说着,后来是秉德叔把这话给解开了。如果失掉理性,感情用事,那慈悲就是祸害了,方便就是下流了。噢,原来佛是绕着弯子说的。

"燕子呀燕子,你不会恨我吧。"汝莲自言自语地。今天自己重蹈覆辙,又将燕子救起。没有了生存欲望真的就难以救药了:"燕子呵,难道你真的是为情所伤?'问世间情为何物?直教生死相许……'"难道燕子也能与人同日而语?此刻汝莲心乱如麻,看到燕子如此,不禁触景生情,自己又是如何呢?这份情,汝莲真是说不清楚……人事间的事,往往是好事变坏事,坏事变好事,"塞翁失马,焉知非福。"那句话不正是如此？"燕子啊,苦难和痛苦确实是难以承受的,然而经过了痛苦却能造就大勇气和大智慧,造就人的慈悲和怜悯之心。有时痛苦往往又是美德的渊薮,有时痛苦却是幸福的开端,之所以这样,痛苦将是刻骨铭心的……"汝莲默默地为燕子念叨着,又仿佛是在为自己诉说着:"燕子啊,睁开眼吧,睁开眼睛看看这美好的世界,你的心胸就会开阔,你就会打起精神,跟着你的群体冲向蓝天……"汝莲感叹着,突然打了个冷战,心静下来了,为自己刚才的感叹惊讶,都什么和什么呀,简直就是乱七八糟的瞎胡扯……

"莲儿,一个人在这儿愣着干什么呢?"汝莲猛地一惊,抬头看到了张古义。

"噢,是古义哥,吓我一跳,你刚来啊。"

"我来了有一会儿了,我远远看到你一个人在这儿发呆,没敢惊动你,没想到我都站在你跟前半天了,你还是呆呆的,所以才跟你说话的。莲儿,你没事吧? 手里拿着什么呀?"

"一只受伤的小燕子。"

"噢,我明白了,你在为它发呆伤心吧。从小你就喜欢这样,到现在还是这样,你善良的心,我彻底领教了……"

"我为母亲求香。"汝莲打住了张古义的话。

"我也是来求香的。"

两个人正说话间,远远看到耿文和东子也走进了城隍庙。

"哇! 我们几个人没商量就走到了一起,真是缘分呐。"东子一惊一乍地。

汝莲不由得瞅了东子一眼。

"姐姐,难道我说错了?"东子不解其意地反问,东子近来天天都喜滋滋的,每天跟着耿文别提有多高兴了,不但知识增加了不少,而且每天天不亮就跟着耿文学习武功,个头也一下子蹿起来了。

"庙宇殿堂不得喧哗。"汝莲一字一板非常严谨地。

东子听了诡谲地伸了伸脖子,悄悄躲到一边去了。嘴里却轻轻地:

"姐姐今天怎么了？这么严肃。"

"耿文哥，我们一起进去吧。"张古义客气地拉着耿文的手。

"好的，难得你有时间碰到一起，我们一起进去烧炷香，求神灵保佑是每个人的愿望。东子你说呢？"然后对张古义道。"你最近生意怎么样啊？忙吧？"

"托耿文哥的福，托大家伙的福，在耿文哥的指点下，我还真干得不错呢。"张古义满心喜悦以感激的心情道。

"我们大家只有努力了，神才会保佑我们的。"

"耿文哥，你还是第一次来财神庙吧？"汝莲的脸上渐渐露出了笑容。

"是啊，你这个'平遥通'可要好好给我讲一讲啊。"耿文笑吟吟地有意识增加着气氛。

汝莲垂首片刻，猛地昂头道："这城隍庙与众不同的是三庙合一！城隍居中，灶君在左，财神位右。人神共识，神安慰于人，民以食为天，天下则太平，财运则滚滚而来……"汝莲淡淡一笑。

"这正是古人的逻辑设计。"

"那也有悖常理吧，怎么可能共同放在一起呢？"东子不愿意把自己的心迹隐匿起来，率真地道。

"东子说的也有些道理，但是，供在一起又未尝不可。悬空寺却是儒、释、道供在一块儿呢。那又怎么解释呢。所以说，别把什么事都看做是事。释迦牟尼在菩提树下得道后，即知道了三世因果，心量广大到能和宇宙世界相对应。而我们之所以做不到这一点，是因为我们的心灵是蒙蔽的……蒙蔽的心灵使我们变得固执而狭小。佛把这种情形称之为执迷、妄想……如果我们将自己的内心也变得空灵起来，把一切都放得开。人和世界实际上是合而为一的，只要能做到这一点，蒙蔽我们的隔阻就消失了，这样世界就是你自己，你自己就是世界……其实道也是这样解释的，所谓的'道可道，非常道'也是同一个道理……这只是我个人粗浅的看法。对不对，就看怎样认识了，仁者见仁，智者见智。"

"耿文哥这么一解释，我还真明白了一些，虽然还是一知半解，总比一点都不知道要好得多吧。"东子自言自语地自慰着。

"对不起啊，我们走题了，要书归正传了。"耿文笑容可掬地道，"汝莲说得对呀，灶君司人间烟火，财神主财帛、金钱，城隍司人间善恶。道德、饮食、钱财，聚集在一处，不正是合情合理的嘛，这可是人人都不可缺少的三要素！"

"听耿文哥这么一说，我们就不难理解三庙合一的寓意了吧？"张古义附和着耿文的话对东子道。"耿文哥如此雄材大略出类拔萃，将来一定能干出一番惊天动地的大事业。"

东子看着耿文无声地点点头，非常赞同张古义的话。

耿文拍了拍张古义的肩头："古义，谢谢你，可话不能这么说。"

"耿文哥我可是出自内心的，没有半点水分。"

"古义，我知道你是诚心诚意的……"

"我提抗议了，今天我们不讨论这些好不好？"

"姐姐，我支持你，我们进去。"东子乐呵呵地。

四个人说着已进到财神庙内，耿文一眼就看到高高的藻井中绘有太极八卦图了，他知道这是道教典型的标志。

"城隍庙为什么定在中居呢，而灶君设东侧，财神为西方呢？"汝莲一任自然地提出了问题。

看着东子和张古义互相对望着，两人竟有些捉襟见肘地一齐望着耿文。

"让我来猜一猜，"耿文像学生似的举手道。

"是不是根据道教的'八卦五行'哲学为依据而设，根据五行的相生相克，东方甲乙属木，木能生'火'，所以设灶君庙位于东。西方庚辛金，'金'为财之象征，故而财神庙设在城隍大殿的西侧……"

"哦，是这样的。"东子仿佛明白了。

"东子别打岔，你没看耿文哥话还没说完呢。让耿文哥说下去。"汝莲不由白了东子一眼。

姐姐今天怎么了，总拿我出气，姐姐肯定有心事了，要不一大早……不过，姐姐有心事，首先能冲我来，说明她对我的信赖，能让她高兴，不也是我东子的福分……东子受了汝莲的白眼竟兀自高兴起来，耳朵里这才收到耿文说的话。

"……按旧的习俗，财神是归城隍来管属的，这'财'，可分'有道'，和'无道'，'有义'和'无义'。世间发财之人，有凭勤劳致富者，有凭智慧换取者，有的却是不义之财……而在发财当中所得之财，是有义之财? 还是不义之财? 谁能知道呢? 这就要靠城隍爷来解决这个问题了，因为他所掌管的'男妇善恶生死簿册'都一一记录着，自然会有报应了。所以城隍爷居中是自然而然的了。当然了，这些看似带有迷信色彩教育人的方式，而他真正蕴涵的却是更深的一层哲理，作为一个人只有行善学好，才是做人的本色……不知我猜得对还是不对? 请老师指点。"耿文微笑着向汝莲作揖道。

张古义不解其意心里道:莲儿什么时候是耿文哥的老师了? 东子则知道其中的原由。想到那天去源祠、梁村路上所说的"老师"，与"老老师"，不由"扑哧"笑了，忽然想到汝莲的不能在庙中大声喧哗，然后又捂着口'吃吃吃'笑个不停。

张古义不解地看看这个又看看那个。

汝莲轻轻一笑道:"他们俩捉弄我，开玩笑呢，耿文哥才是真正的老师呢。他肚子里的东西是我们一辈子都学不到的。"

"汝莲你这样说可就不够朋友了。"耿文做出一副生气的样子道。

"我就是要这样说的，你的虚怀若谷更是让我们望尘莫及。"汝莲负气地。

"好了，好了，我不跟你论理了，我甘拜下风好吧。"耿文笑道。

耿文的话好像蜇痛了汝莲的思绪，她咬着唇不再说话了。

"汝莲，我现在要考考你了。"耿文说着把头抬向了藻井，用手指着道，"其实刚才是它给我提供的素材。"

"那不就是八卦吗?"张古义随着耿文所指抬头道。

"是的,是八卦图,正因为有了八卦图我才可以分析这里的一切呀。你们再细细观察一下还可以看出些门道。"

"我来说说看,外圈是文王八卦,称后天八卦,是周文王姬昌所创。而内圈则是伏羲八卦,也称为先天八卦。"听着耿文谈八卦,汝莲自知自己刚才的负气有点太过分了,赶快解释道。人往往就是这样,越是喜欢上一个人,越是在这个人面前不讲理,这也许就是女孩子的通病,或是有了爱情的萌芽? 汝莲不敢往下想了……

"对,汝莲说的对,我们现在大多应用的只是后天八卦了……"

纷乱的记忆在汝莲的大脑里跳跃起来,和耿文在一起的片断不停地冲击着汝莲的思维……近来自己究竟怎么了? 和耿文接触越多,反而苦恼越多了,是不是自己越陷越深了? 或许耿文对自己并没有什么呢,是自己剃头担子一面热,对耿文这份情太痴迷,还是……耿文的性格里蕴藏着的那股侠肝义胆与他超人的机智,正是自己最想得到的啊……这无疑给汝莲送来了一道曙光,让她看到了遥远的前方有一束光芒,那是希望之光,那光越遥远,便越是辉煌无比,越是让人捉摸不透,越是不肯放开它……汝莲使劲摇了摇头,努力控制自己,欲摆平自己,唤回原来的自己……

"……这世间啊,永远难以平等,不光是人与人之间有着等级差别,就连神的差别也是相当大的……论功行赏倒也是对的……干大事……大有作为……"

哦,耿文哥在谈论人的等级……什么? 神也有等级? ……干大事? ……汝莲的思绪终于拉回来了。汝莲突然忆及小时候,父亲就经常教育自己,干事要多动脑筋,无论干什么事都要努力做好做大……"

"我想和莲儿单独谈谈……"张古义突然对大家道。

东子拉了一下耿文:"耿文哥,我们的药面还没研完,是吧?"耿文会意地点点头。东子已迈出步子:"走嘞,我们先走一步,赶快去研药面去喽。"

张古义竟不知该如何面对汝莲,想好要说的话,几乎都忘记了,他闭上了眼睛,眼里随即流出两滴透明的清泪,那是哀怨乏力的泪,也是热烈充满深情的泪。

汝莲默默不语,等待着张古义的下文。

张古义甩了甩头,用食指拭了一下眼泪,似乎下了最后的决心,咬了咬唇:"莲儿,我知道你的心情不好,我的心情也糟糕透了。但理智告诉我,要我冷静……"张古义沙哑的声音,犹如绝望的哀鸣,他伸了伸脖颈,咽了口唾沫。然后艰涩地,"这些日子,我明白了好多事理,世间的事不是强求的,钱财不是强求的,人和人之间更不是强求的,只要我付出了,我努力了,一切只能随缘……假若你我真的有缘,什么时候都能走到一起,若是无缘,只能怪我自己做得还不够好。"张古义深深地"嗳"了口气。终于把郁积了好多日子要说的话说出来了。

"古义哥,这……"

"莲儿,别难过。你听我说,老子的道德观让我懂得了不少做人的道理。我明白,过去的那个我自私、贪婪、心胸狭窄,连我自己都难以忍受,最终受到了惩罚……"张古义把要说的全部说出来,心情反而稳定了下来。

"古义哥,那不是你的错……"

"莲儿,你不用安慰我。此时,我心已释然,即便我们俩走不到一起,我们还是好朋友嘛,这可是你说过的。"张古义轻轻一笑道。

汝莲默默地点点头。

"那么,你和耿文哥……"张古义不识火候地询问道。

"那是我的事,我自己会处理好的。"汝莲没好气地。

第十九章

这是一个落雪的早晨。白白的雪把整个庭院妆点得亮晶晶的。

天刚蒙蒙亮,耿文已起来了,他想今天正是踏雪的好时候,若能俯瞰平遥全景那是再好不过了。雪还在不停地下着,耿文环顾院子四周,雪花已覆盖了整个庭院,天地间陡然呈现出一片凝重的银色光辉。风水楼上,兽头上,整个屋脊都是白茫茫的一片,风吹来,大片大片的雪花如梨花般落英缤纷,从瓦当处抛落下来。耿文悄悄打开房门,他不想这么早就影响别人休息。他站在院子的正中,遐思妙想,如同走进童话世界,美的几乎让人喘不过气来。外面的世界一定更精彩!雪太厚了,尽管耿文小心翼翼地走着,还是控制不住"咯吱咯吱"的踏雪声。

"是耿文哥吧?"汝莲的声音从窗户里飘了出来。"这么早出去一定是踏雪吧。邀我一起去好吗?"

"本来想邀你一起去的,可大冷的天,没敢造次……"耿文歉意地。

"你对本小姐太客气了吧,这样的好事我能错过吗?"从汝莲欢快的话语中,耿文知道她早已做好了踏雪的准备。"给你一个惊喜,陪你一起去噢。"汝莲说着,人已踏出房门。

今天的汝莲破格地披了一件猩红的斗篷。这是她从箱底翻出奶奶陪嫁时的服饰,脖颈处高耸的领子上镶着一圈细小的珍珠,衬托得她更是那样高雅而富丽堂皇,那张稚嫩的娃娃脸笑起来却显得格外调皮,格外鲜活,格外光彩照人。这就是汝莲,这就是既动又静的汝莲。红红斗篷,红红的人,红红的映在雪地上,犹如给大地盖上了一枚红红的印章。看着耿文呆呆地看着自己出神的样子,汝莲的心在愉悦地唱着歌。这不正是她许多日子所企盼的?"士为知己者死,女为悦己者容",

多么耐人寻味的千古绝唱。

"难道你不愿意吗？"汝莲用肘碰了碰发呆的耿文。

耿文为自己的失态不好意思地搓了搓手。

"走啊，再不走雪就要被弄脏了。"汝莲突然指了指耿文刚刚踩的脚印道，"瞧你已经把我的雪弄脏了，你把我的画撕碎了……"耿文意外地发现，此刻，汝莲那如梦如幻的眼神是那么清澈明朗。"你赔我呵，你把我的画撕碎了……"汝莲娇嗔地重复着。

汝莲莫名其妙的话，耿文没有马上转过弯来。耿文稍愣怔了一下，恍然明白了："哇！小生我确实有罪啊，小生我冒犯了小姐白如纸的画面，请小姐恕罪……"耿文夸张性地，"可恶，可恶，这么好的画面居然让小生我点缀出如此可爱的画舫，坐上这样的画舫游一游西湖，岂不妙哉！小生这厢有礼了，请小姐上船，待小生我摇橹，带小姐一游，如何？"耿文装腔作势不苟言笑的可笑动作，还有那如同唱腔的声调，逗得汝莲"吃吃吃"笑个不停。

正房里传来了周老太的咳嗽声。唬得耿文赶忙顿住，拉着汝莲的手道："走了，走了。"

"讨厌，是你，是你破坏的，你好坏啊！"汝莲边走边不依不饶地。

耿文微微笑着，没再作声。

汝莲收敛起刚才的任性，解释道："其实啊，刚才那一幕是我小时候的故事，那时为雪而伤心，哭泣。也是一个落雪的早晨，当我推开门时，看到雪地上踏出一串串肮脏的脚印时，那脚印就像、像把我画好的画撕碎了一样，让我伤心不已。母亲问我为什么伤心，我越发哭得厉害了，我指着父亲说，是爹爹弄脏了我的画，父亲笑呵呵地把我抱起来，傻孩子，爹爹重新给你画一幅雪景好吗？我哭着说，我要雪白雪白的。父亲道，这孩子从小就懂得纯洁才是美，这孩子长大一定会是冰清玉洁的气质……"说到这里，汝莲不由得咬着嘴唇笑了："这可不是我自己夸自己噢，是父亲夸我的。"

今天，耿文执意要在雪天去领略一下"山水朝阳，龟前戏水"的景象,于是他们一步一步地向南门而去。

远处,白雪皑皑,远山,近郊,田野,树木……天地一片白茫茫。

风,骤然刮了起来,仿佛用力搅动着雪花,冲着耿文和汝莲的面颊而来。顿时,他们俩的头发上,眉毛上,衣领上全都铺满了雪花。汝莲使劲拍打着雪花,调皮的雪花却越拍越多,汝莲抬头望了望如同白眉大侠的耿文,指着他的眉毛、脸颊"咯咯咯"地笑个不停。

耿文却将两手合成半圆形,用嘴在手上"呵呵"了几口气,然后两手合掌对着天空大声喊了两声:"我来了,我来了。"

汝莲越发笑得厉害了。

耿文却不苟言笑地对汝莲道:"这是心灵和大自然之间的交汇,应该说是纯净的心灵对纯净大自然的感应!"

看着耿文郑重其事的模样,汝莲马上收敛了笑容,静静地,静静地伫立了一会儿,心灵宛若被净化了,开启了,霎时,心旷神怡,飘然若仙的感觉在身心荡漾开来……

漫天的大雪突然停住了。天是纯净的,白中透着点点蓝,而且还发亮,而远远近近的山峦,树木,街道,瓦房,全都被白雪亲吻着。倏忽,晨曦中又出现了令人惊叹的霞光景色,缕缕金光映照的白雪显得纯洁无瑕,空气中却湿漉漉的,清新中带着无限的温馨……

汝莲默默地望着大自然的奇观,真想融化于天地间,哪怕化作一片云……

"柳根河"依然。河水却已成冰。

"我好想领略'龟前戏水'其中的奥妙……"耿文向前跑着大声道。

汝莲跟着也跑了起来。

"汝莲,你说是不是这个'戏'字特别有意思,这种形象的比喻,既生动鲜活地给龟城带来了无限的生气,更增添了无比的情趣。"耿文边说着人已跳到了河面上,站在光滑的冰床上,滑雪的欲望情不自禁地让他自由地飞跃起来。这是一个非常优美的动作,冷冷的空气中散发着一股股原野的清新香味。

"真好，让人好羡慕噢。"

"来啊，我教你。"

雪，刚刚停住，淡淡的阳光射向大地。

路面有点滑，耿文穿了一件棉袍，外面罩了一件马褂，千层底鞋子踩在雪地上发出"咯吱咯吱"的声音。耿文正向宋绅士的家走去。自从那次卢永祥事件后，耿文早已与宋绅士成为莫逆之交，也成为宋绅士家的常客。

穿过几条街巷，耿文便来到了宋绅士的宅第，院子里的积雪早已打扫得干干净净。宋宅的下人们已认识了耿文，任由他进进出出。

耿文穿过了几道门楼，拐了几个弯，已来到宋绅士的书房门前，耿文拿出拥在袖子里的手，搓了搓手心，哈了哈气正准备叩门。一个下人从旁边闪了出来。

"宋老伯在书房吧？"耿文忙问。

"老爷正在用早餐，吩咐不让人打扰他。"

"我听声音是耿文吧？进来，进来，老夫吩咐你不让任何人打扰我，并不包括耿文呀。"宋绅士爽朗的笑声从屋里传了出来。"哈哈哈，耿文呀，老伯我还正等着你呢。瞧我这一句话，他们竟把你也当外人了。"宋绅士风趣地说着。屋子里暖烘烘的。宋绅士正坐在炕桌前用早餐。"来来来，坐在热炕头，一块儿用餐。"

"谢谢老伯，我已经用过了。您老趁热吃吧。"

只见小碟子里放着几片牛肉，一个干面火烧，还有一盅冒着热气的黄酒，看样子是刚刚斟好的。

"好的，那我就不客气了，早餐可是一天最重要的一餐，我总是要认真吃的。"

"老伯说的极是，晚辈应该好好向您老学着。"

"学什么呀。"

"学习您对人生的追求，学习您对人生的感悟，学习您的精彩人生,学习您对身体的善待……"

"哈哈哈,老夫有这么高的境界吗?"

"老伯,我是这样认为的,既然我们来到这个世界上,就应该责无旁贷地去保护自己!"

"耿文啊,这是不是你今天要谈话的内容?"宋绅士呷了一口黄酒,笑眯眯地问。

"老伯,谁都知道生命是拽不住的,到了一定的时候就要……健康是人人向往的,在健康的基础上才可能谈到长寿……"耿文抬眼望了望宋绅士,把话略顿了一下。

"说下去,这是个很好的命题。"

"人的生命虽说是短暂的,但我们可以延长它,可以从心态上校正它,可以从饮食上改善它,更重要的是有的放矢地去预防疾病。"

"是的,我请你喝一样东西。咱们再接着谈。"说话间,宋绅士的早餐已用毕。只见他拿出一个非常精致的推光漆盒子,打开来,是一个茶盒子,圆圆的盒子里面镶着的却是泥精套子。宋绅士把盒子递到耿文鼻前,耿文看到东西上面蒙着一层薄膜,然而薄膜却没能挡住那股清雅的香味。

"老伯,这么清馨,应该是茶吧?什么茶?"

"你猜猜看,这东西按道理不是这个时候喝的,今天你的到来,老夫我心里高兴,破一破戒吧。不过,冬至已过,平遥有句俗语:一过冬,阳气往上升。所以这个时候,喝一喝也是符合常理的。"宋绅士因为耿文的到来高兴得嘴巴笑成了"一"字形,絮絮叨叨地说了好多。

宋绅士不慌不忙地用镊子轻轻将盒子里的薄膜挑了开来:"耿文,不妨自己取一点看看。"

"好的。"耿文轻轻地用两个手指取出了一小撮。"哈哈哈,原来是金银花呀。"耿文笑着,把话又转了回来,"不过,老伯这金银花确实与众不同哪。"

"这还说得差不多,"宋绅士幽默地将了捋胡须道,"尝一尝吧,这是老夫我亲手栽,亲手一点一点摘下来的。哈哈哈,今天老夫我要亲手为你取茶,亲手为你来冲茶……"

"老伯,真正折煞晚辈了。"

"像贤侄这样的人才,若能捧在手中,我定是'爱不释手'……不过这样的比喻是有点不太恰当,请海涵老夫我用词不当。哈哈哈。"宋绅士乐呵呵地调笑着,像个老顽童。

"太好了,老伯如此雅兴,真是晚辈求之不得,若能被老伯捧在手中,岂不是晚辈的福分,时时听老伯教诲更亲近一些,像老伯那样'鸢飞唳天者,望峰息心;经纶世务者,窥谷忘返。'"

"说得好,仕途险恶,所以老夫我落得一身清闲,为百姓干点事,老夫我还是乐意。"宋绅士正色道。

"这正是我耿文最钦佩,最欣赏老伯之处。"

"那咱爷儿俩可就是惺惺惜惺惺喽,阿弥陀佛,难得啊,难得。"宋绅士说着抚掌大笑。

"老伯,我记得金银花还有一个雅称,乃忍冬花也。"耿文来了一个古典式的话语,然后又道。"我非常喜欢这名字,所谓'冬天过去了,春天还会远'吗?"

"在我看来春天应该永远都在眼前,无论遇到什么事情,都要精神饱满地走过活着的每一天。"

"对呀,正所谓心灵的纯净可以战胜一切,心灵的快乐可以超越一切。"从耿文的眼睛里,宋绅士可以看出一种领悟和感动。

"庄子的《齐物论》有这么几句,我给你读一读。"宋绅士像孩子读书似的摇头晃脑给耿文读了起来,'……庄周梦为蝴蝶,栩栩然蝴蝶也,自喻适志与? 不知周也。俄然觉,则蘧蘧然周也。不知周之梦为蝴蝶与? 蝴蝶之梦为周与? 周与蝴蝶则必有分矣……'"

"庄子正是通过'蝴蝶梦'创造了一个自我陶醉的精神境界。"耿文接过宋绅士的话道。"有人说这是庄子消极的一面,而我觉得应该理解为积极向上的一面,有了自我陶醉,才能达到更高的境界。犹如老子

《道德经》中的'道可道,非常道;名可名,非常名。无名,天地之始;有名,万物之母。故常无欲,以观其妙;常有欲,以观其徼……',正所谓'道'是可以用言语来表述的,但它并非一般的'道';'名'也是可以说明的,它并非普通的'名'。常从'无'中去观察领悟'道'的奥妙;要常从'有'中去观察体会'道'的端倪。从有'名'的奥妙到达无形的奥妙。这些我觉得和庄子的思想性还是吻合的。这正是'万物与我同化'的精神境界。"耿文洋洋洒洒地道。

"这也是我最欣赏的人生,你说得对,自我陶醉并不等于消极,怕只怕连自我陶醉都不懂得的人,那才是一潭死水,一块朽木呢。"

两个人说着,宋绅士已把茶泡好了。

"来来来,我们且论茶如何,古人有'煮酒论英雄',我们今天是泡茶谈人生,如庄子一样,来一回自我陶醉如何?"宋绅士有些豪气地道。

"好,能进入自我陶醉,也是人生的一大乐趣。"耿文说着端起茶碗,打开盖子,只见那是一抹淡淡的绿,晶莹剔透,清澈明亮,甚至可以数得清有多少颗金银花。那分明是几片崭新的嫩得可以掐出水来的忍冬花,飘浮在茶碗里,映得整个茶碗都是浅浅的绿。耿文将茶碗放在唇边,轻轻呷了一口,只觉满嘴的涩香,心中却是难以形容的舒坦。

"听说你准备悬壶于市?"宋绅士突然问道。

"是的,我正准备着。"耿文坦言道,"老伯,中医不正是您老的擅长吗,好多问题我还想向您老人家请教呢。"

"请教不敢当,我们共同研讨最好不过。"

"老伯,您就别谦虚了。"耿文哂笑道,"老伯,我想这个问题您老应该早就考虑到了,这些年不仅仅是'天花'侵袭着孩子们,由瘟疫引发的'缠喉痧'更是泛滥成灾,'谁家树下不落花,'已成了人们恐慌的口头禅,近两年来不仅仅小孩子逃不脱缠喉痧这灾难,连成年人也逃不过这魔掌了……"

"这才是你今天所要谈的正题了。"

耿文浅浅地笑笑:"是的,老伯,我想尽快悬壶于市,尽自己的能量,解救人们的痛苦。家父对中医药颇有研究,曾在这方面下工夫培养过我,然而……"耿文说到这里突然顿住了,可怕的鼠疫又浮了出来……耿文一阵阵心悸,努力镇定着自己……

此刻,宋绅士看到的耿文,却是一种痛苦和困惑交杂的神情。凭经验,宋绅士猜测到耿文一定有什么心结在羁绊着他……宋绅士听耿文的口音,早就知道他是东北人了。他马上联想到了去年东北、山东一带的那场鼠疫,那可是震惊中外的一场大灾难,那场鼠疫的死亡率……然而这些宋绅士又不能道破,宋绅士知道若说开了,会给耿文增加更大的痛苦。想到这些,宋绅士装做什么也不知道的样子,慈父般地对耿文笑笑,柔情地说:"这个想法太好了,赶快行动起来吧,可要发扬光大噢……"宋绅士故意抬高了嗓门。

宋绅士的话,把耿文从幻觉中拉了回来。耿文为自己的失态赧颜不已。看着宋绅士父亲般关爱的微笑,耿文想起了那句话:生命本身就是一场大悲剧,出生的那一刻,便是向死亡的出发……人生自古谁无死,留取丹心照汗青……应该以实际行动,干点事才是做人的上策,痛苦与哀叹会有何用……耿文的心逐渐稳定下来。扪心自问,自己活着,不就是想为活着的人做点贡献,解救人们的痛苦,做点有意义的事?

"老伯,您是知道的,缠喉痧为时疫一症,其发时传染甚速,而且此病至危至险,死亡率很高……必须内外症结合,细察脉情……"

"说到切脉,不妨老夫我打断一下,插上一句,时下有人认为中医切脉只不过是矫揉造作地摆摆样子,而一些中医自己本身也就对切脉很不当一回事,而老夫则认为,中医乃博大精深,只不过是一些庸医们没学到火候罢了。作为一个中医不知切脉,还算什么中医?其实切脉是中医最关键的一大环节,你认为如何?"

"老伯,我也深有同感。切脉是祖国医学诊断疾病的重要方法之一,望、闻、问、切,而'切脉'却如同中医之纲领,所以古人有切脉可'知人生死,决嫌疑'。只有诊断准确知道病从何来,这就要审证求因了,比如说,病人进了门,首先直观到的是病人的体征和面部的色泽,然后便是最关键的'切脉'了。所以切脉终须精心去研究去分析。假如说,同时有三个病人都说他们头痛,而他们的头痛,也可能是阳明头痛,也可能是肝气上逆而痛,也可能是浊气上冲而痛,也可能是风邪侵扰而痛⋯⋯所以不切脉,不知病也,只有结合脉象,诊断准确,才会有的放矢。"

宋绅士听着不住地点头称道。

"⋯⋯而现在好多医生,却是头痛医头,脚痛医脚,不去寻找病的根源,一味地把中医西化⋯⋯"

"无怪乎,西医排斥中医说中医切脉是哗众取宠,只不过是做个样子而已,哪里能切出什么病来。"宋绅士有些气愤地。

"固然西医排斥中医,但,有些时候中医自己也不争气,把中医的整体观念给抛在了一边,忘却了中医的阴阳平衡,一味地把中医简单化,像西医那样,见什么病,就去治什么病,这样岂不把中医搞砸了。"

"对对对,是这个道理。"

"当然了,我们搞中医的也不能排斥西医,西医自有西医的好处,可以直截了当地去把看得见的病灶给切除,然而那些只有症状,却看不见摸不着的病呢?"

"是呀,这就谈到要害问题了,接着说下去。"

"所谓看不见的病就是中医的气血失调,肝气郁结,脾失运化等等,这些病是看不见摸不到的,只有病人自我感觉的症状,如肝气上逆头痛如裂,只要降逆舒导肝气一切就迎刃而解了⋯⋯"

"是的,这便是中医的精粹东西。"

"就像把人比作一部机器,好多时候是机器的某一零件松动了,需要给它加把劲拧一拧。或是某个部位磨损多了,需要加油了,给它加点油,一切不都解决了⋯⋯"

"对,你的观点很有新意,而且很有创意。"宋绅士不停地赞同着耿文的观点。

"而现在一谓地把什么都西化,认为洋人的东西就好,只要打两针,吃两片白白的药片,病便可立竿见影,殊不知却给人的整体上落下了隐患……"

"看来,你和老夫的观点是一致的。"

"西医的治病是强制性的,也就是用武力来解决问题,是'治标不治本'。而中医的治病方式却是以诱导缓和去消除病的根源,这就是'标本皆治'了。当然了,真正的'原动力'出现问题了,也只有借助于西医的手术了……如在战争年代,西医的包扎,西医的手术未尝不是一件好事。"

"你对中西医一分为二看待,实在是难能可贵。而西医排斥中医却是十分苛刻的,他们认为中医的树皮草根,根本上就不讲卫生……"

"人是大自然来的,中草药也是大自然来的,所以用树皮草根来制服病邪,最恰当不过,试想,经过高温的煮沸哪有不卫生之理。"

"那只能怨他们不懂我们传统的东西罢了,中医的理论确实深奥,不去细细研究,妄加评论实在是错误的。其实两千多年前的华佗,自创麻沸散,据说对开颅术已经有了相当的成就,而后来……唉……真是提不起来了……"

"老伯,您想想看,后人把老祖宗留下的宝贵财富根本不当一回事,不但不去精益求精,而且还要把祖传下来的东西再保守一点,什么传男不传女之说,试想,一代保留一点,代代保留,中医岂不被保留的失去原有味道了……尤其是对于运气学术而言,'五运六气'在中医理论体系中虽然占有重要位置,然而文辞古奥,推演方法又十分繁杂,所以致使一些人望而却步,却说什么唯心、牵强的贬义之词……"耿文愤愤不平地。

"是啊,我觉得说这些话的人真是愧对自己的老祖宗,对中医理论理解不透彻,只能怪自己学识浅薄,没把中医这份财富好好当回事研究罢了……"宋绅士说着低下了头,陷入了深思之中。

"所以说也不能怪西医对中医排斥,对老百姓来说,治病要的是马到成功,这就需要我们做中医的去努力了,中医若能做到万病一诊,试看老百姓会不会增加对中医的信任度,所以中医一定要把好切脉这一关。"耿文深有感触地说。

"是啊,中医这门功课,是一辈子都学不精的。"宋绅士像是对自己说,又像是对耿文说。此时,宋绅士看到耿文的眼睛是那么的深沉而明亮,心里一阵欢欣。"年轻人要努力啊。"宋绅士激励着耿文。

"老伯,我会竭尽所能去努力的,老伯,咱们中医最讲究'内因'、'外因'了。内因不外乎是刚才所说的一些'喜、怒、忧、思、悲、恐、惊'了,也就是我们刚刚所提到的一些病症而已,而中医的外因病有些时候是势不可挡的,像'六淫病'的'风、寒、暑、湿、燥、火'。若逢'太过'或'不及',遇上疠气那可就麻烦了。缠喉痧乃'疫疠之气'为喉症之最急者……"

"目前对于'缠喉痧'这种病,老夫也是深感头痛,发作起来真乃束手无策。"

"老伯,正因如此,我才对运气学术加以深专研究。五运六气对防治'非时之气'可以说是大有用武之地,我们也可以防患于未然呀。"

"老夫我双手赞同。"

"金元四大家的刘完素言:'医家要乎五运六气'充分说明了五运六气学说对中医学术的发展的重要性。"

"预防为主,治未病,是最值得推广的。《黄帝内经素问》早已阐述了自然气候变化与人群疾病的关系,急需挖掘研究。"宋绅士阐明了他的观点。

"张景岳所说的'读运气者,当知天道有是理……以五六之义,逐气推测,则彼此盈虚,十应七八,即有少不相符者,正属井蛙之见……'张景岳道的确实是大实话,错误的判断,只能怪自己学习不精了。我们应该争取不偏不倚的应用、推断,尽量减少灾难的发生,减少人们的痛苦。所谓的用药如用兵,用兵神速,病自然会霍然而愈。"耿文越说越激昂,犹如在张扬生命的力度。

宋绅士听着耿文精辟的分析,微微点头称是,心里道,年轻人如此

雄才大略,他年定当名声卓著。

只听耿文又道:"能够做到'因时制宜'和'因地制宜'、'因人制宜'相结合,灵活掌握疾病变化的规律性,才是中医学术的真言。去年是'辛亥'之岁,按照五运六气来说,正是厥阴风木'司天'之岁,……所以去年也发现过一些'缠喉痧'病,但传染性还不会太严重,而今年则是'壬子'年,壬子之岁君火'司天',风木太过脾当病……不但上吐下泻病人泛滥,而且缠喉痧这种病更会扰及大量人群……这种病乃内蕴邪热,复感时令风热,内外合邪……"

宋绅士听得心情激动,接过耿文的话茬儿道:"咽喉为肺胃的门户,肺胃邪热上蒸,咽喉将首当其冲,炼津灼液,腐蚀喉膜,假膜遍生,邪热充斥,肺胃之气不降。邪毒重者假膜发展迅速,堵塞呼吸引起窒息……其后果不堪设想……"

"老伯,我去年之秋便有此打算,想让人们做到预防为主,尽量减少疾病的引发,所以在霜降之前,采集了不少当地的中草药,已备成了药面,然而这些还远远不够,今天来的目的就是想借老伯德高望重之光……"

"你我客气什么,为百姓干事,是我分内之事。"

"若是老伯亲自出台,让百姓们家喻户晓,早早服药预防……"

"好你个耿文,绕来绕去,这才是你今天来找老夫我的目的。"

"老伯,我来平遥时间不长,我只是怕……"其实,耿文扎根平遥的心已定,他要在这方土地上以解救病人痛苦获得的快乐中,寻找自己的快乐。

"哈哈哈,耿文啊,你秉性灵慧,又懂得韬光养晦,这正是老夫我最欣赏……"

"老伯取笑了,处于当今时代,晚辈只是在捶楚中获得锻炼,尽其所学,竭尽所能,来对待我的第二故乡,惟其如此,才觉得仰不愧于天,俯无怍于地……"

"好好好,老夫全力支持你……"

第二十章

城隍庙街。

耿文的药铺门口挂着一连串丸、散、膏、丹样的幌子。

药铺内除了中药柜和柜顶上放置的黑釉罐子外，最显眼的就是太极图与针灸穴位挂图了。这是耿文自己绘制的得意之作。然后便是坐诊用的桌子、脉枕、笔墨纸砚之类。

此刻，东子正坐在凳子上用脚蹬子在铁槽内来来回回地轧碾着药面。耿文与汝莲、张古义正在紧张地包着轧碾好的药面。药面分为两种，绿色纸包里是预防缠喉痧的药，黄色纸包里的药可治腹泻、赤白痢下以及霍乱绞肠痧引发的肚子疼痛。

耿文知道，当下人们的意识中只知道疾病来了才开始治病，并没有认识到提前预防疾病的重要性，几天前，他已把单子发放了下去……

一大早，耿文便在药铺前为人们讲述"时疫疠气"的发生，以及怎样预防。一旦发生了，又是怎样来治疗。耿文出神入化地给人们解说着："……人以天地之气生，四时之法成……瘟疫为病，乃天地之间别有的一种异气所感……正气存内，邪不可干……治未病首当其冲……"

"他怎么会预先知道要发病？人还没病，就先吃药？药可不是瞎吃的。"有人质疑。

"此人是不是会掐算？中医真有这么神……"另一个人听了耿文讲述的话，迷惘地道。

一个老者过来道："别瞎说，这是靠中医的'五运六气'推算出来的,我是听老辈人讲的,一个好中医肯定会有这种本事的,据说每年大寒过后,就算作是又一年了,根据运气的推算,可以知道每年容易发生什么病,现在我还记得小时候跟着大人们领过施舍的药,可管用了。"

坐在椅子上的宋绅士听了微微点头。

"哦,这不是宋绅士吗?"老者看到宋绅士打起招呼。

"瞧,连宋绅士都在这儿助阵呢,一定错不了,给我两包。"

"我认出来了,这年轻人了不起哪……他就是与县太爷对簿……"

"我也认出来了,咱们那天还为他竖大拇指呢……没想到,此人还是一位治病的先生,厉害,厉害。"

"绿纸包里的药面叫'喉药',黄纸包里的药为'痧药',方便起见,我们把药用纸的颜色分开来,让大家好记一些,每个纸包上面并注上了如何服用,治什么病的字样……喉药不但可以防病,而且还可以治病……喉咙一旦发现不适,将药先在喉咙中噙放一会儿,然后再服下去,效果会更好……"耿文详细地给人们解释着如何应用,以及注意事项。

这边,东子和汝莲、张古义正紧张地一包一包发放着。

城隍庙街沸腾了。

发放药的消息在平遥城不胫而走……

四月初八。

这是一个非常特别的日子,是佛祖释迦牟尼的生日,也是一年一度的"双林寺庙会"。在这个日子里,全平遥的人几乎都要涌向这里。因为"双林赶会遇神仙的故事"传了一代又一代。

相传很久很久以前,也就是赶庙会的这一天。

正午时分,当庙会趋于高潮时,突然出现了一个衣衫褴褛拄着双拐的叫花子,叫花子骨瘦如柴,腿上长满了脓疱疮,脓水血水直往下淌,人们都躲着他。叫花子来到一个卖草帽人跟前,卖草帽的人连声呵斥着赶他走。叫花子也不多说,又来到一个卖竹帘的老汉跟前。这时,卖竹帘的老汉还没卖出一件竹帘呢,肚子却咕咕咕地叫了。当他取出烧饼刚刚咬了一口时,猛然抬头,看到叫花子正可怜兮兮地伸开手停在自己摊前。四目相望,卖竹帘的老汉默默地将烧饼递给了叫花子,并铺开竹帘让他坐下休息,把自己仅有的水让给了叫花子喝,谁知叫花子不但没半点谢意,反而心安理得地吃着喝着。吃饱喝足,一头倒在竹帘上睡着了,一会儿工夫已鼾声如雷,一些绿头苍蝇"嗡嗡嗡"鸣叫着,在叫花子满是脓水血水的腿上飞来飞去,令人作呕……说来也怪,卖竹帘的老汉竟没一点嫌弃之意,还为叫花子撵赶着苍蝇……忽然卖竹帘的老汉眼前掠过一道亮光,一眨眼,叫花子竟不见了……奇迹出现了,卖竹帘摊上出现了一股股如兰似麝的香味,人们闻香而至,争相来买他的竹帘。当人们打开竹帘时,另一个奇迹出现了,每件竹帘上都活脱脱地显示着观音的化身:只见那一帘碧波,汹涌澎湃的浪涛中一叶莲舟飘忽在浪尖上,舟中那素装长裙,衣袂翩翩的观音菩萨,正手执净瓶用柳枝轻拂海面……

从此,"双林赶会遇神仙"的故事在百姓中间流传开了。每当这一天,人们都要去逛逛双林庙会,上香许愿,祈求菩萨保佑……况且这个季节正是桃红柳绿季节,是踏青看风光的好时候。

这一天,天空显着柔柔和和,路旁的草丛中长满了各种各样的青青小草。一群麻雀一会儿飞升起来,一会儿又落在草丛里,叽叽喳喳地唱着它们的歌。

汝莲、耿文、东子三个人刚从庙会中走了出来。一路上,耿文赞叹不已:"我走了多少个寺庙,走过了多少道观,从没见过像双林寺这样的雕塑艺术,这可是国内绝无仅有的宝贵财富!了不起的平遥!"

"是啊,就它的雕塑材料而言,是非常特别的一种红黏土,而这种红黏土,就在双林寺当地。"

"真可谓就地取材。而雕塑艺术不仅仅是在取材上,雕塑技艺更是令人钦佩不已,尤其是那悬塑……"

"对呀,让人感受到很强的立体效果。"

"我粗粗地统计了一下，双林寺悬塑艺术的手法，占到了百分之七十多。他们形象生动，神态各异，造型完美……"

"哇，耿文哥，我怎么就没多注意啊，只想到烧香拜佛了。"

"烧香拜佛是应该的，我们本身就是来烧香拜佛的嘛。可耿文哥是双管齐下两不误啊，既拜了佛，又欣赏了她的艺术价值。小孩子，好好跟着学吧。"汝莲以调侃的口吻教训着东子。

"姐姐说得极是。"东子说着做了个单腿打千的古怪动作。

"调皮，别打岔，听耿文哥怎么说。"

"我也说不出什么道道来，只是觉得有所震撼，每一尊佛像有每一尊的特点，有的虎视眈眈，有的怒目圆睁，有的泰然自若，有的神情安详，有的飘飘欲动，有的稳如泰山，静中透动，动中隐静，真乃千姿百态，各有千秋。"

"另外呢，你们注意到没有，许多塑像给人以一点前倾的感觉，这样灵活的雕塑技巧让人看起来舒服多了，人和神的距离仿佛亲近了许多，我以为这是古代雕塑家将力学和雕塑艺术完美融合的表现。"汝莲不由得接过话来道。

"尤其是那尊渡海观音的悬塑，震慑人心，这绝对是一种十足的张扬技巧！现在闭上眼睛都能感觉到渡海观音的衣袂飞扬，大海波涛的汹涌，还有那船的乘风而进，菩萨的庄重、慈祥、淡漠交融于一体……犹如一幅动静相结合的画卷，立体感斐然尽现，配以罗汉们神态各异恪尽职守的护送，画面点缀就更引人入胜，给人一种大饱眼福的观赏感，远远望去，令人置身于其中……还有渡海观音那服饰花冠应用了独特的着色技巧，让人浮想联翩……"

"没想到，今天双林庙会在耿文哥身上能学到这么多知识。"东子由衷地钦佩耿文。

"东子，你又打岔了。"汝莲正听在兴头儿上，忙阻止着东子。

"我真的被耿文哥广泛的知识所'震撼'了。"东子不解风情，故意把震撼两个字读出了重音。

"东子你……"耿文笑着指着东子的鼻子道。

耿文的话还没说完，东子把话抢过来道："我刚刚学到的词不用，岂不太可惜了。"说着笑着跑了开来。

"永远长不大的孩子，刚刚说不让你插嘴，你又……明儿给你烧个记性火烧，看你记不记得住。"汝莲没法子再说什么了，只得像大人似的数说着东子。

"阿弥陀佛，罪过，罪过。"东子站住脚，却做了一个双手合十状，嘴里念念有词。

汝莲不再理他了："耿文哥请讲，还有什么地方有所震撼？"汝莲歪着脑袋，用期待的目光等着耿文说。

"最重要的当然要压轴了，我先保密，我们俩写在手上看是不是有同感。"耿文怡然自得地。

"好的。"汝莲粲然一笑。

"我来给你们当监督，两个人都用指头写在我的手上，可以吧。"东子听到，赶快跑过来伸出了两只手。

汝莲和耿文相视一笑，各自在东子手上写了。

"哇，都是'眼睛'两个字，你们俩怎么搞的，像是合穿着……"东子猛然警觉自己说得太不雅了，吐了一下舌头，赶快改口道，"真是心有灵犀一点通啊。"

东子的话把汝莲搞了个大红脸，她清楚下面那几个字是"一条裤子"。本来这句话在平遥人嘴里是没什么的，只是形容一个人和另一个人干什么都相似。但在汝莲听了，就不一样了。这段时间和耿文相处，一种特别的感觉在困扰着她，时时刻刻想见到耿文，和耿文多说说话，可有时又怕见到他。和耿文单独在一起，一向大大咧咧的自己竟开始羞涩起来，不知该说什么才好，这难道就是爱情……汝莲不敢往下想，这么长时间了，还不知道耿文的身世，他心中到底藏着多少秘密，每当触及男女之间的一些问题，他都躲避着自己……难道他心中已有所爱……

耿文却没在意这些,笑呵呵地对东子道,"东子你不也与我合穿着吗?"

"耿文哥,算我说错了还不行,你看……"东子朝背对身子的汝莲努了努嘴,悄悄对耿文说,他知道自己在女孩子跟前闯大祸了,玩笑开得大了。

今天这是怎么了,东子的一句失言,就使自己如此小家子气,这可不是我汝莲所应该的,想到这些她赶快扭过头来,把嗓门放开:"二位嘀咕什么呀,有什么话,请大声讲! 嘀嘀咕咕可不是男子汉的作风啊。不吭声,那我们继续刚才的话题怎么样?"

耿文和东子只是看着汝莲发笑,并不答话。汝莲把眼睛半眯缝上,不再看他俩了,脸上却放出特别的光彩,独自陶陶然地道:"我觉得双林寺佛的眼睛是在'气韵'和'传神'上大做文章的……"

"汝莲的见地真乃'画龙点睛',一下子命中了要害。"汝莲的话激发了耿文。

"说到眼睛我想起来了,当我刚看到四大金刚时,我每走几步,总觉得他们的眼睛在看着我,是的,他们虽然个个身材魁梧,竖眉怒目,然而他们的眼睛里却显得有些温和。"东子无不感慨地。

"这便是雕塑家们以大块的形体和强调起伏的手法,塑造出了金刚们的勇猛夺人的气势,从身体上,从眼睛上让人感到他们不再是冰冷的泥土,而是威风凛凛气度不凡有着超人巨大力量的神。"

"嗨嗨嗨,我们这样谈论神是不是会亵渎神灵呢?"东子突然觉得身体里紧巴巴的。

"东子,别瞎说,我们是在谈论艺术,神绝对不会怪罪的,这是一种精神力量,人们美好的向往,耿文哥,你说对吧?"汝莲的心情好起来了,她怡怡然地。

耿文笑笑,对他俩的话不置可否。

"耿文哥,你说话呀。"

"神会赞同我们的,你们注意到了没有,双林寺的神都拟人化了,那菩萨殿中的千手观音,不正在微醉的双眸中施展着法力无边的力量么？她也许正是在大是大非的磨难中，领悟到了禅的意境，以大彻大悟来解救众生的。"耿文宛若置身于其中，如歌行板地道。

"对呀，我看到的释迦殿中普贤菩萨的眼睛是那么的温柔多情，好似小鸟依人般的一个可馨女孩，那微垂的眼皮把眼睛烘托得朦朦胧胧，似乎在为谁动情，那样子不正是一个梦中女孩吗？"汝莲幽幽地道。"不知你们注意到没有，在释迦殿的西墙角有一尊仕女的跪像，她那满眼的忧愁，把人恍若带到了一个穷困潦倒的世界里，仿佛正在诉说她童年的不幸。"汝莲说着停顿下来，一脸茫然，一脸哀痛，眼睛渐渐湿润起来……

此情此景，耿文全都摄入了眼内，他突然意识到汝莲已把自己融入其中……耿文赶快把话题接了过来："东子注意到千佛殿的主像自在观音了没有，这尊菩萨无论从人物的造型，还是神态的刻画，都是非常完美的，这是一尊独具匠心的经典之作。"

"耿文哥说的对。观音的面容是那么慈祥温润，高高的鼻梁，樱桃小嘴，柳叶眉，丹凤眼，绝对是一位典型的东方美女，你看她含情脉脉，楚楚动人，清纯的眸子，美的简直让人炫惑……可以看得出来她是那么的聪颖、温柔、热情奔放……"耿文的话一下子说到汝莲的心坎上，引起了她的共鸣。

"真乃伟大的女性啊，如闻空谷足音，一番真情倾泻，对女性美的描述真是入木三分……"

"别那么肉麻好不好。"汝莲娇嗔地白了耿文一眼，继续道，"你看她那呈屈蹲状的右腿，给人的感觉是自由自在无拘无束。而左脚却轻踏莲叶，可以看得出她的整个重心都落在了左胯上，身体很自然地往左倾斜，巧妙地勾勒出观音流畅的线条和优美的身段。"

"可以想象，要想塑造好一尊有血有肉的世俗少女形象，雕塑大师们要注入多少心血，付出多少情感啊……"

听着耿文和汝莲你二句，我二句，配合竟是如此默契，东子羡慕得一会儿看看耿文，一会儿又看看汝莲，心里道，这两人若是一对……东子这么想着，心里却有些酸酸的，自己失去姐姐将是什么样的痛苦……我的好姐姐，谁人为你穿嫁衣呢，看来古义哥是没戏唱了，那么自己更是自惭形秽了……东子在路旁拣起一块石头，朝一只正在飞翔的喜鹊狠狠扔去，石头在天空划出一道弧线重重地落在了地上。

"东子，怎么了，好好的发什么神经哪，这正是你学习的好机会，认真听一听哪。"汝莲断喝着东子，对于东子，汝莲总是把他当小孩子看待。

"姐姐，我也长大了噢，别把我总当小孩子看待好不好？"东子突兀地道。

汝莲并未理解东子奇怪的动作，嘴里随便答应道："好好好，不把你当小孩子，把你当大人好了，听话，过来接着听。"汝莲还是以命令式的口吻道。

"人家听还不行吗？"东子负气地。

"东子长大了，东子有思想了。"耿文打趣的话，拨动了东子的心弦，让他窘迫得不知如何是好。

"没有，没有，我可没想什么……"东子急得又是挤眼又是摆手。

"东子你今天到底怎么了？心猿意马的。"

"姐姐，我真的没什么，只是、只是……还是接着谈雕塑，说佛的眼睛好吗？"东子闪烁其词地。

汝莲完全沉浸在艺术的氛围中，对东子的怪诞举动视而不见："真的，那些生动鲜活的眼睛此时此刻恍若闪动在我眼前，将永远存放在我的记忆中，你看那韦驮英气逼人刚毅威武的目光……还有那小巧的散财童子，是一双调皮的滴溜溜转动着的眼睛，我们可以从中演绎出许许多多的故事。土地爷慈眉善目的微笑，大肚弥勒佛来自瞳仁底的哈哈笑，你们说能让人忘记吗？"汝莲真正迷醉于双林寺的雕塑艺术了。"耿文哥，罗汉殿的好汉们是不是该你来说一说啊。"

"好嘞，我早就想说呢，可是一听你讲啊，我的注意力全集中到你这儿了，听得都上瘾呢，哪能顾得上我插嘴啊。"

"哇！东子，你看耿文哥又编排我了，你可要给姐姐做主啊。"

听着汝莲的叫声，东子才缓过神来："好好好，我给姐姐做主，耿文哥，你给姐姐做主……"东子前言不搭后语。

"看来东子的灵魂真的出窍了，耿文哥，赶快把东子的魂儿抓回来。"汝莲笑料百出。

"天灵灵，地灵灵，东子的魂儿快回来。"耿文随着汝莲的话音，神采飞扬地以起伏跌宕声音与动作和东子逗着乐子。

"你们俩寻我开心？"东子豁然醒悟，欢欣和失落同时闯入了东子的心扉，他举起拳头，追击着耿文做出打人的样子。

"好了，好了，我投降，我投降。"耿文装出一副败将的样子对东子道，"东子，你千万别耽搁我讲罗汉……"

"东子，玩够了，打住，听耿文哥讲罗汉！"

汝莲对东子，仿佛永远都是命令式的口吻，或许这就是姐弟间的亲情？耿文想。

"罗汉殿中的罗汉们也是很耐咀嚼的。哑罗汉的眼神最让人深思，那鼓起的眼睛，默默地凝视着人间，传神的眸子如黑夜的明月透人心灵，配合紧闭的嘴唇，透露出他为人耿直和难言的苦衷。伏虎罗汉灼灼有神的目光，果断、豁达大度直率。静罗汉则是用淡淡的、世事如烟、略带讥讽的目光看着人间。再瞧那病罗汉，他的眼睛却是从涣散到聚光而体现的，他那看似无神、实则有神的眼睛就是最好的表现，经过了艰难的跋涉，病霍然而愈，进入佛的圣地，那股喜悦之情尽显眉间……"

"我最喜欢这里的故事了，尤其是'病罗汉的故事'。"东子听到耿文说病罗汉，插嘴道。

"东子你给我讲一讲。"耿文提到。

"这都是姐姐讲给我听的，包括'双林赶会遇神仙'，'双林寺寺院的传说'，'睡姑姑药婆婆'，还有好多好多有关双林寺的故事都是姐姐讲给我听的。"

"是吗？你脑子里装着那么多故事，怎么不给我讲一讲啊。"

"以后你都会知道的。"

"嗨,我把重要的都忘记问你了,双林寺是哪个朝代修的?"

"根据寺院里北齐武平二年所立的'姑姑之碑',应该是北魏早期吧。现在我们无法考证修筑双林寺的整个过程,无法知晓每尊塑像究竟用了多长时间,用了多少人力,但我觉得双林寺绝对不是一个时代的作品,双林寺要经过漫长的时间磨合而成,双林寺需要积累大量的素材,精细地过滤人物的特性而逐渐构筑完善,这和老百姓对神的虔诚是分不开的。"

三个人说着走着,不知不觉已进了城。

"今天听我的话起了个绝早,对吧?"东子稚气的脸上写满了得意。

"对呀,不听你的话哪能行呢,我们今天既烧了香拜了佛,又欣赏了雕塑艺术,还踏了青,看了美好的风景,而且还疯了个够……"耿文调侃道。

"更重要的是,你们俩一路上的对话,让我妒忌!"东子耸耸鼻子道。

"我们东子都学会妒忌了?"

"在知识方面只有学会妒忌才会迈开大步的,这是谁说的话啊。"东子满是笑意地反问着。

夏天的土炕一天到晚都是清凉舒服的,躺在油布上就像浮在平静的水面上,舒适极了。此刻,汝莲正看着一本书。耿文到来,她娇媚地扬了扬眉,兴奋的光彩几乎燃亮了耿文的眼睛。

"这么高兴啊,看什么书? 让我也共同享受一下好吗?"

"好啊。"汝莲把书在耿文眼前晃了一晃,不舍地拿在自己手中。

《革命军》三个字马上闪入了耿文眼中。

"你瞧这署名多新鲜:'革命军中马前卒邹容'。"汝莲说着翻开一页读到,"……脱去数千年种种奴隶性质……我中国欲与世界列强并雄,不可不革命……革命者顺乎天,而应乎人者也……不可不革命……革命者去腐败,而存善良也……除奴隶而为主人……"汝莲越读越兴奋,大声地朗诵了起来。

"你什么时候开始看这书的,这么大声……这可是……"耿文打断了汝莲的朗诵,并把书从汝莲手中抽了出来。

"难道你不允许我读吗?"汝莲几乎是怒目圆睁,把书从耿文手中抢了过来,"就允许你受进步思潮的影响……"汝莲近来特别烦躁,也不知什么原因,动不动就莫明其妙地发火了。

"不是,我是说这书……"

"这书怎么了,我认为这书不但对我大有益处,对任何一个人都有益处……我还真不知道你是这样的人,只许州官放火,不许百姓点灯,我好不容易找到这本书,本来想和你共享的,谁知你……你走开……"

"汝莲,你误解我了,我并没说这本书对你无益,我只是认为你不应该这么读书……当前的社会你又不是不知道,这么混乱,我是为你这样大喊'革命'担心哪……"

"我喊革命怎么了……"

"'革命'不是光喊口号就能喊出来的,要想真正革命,那也不是这么'革'的,是用实际行动……"

听了耿文的这番话,汝莲才知道自己误解耿文了。

"我最近怎么了,性子这样急,还没听完你说话就……这可不是我汝莲的作风啊。"汝莲摇摇头神情有些寥落。

"所以说,无论干什么事,都要有方圆,没有一定的方圆,任何事情都不会成功的,历史上血的教训不正是这样吗?"

耿文的话深深刺痛了汝莲,她知道耿文的话确实有道理。

"……李自成怎么样? 太平天国又怎么样? 邹容又是怎么被害的……你知道孙中山先生和革命军为此又付出了多少代价……"

汝莲为自己的骚动不安而自责。

"我知道,这是一本好书,孙中山先生非常欣赏这本书,大力提倡青年人读这本书,这书不仅仅反映了时代的呼声和人民的愿望,更是一本对青年有动力,有朝气的书……"

汝莲静静地听着耿文的话。

"……孙中山先生这样说过,'救中国要从高尚的(革命)下手,万莫取法乎中(指立宪)……我们生在中国,正是英雄用武之时……'中国现在正处于危难时期,只有热血青年走出去,国家才在希望……"耿文说这话时,眼睛里宛若闪烁着奇异的令人神驰的光芒。

蓦然,汝莲如看到了一夜春风里盛开着无边无际的迎春花……未来,仿佛充满着瑰丽,充满着诱惑。

暮色将临,残阳更加艳丽。所有的余晖宛若都要在这最后的一瞬间喷发出来似的。

"阿弥陀佛,这孩子怎么了。"周老太踮着小脚围绕在汝莲身边。

汝莲一天一夜不出门,不吃不喝,只是蒙头大睡。

"这孩子究竟怎么了,突然间就病成这样子。"周老太焦急地不知所措,"汝莲,莲儿"地叫着。

耿文闻讯从药铺赶来了。

汝莲脸色绯红,宛若发烧。

"大妈,我来照顾汝莲好吧?"

"汝莲,你等着,妈为你烧炷香,很快就会好的。"

汝莲自从那天和耿文谈话后,便变得郁郁寡欢,一直在作践着自己,不停地打扫着院落、打扫着房间……扫了一遍又一遍,还在不停地扫着……

只有耿文知道汝莲发病是有原由的。

当耿文低下头为她敷湿毛巾时,汝莲灼热的唇浅笑着几乎凑近了他。耿文不由得心神震荡,一时心志恍惚……那天,耿文一时兴起,画了一副梅花图,刚刚摞笔,汝莲便进来了。

"哇!耿文哥,我还是第一次看到你画画呢,白梅、红梅遥相呼应,神情怡然自得,意韵悠悠,真乃绝妙绝伦。"汝莲笑意十足。

"我只是一时兴起,草草落就。"耿文随口道。

"画到这样的火候,还道是草草落就,未免太谦虚了吧?"

"汝莲你……"

耿文欲解释,汝莲却打断了他的话:"别那么认真嘛,人家和你开玩笑嘛。对了,这画可以送我吗?"

"当然可以了。"耿文慷慨大方地。

"若能配上一首小诗,那就无与伦比了。"汝莲不无遗憾地道。

"好吧,好人做到底,这里空白处配诗正好。是你写呢还是我写?"耿文道。

"这还要问啊,当然是你写了,你的画,配你写的诗,送给我,不是合情合理吗?"

"我来想一想,配什么样的诗适合你呢?"耿文说着低头沉思片刻,便吟吟笑道,"磨墨伺候。"

"好嘞。"

说话间耿文已捏起了小羊毫,凝神运笔在边款处狂草开来,边写边吟诵:"凌寒无所惧,暗香更馥郁,笑看群芳谢,千古赏清奇。"

"哇,耿文哥,若右军之狂草,如李白之诗风。"汝莲夸赞着耿文。"耿文哥,你的才思如此敏捷,真乃学富五车哪,以你这个年龄,在我们这方土地应该独占鳌头了……"

"汝莲,千万别这么说,让饱学之士听了,岂不笑掉大牙,我只不过是有所爱好,随意涂鸦而已。"

"耿文哥你就别谦虚了,我可说的是大实话,一点也不夸张噢。"

"那我就飘飘然了。"耿文戏谑道,把画摆好,将印章盖了上去。

此时汝莲眼中的耿文,眼光是那么柔柔的,眼波如月如水如清潭……耿文猛一抬头,马上接触到了汝莲定定的眼光。耿文看到汝莲的脸是那样的嫣红如醉,眼睛里却泪光莹然,那密密的两排长睫毛向上扬着,嘴唇那么红润,微微翕动着,像要诉说什么,却又说不出来……耿文赶快把头扬到一边。心里道,女孩子的心,怎么就捉摸不透呢,刚才还喜笑颜开……一会儿工夫却掉眼泪了,不知掉的究竟是什么样的眼泪……

正当耿文寻思着,却听汝莲道:"耿文哥,你说这'鳌'怎么解释?"

耿文今天的兴致特别好,可以说无论发生什么样的事,都不会影响他的好心情:"是不是很想听呢?"耿文赶快把话接了过来,故意吊着汝莲的胃口。

"你给我讲噢。"汝莲说着,眸子里的泪花依然打转,以娇媚的姿态撅嘴。此时此刻,汝莲心里却顿感酸楚的甜蜜,恍若自己早就认识耿文了,仿佛等了耿文多少年,一种从未有过的心荡神移訇然袭倒了她,使她不能自制,让眼泪放任自流。

耿文始终读不懂汝莲的娇态,他把视线放在了窗外,嘴里却调侃地:"听小生我慢慢道来。"耿文觉得只有这样,汝莲或许会高兴一点,"据说这鳌为传说中的大龟,上帝命十五只鳌用头顶着东海漂浮的五座山,龙伯国巨人却连钓六鳌……后来大诗人李白便把自己喻为'钓鳌客'……李白在拜见宰相时手执一大板,上题:'海上钓鳌客李白',宰相道:先生临沧海钓巨鳌,用什么作钓线?李白曰:以风浪逸其情,乾坤纵其志,以虹霓为丝,明月为钩。宰相又问:钓饵?李白道:以天下无义气丈夫为饵!宰相惊而悚然……"

"是啊,"耿文的话引起了汝莲的共鸣,"寥寥数语,便描绘出了大诗人李白何等气魄,何等豪迈,何等远大抱负,真是让人惊羡不已……"还没等耿文接话,汝莲突然把话锋一转:"你究竟是干什么的,在你身上到底有多少秘密不可以告诉人……"

汝莲猛然间的发问,耿文愣怔了。

汝莲沉默片刻又道:"你博古通今,才华横溢。儒、释、道样样知晓,武功、医学、艺术集于一身,而在你身上似乎缺少一样……"

此时,耿文的目光看上去似乎很遥远,很遥远,又似乎很近,很近……岁月的嬗变,足迹的趔趄趑趄,把耿文牵进了一泓缱绻的情波之中。

"在你身上究竟有多少让人读不懂,又有多少让人感动不已,然而你又是那么神秘……你的身世却从不和任何人谈起……"

"你在打探我的身世?"耿文惊愕地瞪起两眼道。

"不可以吗?你的一切为什么不可以告人?在好朋友面前难道都不可以倾诉?难道你是落难的王孙?还是被人追捕的逃犯……"汝莲说到"逃犯"两个字,倏然倒吸了一口凉气,怎么会有这样的想法,怎么会从自己口中说出。汝莲将嘴紧闭,不敢再说下去了。

"我哪有那么尊贵。"耿文懊恼地大声道。

"那还有什么不可说的?"耿文带刺的话,反而更激起了汝莲的好奇心。

这时耿文转过了头,他认真仔细地看着汝莲。此刻的汝莲一切都是那么淡淡的,淡淡的装束,淡淡的服饰,淡淡的浅笑,脸上带有一抹淡淡的情意……

汝莲轻轻地把耿文拽到了炕头,自己紧靠着耿文坐了下来……遽然,一股淡淡的幽香环绕着耿文的周身……一种亲切温馨的气息仿佛搅住了他。耿文突然在汝莲浅浅的笑意下迷失了,眩惑了,撼动了……耿文不禁目眩神驰起来,情不自禁地把自己如剥茧一样,一层一层地剥落开来……

耿文幽幽地叹息了一声, 低低地:"我家住在东北吉林的'烟吉岗',烟吉岗又名'延吉',因为我们那里烟气飘飘,雾气笼罩,故称烟吉岗,延吉乃烟集之音转,延吉又为吉林的延长之意。那里有山清水秀的镜泊湖,有清幽多姿的大孤山,还有气势雄伟景色宜人的长白山,还有波光粼粼的天池, 咆哮奔泻的长白瀑布, 在那里森林茂密, 绿树成荫……然而这么一个美丽的城市却挡不住灾难的来临……任何人都挡不住……那是一场梦,不不不,那不是梦……"耿文近乎呓语般地道。

汝莲屏气凝神地等待着下文,生怕有什么打扰了耿文的叙述。

"庚戌年东北大鼠疫你应该听说过,那是一场史无前例的大鼠疫。"一提到"鼠疫"两个字耿文的心已剧烈地抽痛起来,只觉得眼前迷迷蒙蒙……出现在汝莲眼前的耿文是那么无助,是那种万念俱灰的落寞。

汝莲紧紧地握住了耿文冰凉的手,耿文紧紧地闭上了眼睛,惨然地摇了摇头。耿文这些细微的动作全都摄入了汝莲的眼内……汝莲的心猛地抖了一下,她知道此时的耿文正在水深火热中做着争斗,调节着自己的心态,和自己抗争着,挑战着……汝莲想,这也许是耿文一生中最艰涩最痛苦的一段话。汝莲有些恨自己了,怪不得耿文每当提到"疫"这个字,总是显得异样恐惧……汝莲后悔莫及,我这样做不正是挑起别人的痛楚吗?震惊中外的鼠疫自己应该想得到的……耿文是东北人,自己猜的也不错呀,何必要苦苦相逼,非要让他在痛苦的熬煎中给自己讲述这没用的身世……"

"……那些天我正好不在家……当我赶回家时,父亲已奄奄一息,母亲正咳着大量的血痰,呼吸急促面部发紫……我的心已冻结,已经做了和他们一起去死的准备,然而他们的眼神,一直在告诫着我,无论如何,一定要活下去……我的未婚妻心莲正伺候着我父母,她年龄虽然不大,也就是你这么大吧。而她的心胸是那么的开阔……"

看得出来,心莲在耿文心中所占的位置……

"……她对我说,只要能生存,一定要活下去……仅仅一个星期,我的家人,心莲的家人,在这场灾难中相继殁没……而此时,心莲也被病魔传上了身,她全身发烧,满身淤斑,紫绀如红蝴蝶般布满了全身……我的心宛若已经死去了,只是机械般地使劲给她灌着中草药,活下来,活下来!让我的心莲活下来,已成为我最大的奢望,盼着她活下来,我死而无憾……"耿文嘶哑的声音一时间隐没了。

汝莲为耿文搓动着心口……用勺子喂了他一口水,阻止他不要再说下去了。耿文缓了口气,轻轻的摆摆手示意她不要打岔。

"……心莲整整昏迷了五天五夜,第六天时,我实在挺不住打了个盹儿……当我醒来时,心莲已不见了,留给我的只是门板上的几个大字:'珍惜,好好活着'……此时,我心魂俱碎……我一个人活着还有什么意义……"耿文闭上了眼睛,话犹如从嘴里迸出来似的。"我必须知道心莲究竟是怎么回事……"

汝莲仿佛明白耿文的冷漠了,有时竟是一种温柔的冷漠,有时又是一种飘逸的冷漠,更多的是与世无争的冷漠……

"……后来我终于知道了,心莲是跳崖而去的……她怕传染上我……她怕传染上我而去的呀……"耿文顿时变得软弱无力,身心宛若被袭击得千疮百孔。

汝莲小心翼翼低着头,生怕接触到耿文的目光……

房间里静得像窒息了似的,汝莲不自主地抬了一下头,耿文的神情是那样的茫然若失,深邃忧郁的眼睛,摧折肺腑地让人蚀心之恸……汝莲轻轻地跳下炕,轻轻地倒了一杯水,轻轻地递到耿文手中。

"……我心如死灰地一个人走出了东北,混迹于江湖……几乎跑遍了大江南北……"耿文喝了一口水,略顿了一顿,渐渐地缓过那股劲儿了:"后来知道鼠疫已被完全治理,准备回东北时在路上遭劫,差点丢掉了性命……"耿文将自己如何在山东境内被人害,如何丢到井中,大难不死,如何遇到了红鬃马,红鬃马又如何把自己带到了平遥,详细地讲给了汝莲……

那天,耿文说了好多好多……

汝莲突然感觉到有一颗种子已种在了她的心中,还没容她慢慢咀嚼消化,那颗种子已经落进了心的土壤里,开始生根了……她不自觉地用纤巧的手轻抚着耿文的面颊……然后依偎在耿文的怀中……仿佛有生命的活力在汝莲体内闪烁开放,那颗种子不但生根,而且就要发芽了……

……两人初见面的情节忽然变得清晰起来,缠绵的思绪,在汝莲的脑海里构成了一幅生动鲜活的画面,如同一股股清新的泉水慢慢渗出了她的心田……汝莲只觉得一阵阵恰似美妙的眩晕,恍若轻飘飘的驾上了云雾,在一个广漠的幻境中飘荡……荡人心魄的幸福感,炽热如火地冲击着汝莲的心扉……

耿文猛然惊觉,毅然把汝莲推了开来……

"难道你不再需要爱?"汝莲似呢喃地质问着耿文。"难道我不值得你爱,难道我丑陋不堪?"

"不,你比她漂亮,在许多方面你确实比她好,可,你不是她。"

"爱一个人不需要理由。你要明白,她已经不在了,我可以学着做她。"此时汝莲显现的更是一副迷人姿态。

耿文却执拗地:"你永远都不可能成为她。"

"你在羞辱我……"

那段对话仿佛贮存到了耿文的大脑里,还有汝莲那怨艾的目光……深深地刺痛了耿文……

此刻,看上去昏昏欲睡的汝莲,头脑却十分清晰,她鼓足勇气将唇更进一步地向前靠拢,缓缓闭上了眼睛……

耿文猛地清醒过来,声音涩然而喑哑地:"我不能,我不能伤害你,你是那么的优秀,那么的有头脑。"

汝莲眼里溢着泪水,随即闭上了眼睛,泪水却顺着眼角流了出来,喉中"咝咝咝"地响着,那是一种近乎绝望的哀鸣……

耿文不自主地伸臂抱住了她。人生本来就是误区。但,耿文不能进入误区!耿文不可能进入误区!

汝莲缓缓睁开了眼睛,她的眼色飘忽,空灵得宛若不沾一点人间烟火,而在她的心中却掀起了一层一层的浪花。耿文永远是她心目中的不世英雄。在夕阳的衬托下,耿文的身材更加伟岸高大,耿文是一座山!耿文仿佛已揉入汝莲的生命当中!只是当中隔着的那层纸让耿文难以捅破,还是别的……

汝莲想郑重地向耿文表白……默然,汝莲眉头紧紧蹙起,眼里含着盈盈泪光,幽幽叹息了一下:"自从见到你,就知道你是个不同寻常的人。"

"是我将你引入歧途,是我打乱了你平静的生活,又不能给予你任何……"

"不要这样说,如果没有遇到你,我可能永远是井底之蛙,外面的世界很精彩……我们若能一起去……"

"可我就是这么个一事无成的人,寻求安静的人,在这小城里我恍若找到了一份宁静……"

"可我就是想要你,要你……"

耿文默默不语,心中有一种东西,像虫子般地噬咬着耿文……顿然使他黯然神伤。意识深处却在时时提醒着耿文。耿文轻轻地将抱着汝莲的手松了开来。"可是你不是她。"耿文的心在固执地叫喊。难道自己的心真的被岁月磨起茧了吗?为什么要将青春埋葬,不再有热烈……不再让爱焕发。耿文啊,你的青春真的逝去了吗?耿文不停地质问自己。是因为对一个人永久战栗不已的牵挂?还是因为心已彻底破碎,不会再有激情,还是迷失了自己?对于这个冰清玉洁,有着天使般气质的女孩,自己绝对不能亵渎她!

此刻,汝莲的心却闪电般的雪亮,心中一阵翻滚,无数复杂的悲欢情恨敲击着她的心尖……汝莲撕心裂肺地大叫一声,身子一震,瞬间,脸色如白雪,脸上的神色恍惚莫测。

耿文艰涩地将汝莲的琴从炕桌上,移到了地下的八仙桌上,缓缓地拨动着琴弦弹了起来,轻轻地和着琴音低低唱道:"夜阑人静时,幽人几弄琴,听来可会意,琴声望知音。解得薰风愠,试弹帝舜琴,望人求识曲,喜我有知音。"

汝莲听来,耿文不完全是在弹琴和琴音,却像一个人在独白。

琴声喑喑哑哑,琴音断断续续。如明月,如海风,如朝阳,如激流。自有一股悲怆的味道,更多的却是不可阻挡的朝气蓬勃。又恰似一位漫步在晨曦中的哲人,用远古的沉思接纳太阳温情,阳光里似乎存储着无数关于生命、有关友情的缠绵和痴醉的梦想,仿佛让人走进一个更加迷人心魄的辉煌世界里去。

汝莲本不想落泪,她认定自己是个坚强倔犟得撞南墙的女人。可这一刻,声声琴音,似乎让汝莲感悟到了什么是精神的魅力。琴声,如敲击在汝莲的心上。是的,我们只是知音!而不可能成为……男人和女人真的只有爱情而没有友情吗?不是的,但自己和耿文,又是什么呢?这样的男人不是更值得爱吗?

汝莲的心时而如阳光般的灿烂起来,时而又如夕阳那样混沌的不知所措,时而如蓝天白云清澈如洗,时而又如滚滚乌云重压着头颅……

夜深深沉沉,月光洒进了房间。

汝莲不再考虑什么了。

走出去!

汝莲心意已决,只有走出去,逃离情感上的纠葛,才能让心复活起来。

七月,天热得发了狂。

太阳刚一出来,地上已经像着了火似的,闷热的让人气都喘不上不来。好在四合院正房有着冬暖夏凉的功能,躲在房间里,也不至于热得太厉害。

黄昏,"南大街"的"鸡市口",一个蓬头垢面的外地女子,唱着东北小曲:"东北那个风呀,刮呀刮晴了天,江河开化了,小伙儿去摇橹,得儿哎呀,东北那个风呀,吹呀吹得山坡绿……"

汝莲和周老太正好出来散步。那女子的一句"东北的那个风呀",一下子触痛了汝莲的心。

女子可怜兮兮地唱完一曲,伸出手讨得一两个小钱,又去另一家再唱上一曲,挨门逐户地唱了老半天,也没讨到多少钱……

天马上就要黑了。

突然一声炸雷响在了当空,陡然,天空一下子被闪电撕破了。

雷雨马上就要来了。铺面迅速关闭着门。

女子看看周围几乎没人了,兀自躲在一个墙角里准备避雨。

搀扶着周老太的汝莲道:"妈,你看那女子……"

"多可怜啊。"周老太接住汝莲的话道。

闪电用一种使人目眩的惨白之光,照着已经隐没在黑暗里那女子的脸。汝莲的心骤然紧缩起来,汝莲仿佛在这个女子身上,寻找到了一种不一样的动人之处。

"妈,我们是不是把她带回客栈去呢?"

"好。我也正想这么说呢。"

天一客栈。

周老太爱怜地对唱小曲的女子道:"快洗洗吧,姑娘。"

女子洗干净了,汝莲给她换了一身自己的衣服。

此时,周老太和汝莲看到的是,一张憔悴得几乎只见一个尖尖下巴的脸,和一双黯淡无光带有惊恐的大眼睛。

这是一个恬静的女孩子。汝莲想。

"妈,我去端饭了。"

这孩子如果吃胖了,应该和汝莲长得很像的。周老太想着,心中一阵温暖,她已有了收这女子做干女儿的欲望。

那女孩子怯怯地站着。

"孩子,别害怕,今年多大了?"周老太一边拉着那女子的手一边问。

"小女子虚度十七。"女孩子深深地给周老太鞠了一躬,文文静静地道,"谢谢大妈的恩赐。"

这时, 汝莲已拿着一个漆盘端来了吃食:"今晚只能简单一些了,先喝点粥,然后再用馒头,这里有点小菜,慢慢吃,别着急。"

"谢谢姐姐。"

"别客气,吃吧,趁热吃吧。"

女孩子大概是饿坏了,猛地喝了一口粥,咬了一大口馒头……一会儿工夫,一碗粥两个馒头,已咽下了肚,当她抬起头对周老太一瞥时,脸颊已飞上了两团红晕,眼睛里竟放出了一簇感人的光华。

刹那间,周老太觉得和她的距离越来越近了。

"孩子,你叫什么名字。"周老太看着心里一阵欢喜。

"我叫心莲。"

"家住哪里?"

"我家住在东北烟吉岗……"

汝莲心中一惊,只觉得喉咙发干,身体像电击一般,她被这女孩子的话震动了……难道世上真有这么巧的事?汝莲只觉得脑袋"嗡嗡嗡"直响,隐隐约约听得周老太说着:"咦,正是缘分哪,和我家女儿一般大

呢,名字也很相似,留下来做我的干女儿好吧……"

汝莲不停地拍打着自己的脑袋,脑神经不停地指责着:汝莲,你不能情感用事……要用理智去看待一切……脑神经不停地呼喊着,汝莲……赶快告诉耿文哥去,而脚下却是那么的沉重,沉重的竟挪不开步子……

"文哥。"心莲一下子认出了耿文,几乎就要扑上去了,然而她却定定地站着不动了。心莲仿佛从汝莲的眸子中看出了什么……她不敢贸然……

耿文揉着眼睛,生怕自己又在做梦……不,不是在做梦,这是一个活生生的人,是心莲……只是瘦的……心莲就是变成什么样子,我也能认得出……

两个人对峙了半晌。

耿文猛地一下子将心莲带到了怀里,欣喜若狂地紧紧抱着:"心莲,心莲"地叫个不停。

"文哥,我找你找得好苦哇。"

汝莲的鼻子酸酸的,泪在眼眶里打着圈儿,最终还是掉下来了。

原来心莲跳崖后,正好滚落在河里,随着河水的漂荡,漂到一个浅滩上……

心莲经过水的浸泡,又有了求生的欲望……那些日子,她吃着水草,吃着小鱼小虾,喝着河水,身上的热竟退去了,皮肤像蛇皮一样不断地剥落着,最后慢慢地全都退光了……心莲哭着诉说着,自己如何沿路唱着小曲乞讨着,经过了山海关,到北京……在人群中,自己是如何用一双眼睛捕捉着耿文的那双眼睛,就这么一天一天过着,没想到大海捞针……

苏东坡的《水调歌头》,从汝莲的心底涌了出来:

"明月几时有,把酒问青天……不应有恨,何事长向别时圆?人有悲欢离合,月有阴晴圆缺,此事古难全,但愿人长久,千里共婵娟。"

这不正是自己和耿文初识时唱的那首歌?

人生犹如一场梦……

罢了，罢了，原来自己只是一牵线人。耿文在这里苦苦等着的人已到，自己何必再……

几天后。

汝莲不舍地离开了生她养她的故乡。那时，虽然感觉到耿文的目光一直在磨损着自己的脚步，耿文的心音似乎一直在牵绊着自己的身影……汝莲几乎迈不开脚步了，然而那不是爱情……汝莲抬眼望来，好似看到了耿文的满眼酸楚……

最终，汝莲果敢决绝地迈出了步子……

尾 声

二十年后的一个清晨。

一个身穿旗袍的女子出现在平遥"天一客栈"门前。

这女子正是汝莲。

此时,汝莲已是中共地下党员,回平遥执行任务……

一切如旧,二十年了,外面的世界发生了天翻地覆的变化,客栈却依然如故,多少个魂牵梦萦的日子啊,今天自己又回来了。汝莲感慨万千,在情感上虽然自己是个失败者,然而欣慰的是自己寻找到了光明,找到了真理。没有耿文的出现,没有那些风风雨雨,恐怕自己也不会走出去,汝莲激动的心跳有些加快,都这么多年了……

一个大约七八岁的小女孩蹦蹦跳跳拍着手从院子里跑了出来。小女孩突然看到站在门前的汝莲,小脸惊讶地:"你是谁呀,你怎么和汝莲姑姑的照片长得一模一样啊。"

"那么你是谁呀?"

"我是耿小莲啊。"

"你怎么知道你有个汝莲姑姑呢?"

"爸爸和妈妈经常念叨着汝莲姑姑,汝莲姑姑的照片在爸爸妈妈的卧室摆着。奶奶的房间也摆着汝莲姑姑的照片,东子叔叔的房间也挂着汝莲姑姑的照片。奶奶经常说汝莲姑姑会回来的,妈妈说汝莲姑姑是个大好人。我们今天是来看东子叔叔的,奶奶说婶婶就要生小孩子了……阿姨,你认识汝莲姑姑吗?"小莲一会儿工夫叽叽喳喳说了一大堆。

"小莲你跟谁说话呀。"院子里传来了耿文的声音。

耿文的声音还是那么洪亮有磁性。

"爸爸,我在和一个阿姨说话。"

汝莲赶快躲了起来。

"咦!刚才我还和那个阿姨说话,怎么一会儿工夫就不见了,爸爸,那个阿姨和汝莲姑姑的照片可是一模一样的……"

"是你想汝莲姑姑了吧?"

心莲随后也出来了,她听到小莲刚才说的话,想了想然后道:"是不是汝莲真的回来了?"

"汝莲肯定会回来的,总有一天她会回来的。"

"好啊,汝莲姑姑回来好啊。"耿小莲拍着手叫着。

"赶快打听一下吧!汝莲是不是回来了。"

"我们去找汝莲姑姑了。"耿小莲蹦蹦跳跳地向前跑着。